Gwiazda zagłady

Powieści G.P. Taylora

Tersjasz

Zaklinacz cieni

G.P. TAYLOR

Gwiazda zagłady

Przekład
Danuta Górska

AMBER

Tytuł oryginału
Wormwood

Redakcja stylistyczna
Agata Nocuń

Ilustracja na okładce
Shutterstock

Opracowanie graficzne okładki
Studio Graficzne Wydawnictwa Amber

Skład
Wydawnictwo Amber

Druk
Wojskowa Drukarnia w Łodzi

Ponowna oprawa
2006, Wojskowa Drukarnia w Łodzi

ISBN 83-241-2531-0
978-83-241-2531-9

Wydawnictwo AMBER Sp. z o.o.
00-060 Warszawa, ul. Królewska 27
tel. 620 40 13, 620 81 62

www.wydawnictwoamber.pl

Dla K.S.T. i J.C.
Dziękuję, że byliście światłem mojego życia
i ustrzegliście mnie od Czarnego Psa

Piołun

Z okna na najwyższym piętrze swojego dużego czteropiętrowego domu na Bloomsbury Square doktor Sabian Blake widział najdalsze głębie kosmosu. Wpatrywał się w noc przez grube soczewki długiego mosiężnego teleskopu. Od zeszłego tygodnia obserwował niebo i czekał – czekał na znak, który miał nadejść tej nocy. Dziwna poświata na północy jaśniała coraz mocniej, zaćmiewała gwiazdy i rozpraszała nocne ciemności. Księżyc w pełni płonął krwawo i oświetlał ulice ciepłym szkarłatnym blaskiem, niemal równie jasnym jak słońce.

Blake był astronomem, lekarzem, uczonym i mistrzem kabały. Każdą godzinę każdego dnia spędzał, obliczając czas wschodu słońca, zachodu gwiazd i fazy księżyca wędrującego po niebie. Odwrócił minutową klepsydrę, gdzie miękki biały piasek przesypywał się z jednej kuli do drugiej, i doliczywszy do pięćdziesięciu dziewięciu odczekał, bardzo z siebie dumny, aż ostatnie ziarenka piasku znikną z górnej komory, zanim znów starannie odwrócił dużą klepsydrę. Jej ciemne drewno zdobiły wężowe kolumny o oczach z klejnotów, złotych zębach i rzeźbionych łuskach, lśniących w blasku księżyca. Blake sprawdził każdą piaskową godzinę na starym mosiężnym zegarze, który tykał pracowicie obok astrolabium na ozdobnym kamiennym gzymsie pustego kominka.

Przeprowadzał kabalistyczne obliczenia całymi nocami. Ze swoich wyliczeń dowiedział się, że gdzieś w Dwunastym Domu wszechświata objawi się znak. Tak mówiła *Nemorenzis*. *Nemorenzis* nigdy nie kłamała; tylko tej jednej księdze należało ufać. Powiadano, że dotknąć *Nemorenzis* to jakby trzymać w dłoniach tajemnice wszechświata. Nikt nie wiedział, skąd pochodziła księga, wielu jednak zginęło, usiłując odkryć jej sekrety.

Teraz księga *Nemorenzis* należała do Blake'a. On jeden miał do niej prawo, święte prawo, jak często sobie myślał. Spoglądając w otchłań kosmosu, wspominał poranek festynu świętego Quirtle'a, kiedy wkrótce po brzasku otworzył paczkę, którą dorożkarz przyniósł mu pod drzwi.

Dorożkarz od początku wydał się Blake'owi podejrzany. Niemożliwe, żeby ktoś rzekomo należący do niskiego stanu był tak elegancko ubrany. Schludny czarny surdut przybysza i czyste buty nie nosiły żadnych śladów zużycia. Biała, nieskazitelna skóra rąk wyglądała tak, jakby nigdy nie poznała ciężkiej pracy, nigdy nie zetknęła się z londyńskim brudem, końskim gnojem i smarem do osi. Najbardziej zaintrygował Blake'a złoty pierścień, który przybysz miał na środkowym palcu prawej dłoni: duży czerwony kamień osadzony w oprawie wyrzeźbionej na kształt słońca. Z jednej strony warkocz płomieni tworzył grubą złotą obrączkę, która opasywała palec. Posłaniec, tak, ale nie dorożkarz!

Lecz spojrzenie Blake'a natychmiast przyciągnęły kontury przedmiotu, który mu ofiarowano. To była epifania, dar dla uczonego – uczonego opętanego pasją, która wzbierała w nim od podeszew stóp i ściskała mu żołądek. Cudowne uczucie, podniecające i niebezpieczne. W głębi duszy Blake wiedział, że ten prezent kryje możliwości, które zmienią jego życie.

Paczka została ciasno owinięta w złoty jedwab i przewiązana czerwoną bawełnianą, plecioną tasiemką, barwy tak żywej i jaskrawej, że mieniła się jak strużka płynu. Nic nie zdradzało tożsamości ofiarodawcy, zaś dorożkarz, zapytany, w jaki sposób znalazł się w posiadaniu paczki i kto ją kazał dostarczyć, udzielał mętnych odpowiedzi.

– Jakiś człowiek zatrzymał mnie na ulicy – powiedział cicho, umykając wzrokiem przed surowym spojrzeniem Blake'a i naciągając nisko na oczy rondo kapelusza. – Wymachiwał rękami jak szaleniec, wystraszył konie prawie na śmierć. Cudzoziemiec, ledwie potrafił wymówić słowo w języku Króla. Nigdy przedtem nie widziałem takiego jak on. Mówił tylko w kółko: numer 6, Bloomsbury Square. Dał mi tę paczkę, doktorze Blake, wcisnął mi gwineę w rękę, a potem odwrócił się i uciekł.

Blake wypytywał dalej:

– Znasz moje nazwisko. Ten człowiek ci powiedział?

– Wszyscy pana znają, doktorze Blake. Jesteś pan człowiekiem nauki.

– Dorożkarz uśmiechnął się. – Teraz mogę nawet powiedzieć, że jest pan człowiekiem paczki!

Po tych słowach zaśmiał się, podał doktorowi ciężki pakunek i szybko wrócił do powozu. Blake patrzył, jak przybysz ostrożnie omija kałuże i nieczystości, wskakuje na siedzenie woźnicy i powoli kieruje konia po błotnistej ulicy, coraz dalej od Bloomsbury Square.

Blake bez wahania rozdarł paczkę, nie zwlekając nawet na tyle, żeby wejść do domu. Usiadł na białych marmurowych schodach i szybko rozwinął jedwabną tkaninę. Wtedy właśnie pierwszy raz ujrzał *Nemorenzis*: księgę o tak wspaniałym wyglądzie, że serce szybciej mu zabiło. Gruba skórzana oprawa była inkrustowana złotymi listkami, podniszczone stronice wytrawione głęboką czernią, która zblakła z czasem, pokryte drobnymi wydrapanymi literkami. Nigdy nie przypuszczał, że kiedyś weźmie do ręki *Nemorenzis*, nawet jeśli wierzył w jej istnienie. Teraz wiedział – teraz należała do niego!

Kilka tygodni później, głęboką nocą, Blake wertował pergaminowe stronice, zbierając skrzętnie każdy okruch wiedzy; i tam, w szóstym rozdziale szóstej księgi, na ostatniej stronie, wypisane nieznaną ręką na marginesie, widniały słowa: *Piołun… jasna gwiazda spadnie z niebios… i wielu umrze od jej goryczy.*

Od tamtego dnia przeszukiwał wszelkie zakątki nieba, wypatrując nowej gwiazdy, przekonany, że to będzie znak początku nowej epoki, złotego wieku oświecenia dla ciasnych, słabych ludzkich umysłów. Pokolenia zapowiadały jego przyjście i odchodziły, nie zaznawszy oświecenia. Lecz iluminacja się zbliżała i on pierwszy ją ujrzy, pierwszy ogłosi światu.

Blake łyknął gorącej herbaty z filiżanki i uśmiechnął się do siebie. Ponownie spojrzał przez soczewkę teleskopu, opartego na pięknym dębowym trójnogu. Gwiazdy i planety wyglądały tak samo, wszechświat się nie zmienił, za kilka godzin noc dobiegnie końca i wszystko zostanie po staremu. Blake tupnął ze złością w drewnianą podłogę.

– Psiakrew, psiakość i do licha! Kiedy wreszcie się pojawi? – zapytał sam siebie niecierpliwie i jego słowa rozbrzmiały echem w pustym pokoju.

Zaczynał wątpić w swoje obliczenia i podejrzewać, że mylnie przepowiedział dzień, tydzień czy nawet rok. Ponownie spojrzał w noc, coraz bardziej niespokojny, pomimo wszystko z nadzieją, że gdzieś w odległej galaktyce zapłonęło nowe światło.

Nadeszła północ; w oddali zegar na kościele Świętego Jerzego wybił godzinę. Nagle dom zadrżał i zaczął wibrować. Cały świat szarpnął się w przód, potem w tył, a potem zawirował jeszcze szybciej.

Blake usłyszał, jak na dole luneta spadła ze ściany i rozbiła się na kawałki. Kaskada dachówek runęła z dachu, przeleciała trzy piętra niczym liście z wypalonej gliny i roztrzaskała się na bruku. Tynk odpadał z sufitu. Zdawało się, że lada chwila dom runie.

Na mgnienie oka gwiazdy znikły. Po wielekroć słońce wstało i zaszło; noc zmieniła się w dzień, który znów przeszedł w noc. Jedenaście słońc wzeszło, a po nich jedenaście księżyców, wędrujących ze wschodu na zachód. Blake nie rozumiał, co się dzieje. Mocno trzymał się teleskopu i trójnoga w nadziei, że każdy wstrząs będzie ostatni, że każdy świt nie rozpali się w dzień i nie zgaśnie w noc – że cokolwiek uderza w świat, wreszcie ustanie.

Potem zapadła ciemność – martwa, głęboka wypełniona absolutną ciszą. Nie było już dnia ani nocy. Nastała ostateczna pustka, jakby świat się skończył i wszechświat implodował, wessany przez olbrzymią czarną dziurę w przestrzeni. Blake spojrzał przez okular, ale nic nie zobaczył.

Dopiero wtedy dotarły do niego odgłosy paniki na ulicach. Z dołu dochodziły wrzaski, kiedy mężczyźni i kobiety gramolili się w ciemnościach, czepiając się żelaznej balustrady wokół nowo założonego ogrodu. Blake nie widział okna. Odwrócił się od teleskopu i ostrożnie zrobił dwa kroki przez pokój, do miejsca gdzie powinno być otwarte okno. Ciemność była tak gęsta, tak intensywna, że niemal go dławiła. Nogi zaplątały mu się w długi pasek od grubego czerwonego szlafroka, który nosił na ubraniu dla ciepła. Taniej to wychodziło niż ogień w kominku, lecz teraz w ciemnościach Blake pożałował swojego skąpstwa i zatęsknił za choćby najsłabszym płomykiem.

Powoli przysunął się do okna. Z ulicy słyszał rżenie spłoszonych koni tupiących w błocie, bijących kopytami o kamienie bruku. Daleko w dole, w blasku latarni nad drzwiami gospody, widział przerażonych hulaków wybiegających w noc.

Wrzaski rozbrzmiewały coraz głośniej i ślepa przemoc wypełniała ulice. Grzmiały pistolety, kiedy milicja bezmyślnie strzelała w mrok. Cały świat zdawał się balansować na krawędzi szaleństwa.

Bez ostrzeżenia zapłonął na niebie oślepiający błysk. Daleko na wschodzie snop czystego białego światła przebił atmosferę. Nikt nie mógł umknąć przed tą jasnością, która przecinała niebiosa niczym zygzak błyskawicy. Londyn ucichł: całe miasto czekało. Blake w swoim pokoju zdołał odnaleźć teleskop. Spojrzał na niebo, gdzie ponownie rozbłysnął snop światła, i jeszcze raz, i jeszcze, coraz jaśniejszy.

Przez teleskop Blake zobaczył to, na co czekał. Wysoko na północnym wschodzie, na koronie niebios, ujrzał gwiazdę, ale nie zwykłą gwiazdę – niebiańskiego smoka. Wyraźnie widział długi biały ogon, który ciągnął się daleko za świecącą głową. Nigdy jeszcze świat nie oglądał komety takich rozmiarów.

– Czy to prawda? – zastanawiał się na głos Blake, nerwowo pocierając twarz rękami. – To niemożliwe, sam się okłamuję – oświadczył stanowczo, chcąc zdławić wzbierającą panikę, która objęła już stopy i podpełzała do kolan. – Ale *Nemorenzis* twierdzi, że tak jest. Kometa zmierza ku ziemi – wymamrotał z niedowierzaniem. – Smok zmierza do domu!

Na wschodzie ukazało się słońce. Dopiero przed kwadransem minęła północ, ale już wstawał świt. Blake zachichotał i pokręcił głową. Na zewnątrz panika się skończyła; tłumy zebrane na ulicach spoglądały w niebo. Ogłupiali pijacy z gospody obejmowali się ubłoconymi ramionami, szczęśliwi, że trzęsienie ziemi i burza minęły. Nie zwracali uwagi na rannych i umierających, tylko wyli do wschodzącego słońca, które płonęło jasno na tle blaknącej czerni nieba.

Blake nie mógł się opanować. Miał ochotę wykrzyczeć nowiny o swoim odkryciu przez okno do tłumu na dole. Zatańczył po pokoju, tupiąc na gołych deskach podłogi i zamiatając grubym czerwonym szlafrokiem w tył i w przód niczym komiczna matrona w pantomimie. Śmiał się, podskakiwał i wyśpiewywał na cały głos:

– Piołun! Piołun! Piołun!

Przy kolejnym obrocie potknął się i upadł. Ciaśniej owinięty szlafrokiem, przetaczał się ze śmiechem niczym jakaś dziwaczna wypchana kiełbasa. Spojrzawszy w przeszklony sufit, zobaczył swoje odbicie, przecięte cieniem krzyża z ołowianych ram okna. Śmiał się do rozpuku – łzy spływały mu po twarzy, brzuch falował, a gromki ryk odbijał się echem od ścian i cichł, wylatując przez otwarte okno na froncie domu. Tylko on widział kometę; to była kometa Blake'a, zapowiedź nowej epoki.

Potem uświadomił sobie, że nagle zapadła głęboka cisza. Tłum przestał się gapić w niebo – ludzie patrzyli teraz na otwarte tereny Holborn i pola otaczające Lincoln's Inn. W oddali rozległ się stukot kopyt uderzających o ziemię, narastająca panika spłoszonych koni. Zwierzęta pozostawione na placu szybko dołączyły do współbraci, jakby wezwane tajemnym słowem. Zaczęły kopać ludzi stojących w pobliżu; jednego mężczyznę zwaliły z nóg śmiertelnym kopniakiem w kręgosłup.

Od strony Holborn coraz głośniej dobiegał tętent rozpędzonych koni, które nadciągały z parskaniem i rżeniem, budząc echa w miejskich ulicach. Niektóre wlokły jeszcze za sobą potrzaskane i uszargane szczątki niegdyś świetnych powozów. Inne galopowały wolne od dyszla i uprzęży, kopiąc i wierzgając, jakby w obronie przed niewidzialną siłą, która smagała je i kąsała po pęcinach. Tabun koni szarżował niczym kawaleria na tłumy zebrane na polach Holborn, powalając tych, którzy stali na drodze. Ponad setka koni wpadła na plac – siwe, czarne i gniade, zwykle łagodne, teraz odmienione przez strach, uciekające przed śmiertelnym zagrożeniem.

Blake wyglądał przez okno; nie mógł pomóc. Krzyczał do tłumu, ale tętent koni zagłuszał słowa. W desperacji walił pięściami o parapet. Po paru sekundach tabun pochłonął wszystkich. Ofiary prawie nie hałasowały – nie krzyczały ze strachu, nie zdążyły umknąć. Na placu pozostały tylko zmasakrowane ludzkie szczątki, szumowina trupów wyrzucona przez żywy przypływ. Przeżyli tylko ci, którzy uczepili się ogrodzenia, schowali w bramach lub wskoczyli do piwnic nowo wybudowanych domów, stojących szeregiem nieopodal. Tam kryli się, przerażeni niczym szczury stłoczone w beczce.

Powód końskiego strachu wkrótce wyszedł na jaw. Za końmi na Bloomsbury Square wtargnęła horda tysięcy psów, wylewających się z alejek, zaułków i wszelkich zakamarków Londynu. Powietrze wypełniło się warczeniem i ujadaniem. Psy gryzły wszystko na swojej drodze, kierowane jakąś bezrozumną siłą.

Zapanowała powszechna panika, niewyobrażalna, prawie namacalna. Dzieci, które wybiegły na ulicę podziwiać niezwykłe niebo, teraz krzyczały, kiedy wataha zwęszyła woń ofiar. Wszyscy uciekali, włazili na drzewa, przeskakiwali przez płoty albo wspinali się na kamienne fasady domów, żeby umknąć przed psami. Uliczne kundle i piękne spaniele bogaczy, psy łańcuchowe z rzecznych barek i wychuchane pieski salonowe biegły razem, opanowane atawistycznym głodem.

Blake widział, jak mały chłopiec ucieka przez Bloomsbury Square. Chłopak miał najwyżej dwanaście lat; biegł szybko, bosymi stopami rozchlapując błoto. Ścigało go kilka psów, kłapiąc zębami, próbowały dosięgnąć jego pięt i rozwianego płaszcza. Dzieciak wrzeszczał. Na prawo od niego leżała bezradnie stara kobieta. Opadła ją zgraja psów, które chwyciły ją za ręce i nogi i powlokły po ziemi jak szmacianą lalkę. Chłopak w biegu podskoczył do niskiej gałęzi drzewa, chwycił się jej i podciągnął w ostatniej chwili, kiedy duży czarny kundel rzucił się na niego z wyszczerzonym kłami i próbował ugryźć. Na całym placu zapanował chaos. Psy podzieliły się na mniejsze sfory, żeby ścigać swoje ofiary do Gallon Place i Coptic Street. Zdawało się, że cały Londyn wypełniają wrzaski rozszarpywanych ludzi.

Nagle ktoś załomotał głośno do drzwi domu Blake'a. Duża mosiężna kołatka raz po raz uderzała o podstawkę, budząc w korytarzu echa, które przez spiralną klatkę schodową docierały do obserwatorium. Blake wyjrzał na zewnątrz. Na ulicy stał Izaak Bonham, przyjaciel i członek Towarzystwa Królewskiego. Krzyczał głośno, walił w drzwi i usiłował strząsnąć małego brązowego kundla, który wczepił mu się w nogę.

– Blake, w imię Hermesa, wpuść mnie! – wołał zrozpaczonym głosem. – Blake, zastrzel tego stwora! Wpuść mnie, zrób coś!

Pies zaskowytał głośno, kiedy Bonham trzasnął nim o żelazne ogrodzenie. Wtedy jednak na plac powoli weszły trzy duże mastiffy. Sapały zziajane, świeża krew plamiła ich pyski. Popatrzyły na Bonhama i nawet z takiej odległości zwęszyły jego strach. Blake pobiegł do drzwi, wiedząc, że nie ma chwili do stracenia, jeśli chce uratować przyjaciela. Zbiegał w dół, podest po podeście, a serce łomotało mu w piersi.

Na zewnątrz mastiffy wpatrywały się w Bonhama przez chwilę, a potem ruszyły w jego stronę wielkimi susami. Warczały i śliniły się, obnażały wielkie, poplamione zęby, zbliżały się coraz szybciej.

Bonham wrzasnął na widok nadbiegających psów. Poczuł się jak osaczony lis, który zaraz zostanie rozdarty na strzępy i pożarty.

– Szybko, człowieku, wpuść mnie!

Blake potknął się o własne nogi, spadł z jednego ciągu schodów i wylądował na podeście pierwszego piętra. Podniósł się i znowu ruszył biegiem.

– Bonham, słuchaj, jestem tutaj! – krzyknął.

Wiedział, że ma jeszcze przed sobą jedno piętro i całą długość korytarza, zanim dotrze do drzwi. A potem poraziła go panika: klucz, gdzie jest klucz?

Na zewnątrz Bonham patrzył, jak mastiffy ubijają łapami błoto, jak prześcigają się nawzajem, podniecone widokiem bliskiej zdobyczy. Oparł się plecami o drzwi i wyjął zza pasa mały skałkowy pistolet, wiedząc, że będzie miał tylko jeden strzał, że nie zabije wszystkich trzech bestii. Obiema rękami wycelował w psy. Zbliżały się nieubłaganie. Bonham wypatrzył przywódcę: większy od pozostałych, prowadził o całą długość. Wysunął przed siebie broń i powoli nacisnął spust. Kula trafiła mastiffa w pierś. Zwierzę zaskowyczało przeraźliwie, lecz nawet nie zwolniło. Bonham zamknął oczy i czekał. Za trzydzieści sekund padnie ofiarą rozżartych psów.

Blake dopadł do drzwi, wykonanych z grubego dębu, zamkniętych na cztery zasuwy i dwa zamki. Pospiesznie odsunął zasuwy – jedną, drugą, trzecią, czwartą – licząc na głos.

– Klucz, klucz! – krzyknął, rozglądając się za nim gorączkowo.

Spostrzegł klucz zawieszony na haczyku. Chwycił go mocno, wepchnął do górnego zamka i przekręcił, wiedząc, że ma tylko sekundy, zanim Bonham zginie. W pośpiechu manipulował niezdarnie i klucz upadł na podłogę. Blake podniósł go i pospiesznie przekręcił w dolnym zamku. Zamek poddawał się opornie, ale w końcu ustąpił, z dodającym otuchy szczęknięciem. Blake szarpnął klamką i wielkie drzwi się otwarły.

Bonham wpadł tyłem do korytarza, Blake zaś ujrzał trzy pędzące ku niemu psy.

Raniony mastiff wytężył wszystkie siły i skoczył z jezdni na marmurowe stopnie. Blake pospiesznie zatrzasnął i zaryglował drzwi. Rozległ się donośny huk, drzwi zadrżały i zawibrowały od uderzenia psiego cielska, ale wytrzymały. Blake usłyszał, jak pies pada na ziemię.

W sanktuarium zapadła cisza. Izaak Bonham popatrzył na Blake'a.

– Nigdy więcej tak się nie spóźniaj – wydyszał. – Jeszcze jedna sekunda i pożegnałbym się z życiem.

2

Pulvis humani cranium

(Pył ludzkiej czaszki)

Z bezpiecznego schronienia biblioteki na drugim piętrze, pokoju o wypolerowanej podłodze i ścianach barwy ochry, Blake i Bonham oglądali scenerię zniszczenia. Grzmiały muszkiety i pistolety, kiedy milicjanci w długich czerwonych płaszczach, białych bryczesach i czarnych butach dobijali na placu ostatnie oszalałe konie i psy. Widzowie patrzyli, jak kapitan gwardii przechodzi od zwierzęcia do zwierzęcia. Nad każdym wyciągał szablę i szybkim pchnięciem upewniał się, że nie żyją.

Martwi leżeli tam, gdzie upadli, a ludzie, którzy znaleźli schronienie na drzewach, nie chcieli zejść ze strachu przed atakiem jakiejś następnej bestii. Ci pokąsani przez psy siedzieli w zbitej masie na poboczu drogi, jęcząc i czekając pomocy. Znad rzeki nadciągnęła lekka biała mgła, która czepiała się domów i unosiła się nad trupami jak całun. Piętrzyła się do wysokości człowieka, zasłaniała niektórych razem z głową, zakrywała widok cierpienia tak, jak świeżo spadły śnieg zakrywa śmiecie na drodze.

Dochodziła dopiero trzecia nad ranem, ale poranne słońce świeciło jasno i gęste czarne cienie padały na warstwę mgły. Wysoko w górze jaskrawy błękit nieba przesłonił widok smoka. Blake podniósł wzrok, wiedząc, że za kilka dni sekret się wyda: inni na pewno to zobaczą i przywłaszczą sobie, jeśli nie będzie działał szybko. Nie mógł na to pozwolić: to było jego odkrycie, owoc pracy całego życia.

Bonham pierwszy przerwał milczenie. Roztrzęsiony, wciąż przerażony po spotkaniu z psami, odwrócił się do Blake'a.

– Nie mieli tyle szczęścia co ja – powiedział wskazując zwłoki małej dziewczynki, odciągane przez matkę w gęstniejącą mgłę. – To mogłem być ja, Sabian. Na Hermesa, tak się cieszę, że cię zastałem w domu. – Poklepał Blake'a po plecach. – Sekunda dłużej i skończyłbym w zębach tego potwora.

– Łaska z tobą, przyjacielu, łaska z tobą. Nie nadszedł jeszcze twój czas – odparł cicho Blake.

Bonham wyczuł, że Blake wędruje myślami gdzieś daleko, w odległym świecie.

– Ale ty… co z tobą, Sabian? Powiedz mi, jak myślisz, co się stało? Bonham miał głęboki, miękki głos, który brzmiał ciepło i przyjaźnie, gęsty jak miód i czekolada. Spróbował uśmiechnąć się do Blake'a.

– Te zwierzęta… widziałem w ich oczach nienawiść. W tych ostatnich chwilach czułem się tak, jakbym spoglądał w otchłanie piekła. Co wywołało to wszystko? Najpierw ciemność, a potem szaleństwo.

– To było przepowiedziane – padła szybka odpowiedź. – Wyraźne jak nos na twojej twarzy, patrzące na nas od początku czasu, a jednak tego nie widzieliśmy.

Blake wiedział, że musi podzielić się swoim odkryciem z Bonhamem. Znali się od czasów Kolegium Magdaleny; zwierzali się sobie, a czasem wykradali największe tajemnice, ale byli przyjaciółmi i braćmi w kabale.

– Mam ci coś do powiedzenia, coś, co muszę powiedzieć światu. Musisz mi pomóc. Moje odkrycie wszystko zmieni. – Chwycił Bonhama za kołnierz płaszcza, zacisnął pięść na tkaninie i przyciągnął twarz przyjaciela do swojej twarzy. – Obiecaj mi, obiecaj mi jedno. Musisz… – urwał, patrząc mu w oczy. – Muszę wiedzieć… czy mi uwierzysz? Czy dochowasz tajemnicy?

– Sabian, znasz mnie, odkąd byliśmy młodzi. Powiedz mi, co cię dręczy?

Bonham oderwał dłonie Blake'a od swojego płaszcza i zaprowadził przyjaciela do fotela przed kominkiem. Blake usiadł w fotelu, a jego podniecenie przerodziło się w niepokój.

– No, przyjacielu, powiedz mi, co cię dręczy – powtórzył Izaak Bonham.

Jeszcze nigdy nie widział Blake'a w takim stanie. Blake zawsze panował nad sobą. Prowadził uporządkowane życie: schludne i precyzyjnie zaplanowane.

– To, co się stało dzisiejszej nocy, bynajmniej nie było wypadkiem ani trzęsieniem ziemi. Same podstawy wszechświata zostały poruszone przez wielką moc, o której niewiele wiemy. – Blake przerwał i spojrzał Bonhamowi w oczy. – Tej nocy widziałem coś, co zmieni nasz obraz świata. Znalazłem o tym wzmiankę w *Nemorenzis*…

– Przecież ta księga nie istnieje – wtrącił Bonham głosem drżącym z przejęcia. – To legenda.

– Istnieje i jest tutaj, pod tym dachem. Przypadkiem wszedłem w jej posiadanie, można powiedzieć, że za sprawą bogów. – Blake mówił szybko, przyciszonym głosem. – Przeczytałem każde słowo i wreszcie to znalazłem. Obliczenia wykazały, że tej nocy coś się stanie. Kiedy zniknęło światło, tuż przed wschodem słońca zobaczyłem to: pomiędzy Syriuszem a Aquilą pojawiła się kometa i zmierza w naszą stronę.

Blake czekał na odpowiedź Bonhama, ten jednak wpatrywał się w płonące węgle, niezdolny objąć umysłem usłyszanej wiadomości.

– To, co widziałeś zeszłej nocy, to nie była burza ani trzęsienie ziemi – ciągnął Blake. – To czas się zatrzymał… Zobaczyliśmy, jak było przed stworzeniem: ciemna, czarna pustka, kompletna nicość.

Bonham podniósł wzrok. Zdawało się, że dopiero teraz rozumie słowa przyjaciela.

– Dzisiaj jest pierwszy dzień nowej ery. Wszystko zaczęło się jeszcze raz. Jak przedtem mamy nową gwiazdę, kometę, żeby oświetlała nam drogę. A mędrcy zawsze idą za gwiazdą.

– Więc księga tu jest i naprawdę ją masz? – wciąż nie dowierzał Bonham.

– Tak, mam! Zresztą możesz sam ją zobaczyć, Izaaku.

Blake wstał z fotela i podszedł do kominka.

– Ty też możesz spojrzeć na Księgę Mocy. Pokażę ci tajemnicę.

– A co z kometą? Dlaczego przepowiada nasz los? – zapytał Bonham.

– Za cztery noce cały świat ujrzy ją gołym okiem, za dwadzieścia jeden dni kometa albo minie Ziemię, albo zada nam cios, po którym może się nie podźwigniemy. Niebiański smok to Piołun. *Nemorenzis* mówi, że on zatruje wody i wielu umrze od jego goryczy.

– Przestań! Ta kometa może zniszczyć Ziemię! – Bonham podniósł głos, odchodząc od kominka w stronę dużego okna z grubymi zielonymi zasłonami. – Jeśli jedno trzęsienie nieba może spowodować takie zniszczenie i chaos, co zrobią mieszkańcy Londynu na widok komety?

Wyjął z kieszeni ozdobny pistolet i napełnił lufę prochem z flaszki. Z kieszonki złocistej kamizelki wydobył srebrną błyszczącą tabakierkę, a z niej maleńką kulę do pistoletu wielkości ziarna grochu.

– Jeśli znowu wybuchnie szaleństwo, przygotuję się: natychmiast pójdę i nabędę broń zdolną powalić każdego wściekłego psa, który mnie zaatakuje. – Bonham załadował kulę do pistoletu i podsypał prochu na panewkę. Wycelował pistolet za okno, jakby chciał strzelić. – Następnym razem, kiedy napotkam psa z piekła rodem, ugryzie ołowianą kulkę zamiast mojej nogi.

– Twój ołów nie powstrzyma paniki i nie powstrzyma komety.

Blake podszedł do okna i razem wyjrzeli na plac.

– Nigdy nie widziałem czegoś takiego, Sabian. Spłoszone konie, wściekłe psy, a teraz komety uderzające w ziemię. A ty wierzysz, że znasz sekret, który rozwikła te wszystkie zagadki?

– Nie ja, tylko księga. Ten sekret musimy zatrzymać dla siebie. Inni chcieliby zdobyć wielką moc dzięki tej wiedzy. *Nemorenzis* posiada potencjał zdolny zmienić nas wszystkich. Jest znacznie potężniejsza od kamienia alchemików i wielu uwierzy, że ona potrafi zmienić ołów w złoto. Wiem, że gdzieś na jej stronicach kryje się sekret samego życia.

Nagle obaj usłyszeli niskie warczenie dochodzące spoza drzwi szafy po drugiej stronie pokoju. Drzwi, wykonane z grzbietów książek, wyglądały jak część biblioteki zakrywającej ściany od podłogi do sufitu. W połowie wysokości znajdował się duży zielony skórzany grzbiet z tytułem wygrawerowanym złotymi literami: *Opus Interacto*. Po uniesieniu tego grzbietu otwierały się drzwiczki do dużej szafki, gdzie Blake trzymał swój zapas tabaki, proszki lekarskie, dżin i najcenniejszą własność, *Artemisia absinthium*.

Blake spojrzał na Bonhama i gestem nakazał mu milczenie. Hałas rozległ się ponownie: niskie, gardłowe warczenie dużego psa, groźny pomruk spoza zaciśniętych zębów.

Bonham nerwowo wymierzył wytworny pistolecik w drzwi szafki. Popatrzył na Blake'a, niepewny, co dalej, a potem powoli odwiódł kurek i przygotował broń do strzału.

Znowu zabrzmiał warkot, a potem gorączkowe drapanie, jakby jakieś duże stworzenie usiłowało wydostać się z zamknięcia. Potem warczenie przycichło i pies parsknął przez nos.

Blake zawahał się. Spojrzał na Bonhama, który teraz trzymał pistolecik obiema rękami, żeby broń nie zadrżała. Potem Blake powoli podszedł do drzwi. Na odgłos kroków pies zawarczał jeszcze głośniej i naparł z całej siły na drzwi szafki. Blake wyciągnął rękę, chwycił grzbiet książki i powoli zaczął go unosić, żeby zwolnić zatrzask.

Drzwi rozwarły się z hukiem i przewróciły Blake'a na podłogę. Bonham zamarł, niezdolny pociągnąć za spust. Przed nim stał duży czarny pies z prawym uchem rozdartym na pół i pyskiem pokiereszowanym po wielu latach szczucia byków. Warczał przez połamane, wyszczerbione zęby.

– Przestań, Zbój – odezwał się łagodny głos i z ciemności w głębi szafy wyszła dziewczyna. – Przestraszysz tego dżentelmena – dodała i mocno uchwyciła grubą czarną skórzaną obrożę.

Postąpiła do przodu, cień i słońce wyrzeźbiły jej rysy. Była wysoka i chuda, długie czarne włosy opadały jej na twarz. Na ramionach nosiła czarny szal; biały fartuch zakrywał grubą zieloną suknię.

– Kim jesteś, w imię Hermesa? – zapytał zdumiony Bonham, mierząc z pistoletu do dużego mieszańca, który wciąż na niego warczał.

– To jest Agetta Lamian! – oznajmił Blake, wstając zza ciężkich drzwi szafy. – Moja pokojówka. – Zwrócił się gniewnie do dziewczyny: – Pewnie potrafisz wytłumaczyć, dlaczego chowałaś się w szafie?

Agetta wbiła wzrok w podłogę i jeszcze mocniej uchwyciła obrożę Zbója.

– Było trzęsienie ziemi; zapalałam świece w domu, wiedziałam, że pan jest na górze, i wtedy zawsze wpuszczam Zbója. Wychodzi mi na spotkanie, broni mnie przed bandami Mohoków, kiedy wracamy do domu. – Spojrzała na Bonhama i spróbowała się uśmiechnąć. – Bałam się. Dom zaczął się trząść, schowaliśmy się w szafie i trzymałam Zbója, mam tylko jego...

– Więc dlaczego nie wyszłaś, kiedy wszedłem do pokoju? – zapytał Blake.

– Myślałam, że pan się rozgniewa. Pan nigdy nie lubił tego psa, więc pomyślałam, że się schowamy, dopóki pan nie wyjdzie, a potem wyjdziemy.

Agetta spojrzała Blake'owi w oczy i odgarnęła z twarzy kruczoczarne włosy.

– Słyszałaś, o czym rozmawialiśmy? – zapytał Blake.

– Trochę. Nie bardzo rozumiałam, więc próbowałam uciszyć Zbója – odparła z nadzieją, że przesłuchanie się skończy.

– Te trochę, które zrozumiałaś, masz zatrzymać dla siebie. Nikomu ani słowa – ostrzegł Blake i spojrzał na Bonhama.

– Czy pan teraz odłoży broń? Zbój się denerwuje, a ja nie wiem, jak długo jeszcze go utrzymam.

Agetta z całej siły ściskała obrożę, a pies ciągnął, jakby chciał jednym kłapnięciem szczęk chwycić Bonhama i potrząsnąć nim jak królikiem.

Bonham cofnął się o krok, opuścił kurek i włożył pistolecik do kieszeni surduta. Zapadło niezręczne milczenie. Bonham popatrzył na psa, a potem na Agettę.

– Długo go masz? – bąknął nerwowo. – Długo masz tego psa? Jest taki... duży. Czy on gryzie?

– Tylko Mohoków i tych, którzy podchodzą do mnie za blisko. Właśnie tego potrzebuję, kiedy wychodzę stąd o północy i wracam piechotą na Fleet Street.

Agetta zeszła na podłogę, trzymając psa przy sobie.

– A Mohokowie cię prześladują? – zapytał Bonham.

– Raz mnie napadli, teraz Zbój ich prześladuje. Uciekają w tych swoich wymyślnych ubraniach, aż się kurzy. Wystrojeni i niebezpieczni, za takich się uważają. Banda idiotów, powiadam, żaden nie ma ani krzty rozumu. Stroją się i napastują starców i nierządnice.

– Więc lepiej wracaj w dzień i przegoń ich jeszcze trochę – zaproponował Blake, żeby przestała się gapić na Bonhama. – Już ranek, zobaczysz ich wyraźnie. Twój pies może ich ścigać aż do Hyde Parku – zakończył szorstko.

Agetta spojrzała na złocony francuski zegar na kominku.

– Jeszcze jest noc, panie, a słońce już wzeszło.

– Moja droga dziewczyno – powiedział Blake. – Schowałaś się przed trzęsieniem ziemi tak potężnym, że przestawiło czas. Już ranek, ciemność minęła, nadszedł nowy dzień.

Popatrzył na Bonhama i znowu na Agettę.

– Weź sobie wolny dzień i wróć wieczorem – dorzucił raźnie. – Ale nie mów nikomu, co usłyszałaś, bo pies ci nie wystarczy do obrony... Wiem, że rozumiesz.

Groźba wyraźnie zabrzmiała w jego głosie. Agetta pochyliła głowę.

– Rozumiem, panie – odparła.

Wyprowadziła Zbója z pokoju. W drzwiach jeszcze się odwróciła.

– Wiem, że pan myśli, że wygadam, co słyszałam, ale nie wygadam. Może nie jestem święta, ale dotrzymuję obietnic, doktorze Blake, zapewniam pana.

– Wiem, że dotrzymasz, Agetto, wiem – uśmiechnął się Blake, ponownie oczarowany. Po raz kolejny dziewczyna użyła swojej magii, a on nic nie zauważył.

Agetta wyszła z biblioteki i starannie zamknęła za sobą drzwi. Puściła Zbója i kazała mu zejść po schodach. Sama nie zeszła, tylko przyłożyła ucho do drzwi i nasłuchiwała.

– Ale się najadłem strachu, Sabian – wyznał Bonham. – O mało nie zastrzeliłem jej i tego psa. Myślisz, że będzie gadała?

– Nie Agetta, ona wie, co jej grozi. Tego możemy być pewni. Ona wie, kto jest jej panem – oświadczył Blake.

– Mogliśmy ją tutaj zatrzymać, dopóki...

– Jej ojciec zjawiłby się tutaj, jak tylko pies przebiegłby przez plac – przerwał mu Blake. – Na twoim miejscu wolałbym mastiffy niż Cadmusa Lamiana. Jeśli myślisz, że Mohokowie są plagą miasta, to Cadmus Lamian jest najgorszym koszmarem. Nie chciałbyś mu stawić czoła.

Blake podszedł do okna i wyjrzał na plac okryty mgłą.

– To stary Cadmus zmusił mnie, żebym przyjął jego córkę. Wykręcił mi ramię i rozwiązał sakiewkę. Powiedział, że dziewczyna mi się przyda, ale jeszcze żadna służąca nie kosztowała mnie tyle co ona. Ta dziewczyna ma coś w sobie. Kiedy patrzysz jej w oczy, zdaje ci się, że widzisz kogoś, kto oglądał ten świat już wiele razy i zna życie lepiej od ciebie. Ale pracuje sumiennie i wie, kiedy trzymać język za zębami.

Za drzwiami Agetta uniosła jedną brew i pogardliwie wykrzywiła usta. Słyszała wszystko. Pogróżki nie budziły w niej strachu. Widywała towarzyszy Blake'a paradujących po domu w dziwacznych kostiumach i zawodzących jak Cyganie, oglądała ich magiczne tańce i słuchała inkantacji. To Agetta sprzątała lichtarze z wypalonymi ogarkami z czarnego

21

wosku i kadzielnice wypełnione gorzką mirrą. Kiedy tańczyli, ona podkradała im monety z sakiewek, od jednego gwineę, od drugiego suwerena. A wszystko z uśmiechem i „Dziękuję panu", kiedy wręczali jej napiwki za podawanie płaszczy i znikali o północy w rynsztokach niczym londyńskie szczury, od których niewiele się różnili.

Blake mógł wmówić dziewczynie wszystko, co tylko zechciał. Mógł jej mącić w głowie historyjkami o innych światach, tajemniczych zaklęciach i dziwnych inkantacjach, ale ona codziennie o północy przelewała do swego kubka kolejną kroplę jego bogactwa, kiedy zaś bogactwo się wyczerpie, ona też odejdzie na zawsze.

Agetta zostawiła mężczyzn rozmawiających w pokoju i cicho zeszła po schodach do tylnych drzwi, gdzie czekał Zbój, machając ogonem. Wejście dla służby prowadziło do wąskiej alejki, gdzie nawet w pogodne dni nigdy nie dochodziło słońce. Panowała tam wilgoć i śmiertelny chłód, zwłaszcza w zimne poranki. Mgła znad rzeki oplatała mury sąsiednich domów niczym olbrzymia pajęczyna, przywierała do twarzy. Agetta szła w stronę Holborn. Poza nią w alejce była tylko bezdomna kobieta, skulona w bramie naprzeciwko. Butelka dżinu w jej ręce niemal ginęła w masie wystrzępionych łachmanów, okrywających wychudzone ciało. Kobieta była brzydka jak grób, z pomarszczoną twarzą i spękanymi, łuszczącymi się wargami. Spojrzała na Agettę jednym okiem: drugie sklejał duży strup.

– Daj pensa starej matuli! – zawołała. – Tylko pensa, żebym mogła kupić butelczynę.

Agetta zignorowała ją i poszła dalej. Zbój podbiegł do kobiety i obwąchał jej twarz, a potem odskoczył, nie wiedząc, z kim lub czym ma do czynienia.

– Zbój! Zostaw ją! – krzyknęła Agetta, budząc echo w ciemnej alejce.

Pies odbiegł od kobiety, otrząsnął się i zadygotał, zjeżony na całym ciele. Kobieta wypuściła ze zdrętwiałych palców butelkę, która z brzękiem potoczyła się po bruku. Zbój pobiegł za Agettą po lekko pochyłej alejce. Co jakiś czas zatrzymywał się i oglądał na staruchę, zupełnie jakby widział ją inaczej, jakby potrafił przeniknąć wzrokiem brudne, poplamione łachmany i zobaczyć istotę ukrytą pod spodem. Istotę, której nie ufał.

Cisza w alejce szybko ustąpiła przed gwarem Holborn. Wozy i powozy tłoczyły się na ulicy, zmierzając ku bezpiecznej wiosce Vauxhall.

Wszędzie dookoła tłumy ludzi, których trzęsienie ziemi wyrzuciło z łóżek, podziwiały słońce przenikające warstwę rzecznej mgły. Wysoko nad kopułą katedry Świętego Pawła jasnoczerwone słońce płonęło na bladym niebie. Świeży wietrzyk powiał nad ulicami i przyniósł ze sobą woń przypływu, niczym prażonej gałki muszkatołowej.

Agetta przeszła przez Holborn, ostrożnie omijając hałaśliwe gromady ludzi przed sklepami i tawernami. Skręciła w wąską, ciemną alejkę biegnącą od Holborn do tawerny Pod Statkiem i domów gry w parku Whetstone.

Trzy noce wcześniej w alei Inigo popełniono morderstwo. Agetta widziała plamy krwi na murze, w miejscu gdzie zamordowany próbował uciekać. Na ulicy usłyszano jego wrzaski i chociaż ludzie szybko przybiegli na pomoc, nikogo więcej nie znaleziono. Zupełnie jakby morderca rozpłynął się w powietrzu.

Zimny dreszcz przeszedł po krzyżu dziewczyny, kiedy Zbój przepchnął się obok niej z niskim warkotem. Potem przystanął i zaczął szczekać. W alejce nie było nikogo, a jednak pies ujadał i warczał.

– Przestań, Zbój, nie strasz mnie! – zawołała. Pies podskakiwał teraz i warczał coraz głośniej. – Zbój, cicho…

Bez ostrzeżenia ktoś chwycił Agettę od tyłu i ręką zakrył jej usta. Wciągnięto ją przez drzwi, których przedtem wcale nie zauważyła. Drzwi zatrzasnęły się i zapadła całkowita ciemność. Agetta słyszała ciężki oddech osoby, która ją trzymała. Czuła wilgotną rękawiczkę na dłoni, która zatykała jej usta.

– Nie krzycz, dzieweczko, bo już nigdy nie zobaczysz swojego psa ani dziennego światła – odezwał się głos kobiety z alejki. – Śledziłam cię w dzień i w nocy. Wiem, kiedy przychodzisz i wychodzisz. – Kobieta przycisnęła się mocniej do Agetty. – Mogłam cię dopaść w każdej chwili, ale nie o ciebie mi chodzi. Musisz coś dla mnie zrobić. Kiedy jutro wieczorem wyjdziesz z domu Blake'a, przyjdź do alei Inigo. Znajdziesz wiadomość i wskazówki, co masz robić. Jeśli nie usłuchasz, dopadnę twojego drogocennego psa i nakarmię nim szczury… a potem dopadnę ciebie.

Agetta próbowała odpowiedzieć, ale silne palce wciąż zaciskały jej usta. Nic nie widziała, czuła tylko odór dżinu, ulicznego brudu i gnijącego ciała. Kobieta mówiła chrapliwym głosem, oddech rzęził jej w piersi, jakby stała nad grobem.

– Ani słowa Blake'owi czy twojemu ojcu. Oni ci nie pomogą, dzieweczko. Jutro w alei obok tawerny Pod Statkiem, kwadrans po północy. Zegar na Świętym Jerzym powie ci, kiedy. Nie spóźnij się.

Zanim Agetta zdążyła odpowiedzieć, została wypchnięta na ulicę i drzwi się zatrzasnęły. Upadła twarzą w kałużę pomyj. Zbój podbiegł do niej, szczekając. Obróciła się na plecy. Drzwi znikły. Przed sobą miała tylko solidny mur. Po chwili otoczyła ją mgła i światło zaczęło gasnąć.

3

Aptekarz

Z walącym sercem Agetta biegła przez chaos Fleet Street. Zbój pędził obok niej, oglądał się co parę kroków, żeby sprawdzić, czy nikt ich nie śledzi, i łowił w powietrzu zgniły, wilgotny smród bezdomnej kobiety.

Przez załzawione oczy Agetta zobaczyła wreszcie pensjonat należący do jej ojca na rogu Ludgate Hill i Fleet Bridge. Gęsty dym z trzech kominów mieszał się z rzednącą mgłą znad rzeki. Wąskie cegły i belkowane ściany wystawały ponad ulicę i podtrzymywały gruby dach kryty dachówkami.

Przed pensjonatem trzech chłopców robiło zakłady nad dwoma kogutami, które walczyły w piachu. Agetta patrzyła, jak ptaki doskakują do siebie i odskakują, wysuwają ostrogi i próbują zadać przeciwnikowi śmiertelny cios. Wyglądały jak dwaj tłuści sędziowie w pudrowanych perukach.

Większy, grubszy ptak miał piękny czarny grzebień na czubku płaskiej głowy. Grzebień przechylał się na boki jak czapka, kiedy kogut tańczył i robił uniki, szarpiąc pazurami mniejszego kogutka, który upadł w błoto. Chłopcy piszczeli z podniecenia, kiedy czarnogrzebieniasty kogut skoczył na swoją ofiarę, wbił w nią szpony i uderzył dziobem. Pokonany prawie się nie ruszał. Śmierć nadeszła szybko. Najstarszy chłopiec podniósł zwycięzcę za zakrwawione nogi i triumfalnie wyrzucił w powietrze. Martwego kogutka ostrożnie podniesiono z błota i małe paluszki zbadały go, szukając wad. Potem rzuciły go z powrotem na ziemię. Upadł z rozłożonymi skrzydłami, głowa przekrzywiła mu się na bok, z dzioba wypłynęła pojedyncza kropla krwi.

Ludzie na Fleet Street jakby już całkiem zapomnieli o trzęsieniu nieba. To było niepojęte, niczym najgorszy koszmar, ale już minęło. Powróciła zgiełkliwa monotonia życia. Błotnistą ulicę zasłały płachty gazet; furmanki tarasowały jezdnię, woźnice wywijali batami powiązanymi w supły. Przez błoto biegli lektykarze, dźwigając lektykę z zasuniętymi okiennicami i tajemniczym pasażerem. Krzyczeli: „za pozwoleniem" i przepychali się przez tłum, zmierzając w stronę śródmieścia. Agetta wciąż czuła na twarzy smród dłoni w rękawiczce, serce podchodziło jej do gardła. Odepchnęła chłopców z drogi. Chcieli się na nią rzucić, ale Zbój tylko warknął i kłapnął zębami, więc cofnęli się, wiedząc, że gotów ich pogryźć. Przed Agettą znajdowały się wyblakłe czerwone drzwi jej domu. Szyld nad drzwiami głosił: Pensjonat Lamiana – Witamy czystych gości!

W środku unosił się zapach jagnięcej pieczeni. Z kuchni do holu dochodziły odgłosy siekania. Zbój zajął swoje miejsce przy kominku naprzeciwko schodów, podrapał się i ułożył, żeby wpatrywać się w płomienie.

Agetta otrzepała się z kurzu i doprowadziła ubranie do porządku przed spotkaniem z ojcem. Przez szczęk kuchennych noży przebił się ojcowski głos:

– Agetta, to ty? Agetta! Chodź tutaj, trzeba zanieść jedzenie do więzienia Newgate. Połowa miasta oszalała, a druga połowa jest głodna, chodź no tu!

Cadmus Lamian miał szorstki, grzmiący głos. Wyglądał również niezbyt miło. Był wysokim, brutalnym mężczyzną o długich, cienkich palcach. Z boku głowy na skroni miał dużą bulwiastą narośl, która szpeciła mu czoło i ciasno napinała skórę na twarzy.

Stał przy długim drewnianym stole na środku kuchni, w fartuchu wysmarowanym krwią i tłuszczem. Czarny piec huczał ogniem i buchał dymem. Od żaru miękły woskowe świece i pryskał tłuszcz czekający na baraninę, którą właśnie przygotowywał Cadmus. Obok pieca znajdował się kominek z grubym drewnianym gzymsem, kocioł do gotowania wody i żelazna skrzynia na drewno. Ogień płonął jasno, wysyłając fale gorącego bursztynowego światła w najciemniejsze zakątki kuchni.

Cadmus, nie podnosząc wzroku, rąbał upartą kość udźca, która nie chciała się złamać.

– Co za noc, ledwie się człowiek zdrzemnął, zanim wybuchło szaleństwo. Strąciło na podłogę, zrzuciło ze schodów i od tamtej pory całe miasto dobija się do drzwi, żeby je nakarmić. – Walnął kość jeszcze mocniej, aż drzazgi rozprysły się po kuchni. – Dziwny początek dnia, dziewczyno. Wcale mi się to nie podoba, wcale a wcale.

Przerwał i zakrwawioną dłonią otarł pot z czoła. Zobaczył wyraz twarzy Agetty, która na końcu języka miała pytanie o matkę.

– Ona leży w łóżku, mówi, że ma gorączkę… ja tam mówię, że wypiła za dużo dżinu.

Po czym podniósł grube, płaskie ostrze wysoko nad głowę i z całej siły rąbnął w pozostały kawałek kości, który pękł na pół. Tasak wbił się w stół. Cadmus stęknął z ulgą i parsknął śmiechem.

– Oni chcą tylko mięsa z chlebem i za jednego pensa to właśnie dostaną. – Spojrzał na Agettę. Nigdy nie była taka milcząca. – Kot ci odgryzł język? – zapytał ostro.

– Muszę się przespać. To był długi dzień i krótka noc. Blake chce, żebym wróciła o zmierzchu, nie znosi sam zapalać świec.

Agetta nie mogła powiedzieć ojcu, co się stało. Nigdy by jej nie uwierzył. Pomyślała, że tylko by ją wyśmiał, zawsze ją wyśmiewał.

– Jeszcze zdążysz się wyspać. Teraz czeka robota, a robota znaczy pieniądze.

Cadmus przeciągał słowa, wkładając baraninę do długiego rondla z gorącym tłuszczem. Mięso zasyczało, na skórce wykwitły spieczone pęcherze. Jedną ręką Cadmus otworzył drzwiczki czarnego pieca, skąd rozżarzone węgle wysyłały fale gorąca na kuchnię. Przyciągnął naczynie po stole, wsunął je gładko do pieca i z satysfakcją zatrzasnął drzwiczki.

– Zrobione – oznajmił i odwrócił się do Agetty. – Jak tam ten kundel Blake? Wciąż ma dużo pieniędzy?

Agetta rzuciła na stół portmonetkę, która wylądowała z miękkim stuknięciem i brzękiem monet.

– Dwa szylingi, tylko tyle odważyłam się wziąć. Dzisiaj nie miał gości. Znalazłam jedną monetę w kieszeni płaszcza, drugą wyjęłam z sakiewki – uśmiechnęła się, zadowolona z siebie.

– A on ci jeszcze za to płaci – zaśmiał się jej ojciec. – Do kasetki, razem z resztą. Pewnego dnia opuścimy tę wytworną londyńską rezydencję i przeniesiemy się na wieś.

– Miał jednego gościa – ciągnęła Agetta. – Izaak Bonham. Ścigały go psy, kiedy było to trzęsienie nieba. Ledwie przed nimi uciekł. Słyszałam, jak rozmawiali, mówili coś o gwieździe na niebie i o księdze. Głupie gadanie, jak zawsze. – Agetta włożyła dwie monety do drewnianej skrzynki, którą trzymali na półce nad paleniskiem. – Mówili, że ta księga jest pełną sekretów i powie im, czy gwiazda zderzy się z ziemią. Chyba nazywali ją kometą.

– Bonham, hę? Członek Towarzystwa Królewskiego. Bogaty człowiek, bogatszy od Blake'a. – Cadmus zadumał się nad dwoma bogaczami w jednym miejscu. – Ten Blake robi z siebie wielkiego ważniaka. Chce odkryć sekrety wszechświata. – Cadmus wyciągnął z pieca blachę z chlebem. – Uważaj, żeby zapamiętać wszystko, co on mówi; znajdą się tacy, co dobrze zapłacą, żeby wiedzieć, co się dzieje w tamtym domu.

Podniósł wzrok znad stołu i uśmiechnął się do córki.

– Pamiętaj, Agetto, dobre rzeczy przychodzą do tego, kto czeka, a my dosyć już się naczekaliśmy. No, chodź i pomóż, musimy nakarmić gości; może to nie było ostatnie trzęsienie.

Agetta rozejrzała się po kuchni. Nie znała innego miejsca. To był jej świat, odkąd się urodziła. Przez czternaście lat poznała każdy zapach, każdą plamę na brudnej ścianie, każdą pajęczynę zwisającą z sufitu.

Pamiętała dzień, kiedy jako małe dziecko oparzyła sobie rękę o drzwi pieca. Od tamtej pory postrzegała go jako czarne monstrum, przyczajone groźnie w kącie. Podsycała w nim ogień chrustem i drewnem wyrzuconym przez wodę, które zbierała na brzegach Tamizy podczas odpływu, kiedy taplała się w błocie z przyjaciółmi. Wieczorami siadała obok balii, zawsze pełnej garnków i wody pokrytej skorupą zakrzepłego smalcu. Przypominała jej statek, który utknął w mule w Rotherhithe. Deszczułki wypuczały się niczym wręgi statku wypełnionego przypływem. W kącie wypatrywała szczurów, które wybiegały z nory, szukając kolacji. Zbój gonił je po brudnej kamiennej podłodze, chwytał w zęby i rzucał o ściany jak szmaciane lalki. Kiedy zdechły, szturchał je nosem w nadziei, że powrócą do życia, i zabawa w ściganego zacznie się na nowo.

Szorstki głos ojca wyrwał ją z zamyślenia.

– Widziałaś tę księgę, o której mówił Blake? Jeśli jest cenna, możemy go od niej uwolnić…

– Domyśliłby się, że to ja. Zresztą nie wiem, gdzie ją trzyma – zawahała się Agetta.

– Gdybyśmy to zgrali w czasie, kiedy kominiarczyk... – myślał na głos Cadmus.

– Powinniśmy dalej robić swoje i nie szukać kłopotów – warknęła Agetta.

– Co, dziewczyno, tracisz odwagę? Nie chcesz już pomagać ojcu? Cadmus zrobił krok w jej stronę z tasakiem w ręku.

Rozległo się donośne łomotanie do kuchennych drzwi. Cadmus Lamian z brzękiem rzucił tasak na stół. Drzwi się otwarły i Dagda Sarapuk powolnym, miękkim krokiem wszedł do kuchni. Agetta zauważyła, że jego ubranie, niegdyś eleganckie, wyglądało jeszcze gorzej niż zwykle. Na długim surducie widniały ciemne plamy, na kołnierzu i łokciach prześwitywała podszewka. Sarapuk był wyższy i chudszy od jej ojca; miał zniszczoną, pobrużdżoną twarz, spaloną obcym słońcem.

– Panie Lamian – odezwał się łagodnym głosem, niewiele głośniejszym od szeptu. – Czy wybaczy mi pan śmiałość, jeśli poproszę o rozmowę w cztery oczy?

Lamian wzrokiem nakazał córce wyjść. Agetta odwróciła się i ruszyła do drzwi.

– Zajmę się innymi gośćmi, ojcze. Może potrzebują rozrywki.

Przybysz nie pofatygował się, żeby ustąpić jej z drogi. Agetta przecisnęła się obok niego, a on wyszczerzył do niej zęby, widząc, że naraził ją na niewygodę.

– Taka ładna dzieweczka, taka młoda – powiedział cicho po jej wyjściu, wiedząc, że ona usłyszy te słowa.

– Co mogę dla pana zrobić, panie Sarapuk? – zagadnął Cadmus, podsuwając przyjacielowi krzesło przy stole.

Usiedli obok siebie; Cadmus widział białka oczu Sarapuka błyskające czerwonym odblaskiem ognia. Kosmyki cienkich siwych włosów schludnie przywierały mu do podbródka, przemieszane z okruchami okrętowych sucharów.

– Chodzi o mój sklep – szepnął Sarapuk. – Nabyłem niewielką nieruchomość na Seething Lane, niedaleko Hart Street. Na górze są pokoje, więc pod koniec tygodnia się wprowadzę. – Zrobił przerwę. – Oczywiście nadal będę korzystał z pańskich doskonałych posiłków... powiedzmy co wieczór o siódmej? – Znowu przerwał i obejrzał się na drzwi, nasłuchując uważnie. – Zastanawiałem się, czy jest możliwe, żeby Agetta do mnie zaglądała? Rzadko z kimś rozmawiam, a ona jest taka urocza i wprowadzi przyjemną odmianę w życie starego człowieka.

– Wszystko jest możliwe... za odpowiednią cenę – odparł Cadmus z uśmiechem. – Ten pański sklep, co będzie pan w nim sprzedawał? – zapytał, węsząc okazję do zrobienia interesu.

– Ja nie sprzedaję, Cadmusie, ja leczę. Jako aptekarz zajmę się lekarstwami, zębami i opukiwaniem czaszek. Interesuje mnie anatomia, lecz tak trudno znaleźć chętne obiekty.

– Pewno trzeba dużo się uczyć, żeby do tego dojść, panie Sarapuk. To są wyższe rzeczy, za trudne dla kogoś takiego jak ja. – Cadmus usiłował okazać zaciekawienie.

– No cóż, wszyscy jesteśmy chorzy, na ciele, duchu lub umyśle. Zamierzam w stosownym czasie otworzyć mały szpital... jeśli znajdę osoby dostatecznie zainteresowane robieniem pieniędzy. – Spojrzał Cadmusowi w oczy. – Popełniłem w swoim życiu wiele błędów, tyle razy mnie oszukiwano, ale teraz to co innego. Za sto funtów można dokonać inwestycji, która zwróci się wielokrotnie, lecz takich ludzi, podobnie jak trupy, trudno znaleźć.

Sarapuk powoli postukał palcem w stół, jakby wybijał rytm sekretnego koncertu.

– Chyba znam kogoś, kto panu pomoże w obu sprawach, panie Sarapuk – oświadczył Cadmus, teraz naprawdę zaciekawiony. – Sto funtów, jaka jest gwarancja zwrotu?

– Mogę tylko powiedzieć, że dla odpowiedniego człowieka zawsze otwierają się złote możliwości. – Sarapuk z uśmiechem uniósł brew.

– Na pewno coś pana do tego popycha, panie Sarapuk. Pomaganie ludziom, zakładanie szpitala... To są szczytne ideały. – Cadmus odwrócił się i nachylił do gościa. – Co do mnie, staram się tylko poprawić los żony i dziecka. Potrafię się poznać na dobrym interesie i dopóki rodzina Lamianów ma co włożyć do garnka, jestem szczęśliwym człowiekiem. Ale pan, co panem kieruje?

Sarapuk ponownie rozejrzał się po kuchni. Sprawdził drzwi i nasłuchiwał czujnie. Ogień z paleniska rzucał na kuchnię czerwony poblask, świece płonęły jasno na ścianach. Maleńkie okienko w głębi nie przepuszczało światła z ulicy. Tutaj dzień nie różnił się od nocy. To było miejsce poza czasem, o grubych, solidnych ścianach, które oparły się zamieszkom, strajkom górników i zarazie. Nawet Wielki Pożar tylko osmalił te ściany. Sarapuk zaczął mówić ze starannym namysłem, odmierzając długie, powolne oddechy.

– Drogi przyjacielu, podróżowałem po świecie w poszukiwaniu jego tajemnic. Od Egiptu do Persji przekopałem ruiny wielu miast. Szukałem niezmordowanie, lecz tego, dla czego się trudzę, nie można znaleźć w świecie, tylko w najgłębszych zakamarkach ciała. Poszukuję siedliska duszy. – Mocnym uściskiem Sarapuk chwycił Lamiana za ramię i przyciągnął do siebie. – Wiem, że to ja je odnajdę, a wtedy będę mógł pochwycić ludzką duszę w chwili śmierci i udowodnić światu, że jesteśmy nieśmiertelni. Pomyśl o tym, Cadmus, pomyśl o tym. Co ludzie dadzą, żeby zobaczyć duszę, wieczną esencję, zamkniętą w szklanym słoju i pokazywaną za dwa szylingi? Zostanę bogatym człowiekiem. Obaj będziemy bogaci!

Sarapuk zaśmiał się piskliwie, z podnieceniem.

– Myśli pan, że to możliwe, że pan tego dokona? – zapytał Cadmus, któremu udzieliło się podniecenie.

– To jak układanka, bo co roku odkrywam kolejny fragment. Teraz jest prawie kompletna. – Sarapuk urwał i rozejrzał się nerwowo po kuchni. – Nie możemy nikomu o tym powiedzieć, trzeba to trzymać w sekrecie. Władze mogą potępić moje badania, a ja nie mogę grymasić w wyborze ochotników.

– Ci ochotnicy, czy oni… nie żyją? – zapytał Cadmus z wahaniem.

– Na razie tak – odparł cicho Sarapuk. – Nadejdzie czas, kiedy mogę potrzebować jednego czy dwóch, którzy, jakby to rzec… odchodzą z tego świata na tamten. – Ponownie odetchnął głośno i głęboko. – Wolałbym świeżych. Kilku, których kupiłem, wisiało za długo i zostali nieco uszkodzeni.

Cadmus zadumał się.

– Chyba mogę panu pomóc. Mam przyjaciela, Johna Swifta, który jest dozorcą więziennym w Newgate. Za niewielką opłatą może panu dostarczyć tego, czego panu potrzeba. Niech pan zje śniadanie z gośćmi na koszt firmy i pozwoli mi pomyśleć. To bardzo niezwykła umowa handlowa i wolałbym utrzymać nasze partnerstwo w najgłębszym sekrecie.

Nie chcę, żeby ludzie myśleli, że Lamian rozmyśla nad swoim miejscem w życiu.

Sarapuk wstał, chwycił Cadmusa za rękę i potrząsnął gwałtownie.

– To są ważne czasy, wiek nauki i prawdy. Możemy odkryć przed ludźmi nowe spojrzenie na świat. Za rok znajdziesz się na ustach londyńskiej socjety, będziesz miał własną lożę w Vauxhall Gardens, powóz albo barkę, a twoja córka zostanie czyjąś piękną żoną.

Hol wypełniali goście czekający na posiłek i rywalizujący ze Zbójem o miejsce przy ogniu. Agetta przepchnęła się pomiędzy nimi i otworzyła kluczem drzwi do dużej jadalni, zajmującej prawie cały zachodni koniec domu. W pokoju panował lodowaty chłód; młody ogień walczył, żeby rozpalić wilgotny węgiel. Gęsty brązowy dym z trudem wspinał się szerokim kominem na październikowe słońce.

Przez całą długość pokoju biegł długi stół, obstawiony drewnianymi krzesłami. Oświetlały go cztery duże lichtarze; świece paliły się już od dobrej chwili, żółty łój śmierdział świńskim tłuszczem.

Ludzka fala wdarła się do pokoju. Wśród tej zbieraniny obdartusów i włóczęgów znaleźli się uliczni artyści, kaznodzieje i człowiek, który twierdził, że nosi na ciele ślady ukrzyżowania, i pokazywał je publiczności za sześć pensów. Pensjonat był tani. Wspólne łóżka, wiadro na pomyje pod spodem i wieszak za farthinga dla tych, którym brakowało dwóch pensów, żeby spać na leżąco. Wieszani mogli rozprostować znużone kości klęcząc przy długiej linie, rozciągniętej od ściany do ściany. Opierali się na niej, żeby nie dotykać zimnej podłogi, i niczym stado wiszących ptaków, łagodnie kołysani, zapadali w niewygodny i niespokojny sen.

Śniadanie podano w pośpiechu. Z kuchni przyniesiono kawały gorącego mięsiwa, małe okrągłe bochenki chleba i gliniane dzbany z piwem. Las łapczywych rąk wyciągnął się skwapliwie po jedzenie, chwytając gorące mięso zawinięte w chleb za pensa i spłukując je kuflem taniego piwa.

Agetta podawała do stołu i pilnowała, żeby wszyscy zostali nakarmieni i nikt nie wziął więcej, niż na niego przypadało. Pan Manpurdi owinął dłonie dwiema czerwonymi szmatkami, żeby osłonić czyste białe bandaże, zakrywające krwawe rany stygmatów. Przyjrzała mu się uważnie. Nigdy nie pozwalał nikomu obejrzeć ran bez płacenia. Patrząc, jak jadł, widziała, że naprawdę cierpiał; trzymał ręce w niewygodnej pozycji, kiedy próbował podnieść kawałek chleba do ust. Agetta rozłamała mały, twardy bochenek chleba, chwyciła plaster mięsa z półmiska i włożyła do środka. Z uśmiechem podała porcję Manpurdiemu. Pochylił głowę w podzięce. Agetta nie pragnęła zobaczyć śladów ukrzyżowania na dłoniach Manpurdiego. Nie potrzebowała też religii. Jak mógł dobry Bóg skazać ją na taką nędzę? Dłonie pana Manpurdiego nic dla niej nie znaczyły, nie były równie interesujące jak dromader, pochodzący aż z pustyń Arabii, którego widziała przed menażerią Gougha. Dla niej pan Manpurdi nie różnił się od innych potworków, które u nich mieszkały. Mieli chłopca ze skórą żuka, kobietę z trzema rękami i dziewczynkę z uszami tak wielkimi, że nazywali ją ludzkim słoniem. Widziała ich wszystkich.

Agetta wiedziała, że niektóre z tych dziwolągów stworzyli sami ludzie. Widziała kiedyś, jak pewien mężczyzna wtykał sobie kacze pióra w twarz i twierdził, że jest w połowie orłem. Inny spiłował sobie zęby, żeby przypominały wilcze kły, i zabarwił skórę herbatą.

Pan Manpurdi był inny: łagodny i miły, nigdy się nie wywyższał. Miał tylko krwawiące blizny, które nigdy się nie goiły – i opowieść, jak otrzymał je pewnej nocy w wizji, o której odejście błagał.

Dagda Sarapuk wszedł powoli do jadalni i usiadł na końcu stołu. Spojrzał na Agettę i uśmiechnął się, nakładając sobie jedzenie. Nachylił się do Manpurdiego i rzucił uwagę, której nie usłyszała.

Zobaczyła, że jej ojciec wychodzi z kuchni z tacą jedzenia. Szepnął jej do ucha, zanim wszedł na schody:

– Mamy gościa, specjalnego gościa. Poetę. Przybył wczoraj w nocy. Nie chce, żeby mu przeszkadzać. Nie wychodzi z pokoju. Tylko ja mogę mu zanosić jedzenie. Zrozumiano?

Po czym Cadmus odwrócił się i poczłapał po schodach na najwyższe piętro. Agetta ruszyła za nim w pewnej odległości, zaintrygowana zachowaniem ojca, nasłuchując jego kroków. Kiedy wszedł na najwyższy podest, zatrzymał się i spojrzał w dół. Potem postawił tacę na małym stoliku i wyjął z kieszeni klucz. Agetta schowała się za ścianą na zakręcie schodów. Słyszała, jak klucz wsuwa się do zamka i szybko przekręca. Skrzypnęły otwierane drzwi. Wstrzymała oddech, żeby wszystko słyszeć.

– Jadasz jedzenie? – zapytał wyraźnie ojciec. – To chleb i mięso. Przyniosłem ci wody, pomyślałem, że tacy jak ty nie piją piwa.

Nie otrzymał odpowiedzi. Agetta zaczęła znowu oddychać, powoli, jak najciszej, wciąż pilnie nasłuchując. Potem rozległ się brzęk łańcuchów wleczonych po drewnianej podłodze.

– Możesz je ze mnie zdjąć? – zapytał słaby głos, którego nigdy przedtem nie słyszała, jasny, czysty i kruchy. – Nie mam ani siły, ani woli, żeby uciekać.

Milczenie trwało długo, zanim ojciec odpowiedział:

– Pan Gough mówił, żebym był ostrożny. Nigdy nie zdejmuj łańcuchów, bo on odleci, mówił.

– Dokąd mam odlecieć? W oknach są kraty, a drzwi zamknięte na klucz. Czy przeczołgam się pod drzwiami albo wpełznę w mysią dziurę? – odpowiedział głos.

– Dziwny z ciebie stwór, a teraz należysz do mnie. Dobrze za ciebie zapłaciłem i możesz mi się bardzo przydać. Przed chwilą jeden uczony mówił, że zrobiłby dobry użytek z takiego jak ty. No, ale nawet on zdziwiłby się, jakby cię zobaczył.

Cadmus przeszedł po drewnianej podłodze. Agetta słyszała każdy jego ruch, kiedy stawiał tacę na stole.

– Zostawiam to tutaj, zjedz, co chcesz. Powinieneś nabrać trochę ciała. Chudzina z ciebie, nie wyglądasz zdrowo. To dla twoich zębów cię kupiłem; pięknie by wyglądały przeszczepione do ust jakiegoś dżentelmena – zaśmiał się Cadmus.

– Więc jaki los mnie czeka? Czy zostanę tu na zawsze? – zapytał głos.

– Zostaniesz tutaj, dopóki nie postanowię inaczej. Piękne z ciebie stworzenie i mogę zrobić karierę, kiedy cię pokażę światu. Jesteś taki wyjątkowy dlatego, że naprawdę jesteś...

Frontowe drzwi rozwarły się gwałtownie i hol wypełnił się hałasem. Zbój zaczął szczekać, kiedy biesiadnicy wylewali się z jadalni przed dom. Cadmus Lamian zbiegł ze strychu, a Agetta umknęła ze schodów do swojego pokoju. Po ulicy toczył się chwiejnie wózek, wiozący skazańca do więzienia w Tyburn. Spod dużych kół bryzgały plugawe fontanny błota. Oczy człowieka na wózku powędrowały w górę po fasadzie pensjonatu. Tam, pod szczytem dachu, dostrzegł przelotnie twarz przyciśniętą do brudnej szyby okna na strychu. W tej krótkiej chwili serce skazańca zostało podwójnie złamane. Na twarzy w oknie ujrzał smutek większy od swojej rozpaczy i w jakiś dziwny sposób wiedział, że czeka go los lepszy niż człowieka, w którego oczy teraz spoglądał.

4

Aleja Inigo

Na Bloomsbury Square samotna ciemna postać opierała się o pień starego wiązu, z którego suche październikowe liście sypały się na ziemię niczym deszcz złotych monet. Mężczyzna zakaszlał i charknął. Postawił kołnierz płaszcza dla osłony przed zimnym wiatrem, pędzącym liście po trawie. Tłuste owce pasące się wśród wiązów trzymały się przezornie z daleka od obcego, który pociągał z długiej glinianej fajki i żar rozświetlał mu twarz.

Zegar na wysokiej marmurowej wieży kościoła Świętego Jerzego górującej nad zatłoczonymi ulicami, wybił kwadrans. Wiele osób uwierzyło w plotkę, że o północy trzęsienie nieba się powtórzy. Gazeciarze wykrzykiwali tę nowinę, biegnąc przez ulice z naręczami „London Chronicle", ogłaszając katastrofę i nakazując zachowanie spokoju. Przed tawerną Byk i Paszcza zebrał się tłum, żeby czekać na następny wstrząs skorupy ziemskiej, od którego zadrżą domy i kompletna ciemność okryje niebo. Nad Tamizą, na tle głębokiej purpury nieba, wisiał jasny księżyc w nowiu, a ladacznice z Holborn spacerowały ulicami, unosząc długie krynoliny i białe szale, zaczepiając każdego dżentelmena w nadziei zarobku.

Blake i Bonham spędzili wieczór na poważnej rozmowie przy otwartym oknie obserwatorium na czwartym piętrze. Na obiad zjedli pieczone gołębie i makrele; obrali kości z mięsa i zostawili chrupkie skóry z boku talerzy. Razem czekali, aż niebo się rozchmurzy. Wreszcie silny wiatr rozpędził obłoki i odsłonił niebiosa.

Blake manipulował długim mosiężnym teleskopem, próbując ustawić soczewki tak, żeby zobaczyć kometę. Po raz pierwszy lękał się, że uległ złudzeniom, że Piołun to zwykła pomyłka, smuga na soczewce, odbicie jakiegoś dalekiego światła. W miarę jak zbliżała się północ, coraz bardziej gorączkowo przeszukiwał horyzont, wypatrując komety.

Bonham czekał cierpliwie, aż przyjaciel się uspokoi. Patrzył, jak Blake nastawia ostrość i wysokość teleskopu, a po chwili powtarza całą procedurę od nowa.

– Zobaczysz ją, Sabian. Wzrok cię nie zawiódł. Zaufaj sobie, jak tylko wybije północ, gwiazda wzejdzie i ujrzysz ją znowu – zapewniał, żeby dodać przyjacielowi otuchy.

– Zaczekamy – odparł Blake. Odszedł od teleskopu i otworzył duży kredens stojący pod ścianą. – Chciałem ci coś pokazać, a teraz nadeszła pora.

Wyjął paczkę owiniętą w jedwab i wrócił na środek pokoju, gdzie położył ją na stole. Powoli odwinął pakunek. Bonham przyglądał się temu z narastającą fascynacją.

– To jest ta księga, Izaaku. Napisana tak dawno temu, że nikt nie wie, jaki umysł ją zainspirował – oznajmił Blake. – Nigdy nie myślałem, że doczekam dnia, kiedy znajdzie się w moim domu, ale jest tutaj i muszę podziękować gwiazdom, że ją do mnie sprowadziły.

Bonham z nabożną czcią spoglądał na grubą skórzaną oprawę, starożytne pismo i zniszczony papier. Blake odwracał stronice, aż dotarł do szóstego rozdziału szóstej księgi i ostatniej strony. Przesunął palcem do słów wykaligrafowanych na marginesie.

– Tutaj, patrz. To prawda! – Przeczytał słowa Bonhamowi. – „Piołun, jasna gwiazda spadnie z nieba… i wielu umrze od jej goryczy". Ona zmierza do nas, Izaaku, my pierwsi ją zobaczyliśmy i w żaden sposób nie możemy jej powstrzymać. – Oczy mu płonęły z podniecenia graniczącego z szaleństwem. – Musimy powiedzieć światu, lękam się jednak, że wtedy wybuchną zamieszki i zapanuje terror, jakiego jeszcze nie widzieliśmy. A jeśli to nieprawda, wyjdę na największego głupca pod słońcem.

– Do diabła z tym, powiesz czy nie powiesz – rzucił gwałtownie Bonham, wpatrując się z napięciem w *Nemorenzis*. – Musisz komuś powiedzieć, a komu, jeśli nie Towarzystwu? Czy wiesz, gdzie upadnie kometa, jeśli uderzy w Ziemię?

Zaczął kartkować książkę, próbując rozszyfrować dziwaczne litery i obliczenia wytłoczone na każdej stronicy.

– Kiedy uderzy w atmosferę pierwszych niebios, rozpadnie się na tysiące odłamków – odparł Blake. – Ziemia zostanie zbombardowana i według moich obliczeń wszystko od Paryża do Londynu będzie zniszczone, morza zatrute i prawie całą ziemię okryje ciemność na wiele pokoleń! – Popatrzył na Bonhama, którego twarz pobruździły cienie w niepewnym blasku świec. – Jak mam to przekazać Towarzystwu? Przecież to banda przekarmionych intelektualistów, którzy kochają tylko dźwięk własnych głosów. Wszyscy jak jeden mąż uznają mnie za głupca.

Nerwowo przeszedł po pokoju.

– Nie, jeśli im pokażemy. Możemy tu sprowadzić lorda Flamberga, niech sam zobaczy, a inni uwierzą mu na słowo. Mogę go umówić na jutrzejszą noc. Jeśli zaczekamy dłużej, ktoś inny może sobie przywłaszczyć kometę. Ona nosi twoje nazwisko, Sabianie, cała twoja praca i wszystkie obliczenia zmierzały do tej chwili, nie możesz tego zmarnować.

Bonham chwycił Blake'a za rękę i mocno potrząsnął.

– Gratuluję ci dzisiejszej nocy; jutro Towarzystwo, a potem cały świat poznają twój geniusz. Kto wie, może *Nemorenzis* zmieni świat, a tobie powierzono przekazanie nam tej wiedzy.

Na placu poniżej mroczna postać nadal obserwowała dom, wbijając wzrok w otwarte okno. Obok przejeżdżały powozy, strażnik stukał laską w ziemię przy każdym kroku. Nikt nie widział cienia pod wiązem ani żaru dymiącej glinianej fajki.

Agetta słyszała echo głosu Blake'a w spiralnej klatce schodowej. Otworzyła małe tylne drzwi wychodzące na alejkę za placem. Po lewej widziała światła Holborn rzucające niesamowite odblaski na mury domów. Nigdzie nie dostrzegła staruchy. Rozejrzała się za Zbójem i zawołała go w ciemnościach. Była sama.

Uniosła przód długiej spódnicy, przycisnęła do fartucha i ciasno owinęła się szalem. Pomknęła przed siebie, stukając obcasami po kamieniach bruku i rozchlapując błoto. Biegła w stronę światła, wiedząc, że znajdzie bezpieczeństwo wśród tłumów, które wypełniają ulice Holborn.

Potem z najgłębszych zakamarków świadomości wypłynęła okropna myśl, że ściga ją jakiś ohydny stwór, który dyszy jej w kark. Włosy stanęły jej dęba, kiedy wyobraziła sobie lodowate palce sięgające ku niej

37

poprzez mrok. Patrząc pod nogi, żeby się nie potknąć, przyspieszyła jeszcze.

Nagle coś ją zatrzymało i runęła na ziemię. Otoczył ją gwar Holborn. Podniosła wzrok, oszołomiona od upadku. Nad nią stał mężczyzna odziany od stóp do głów w najgłębszą czerń. Surdut miał wykończony cienką złotą nitką, pasującą do grubych sprzączek na butach. Popatrzył na nią z góry i wyciągnął rękę.

– Małe dziewczynki powinny uważać, dokąd biegną – powiedział głębokim głosem z obcym akcentem. – Już bardzo późno i po ulicach chodzą obywatele, których nie chciałabyś spotkać.

Mężczyzna uśmiechnął się łagodnie i podniósł Agettę na nogi.

Zagapiła się na niego; miał prawie dwa metry wzrostu, chudą twarz i wielkie zielone oczy pod opadającym rondem czarnego kapelusza. Postawił kołnierz płaszcza dla ochrony przed nocnym chłodem. Próbowała wyrwać mu rękę, ale ścisnął ją mocno.

– Taka miękka, taka ciepła… – Przerwał i spojrzał jej w oczy. – Dużo wiesz, dziewczyno. To bardzo niebezpieczne dla tak młodej osoby.

Puścił jej rękę. Agetta nie ruszyła się z miejsca; wrosła w ziemię, niepewna, co robić dalej.

– Widzę z twojej miny, że masz ważne spotkanie z kimś, kto nie powinien czekać. Czy mam cię odprowadzić na randkę?

– Oszalałeś czy robaki wyjadły ci mózg? – rzuciła gwałtownie Agetta.

I wtedy zegar na wysokiej wieży kościoła Świętego Jerzego wybił pierwsze uderzenie północy. Agetta odepchnęła mężczyznę i pobiegła w stronę alei Inigo. Całe Holborn zatrzymało się i spojrzało na niebo, oczekując następnego wstrząsu. W oddali gruchnęła okrętowa armata, niski pomruk gromu przetoczył się nad Tamizą. Londyn zamilkł i czekał. Agetta, wciąż biegnąc, przepychała się przez tłum. Nikt nie zwracał na nią uwagi, nikt jej nie widział – wszyscy wpatrywali się w niebo. Księżyc w nowiu wisiał wysoko nad miastem, niebo się wypogodziło i miało w sobie nowe piękno, jakby świat narodził się powtórnie, jakby to była pierwsza noc stworzenia.

Przy dwunastym uderzeniu zegara Agetta skręciła w aleję Inigo. Uliczka wydawała się jeszcze węższa, mroczniejsza i bardziej złowroga. Smugi krwi wciąż znaczyły mur. Agetta trzymała się środka alei i rozglądała się bez ustanku, czekając, że coś lub ktoś wyskoczy z cienia.

Aleję wypełniał hałas z tawerny Pod Statkiem. Piskliwe wrzaski i śmiechy mężczyzn potęgowały nastrój grozy, budząc echa wśród murów i kamieni.

Mała lampka nad drzwiami wysyłała cienki promyk światła, który odbijał się w niskiej mgle sięgającej kolan. Agetta nie widziała, gdzie stawia stopy i co się kryje pod warstwą oparów. Światło tańczyło wokół niej, a kłęby mgły przybierały pozór zjaw bez twarzy.

Potem zastukały kopyta dorożkarskich koni. Hałas narastał, okute metalem koła turkotały na bruku. W świetle padającym z tawerny Agetta zobaczyła cztery jedwabiście czarne konie w pogrzebowych pióropuszach, kroczące przez mgłę, jakby stąpały po chmurach.

Konie ciągnęły bogaty powóz. Stangret siedział na wysokim koźle, z postawionym kołnierzem podróżnego płaszcza, a z tyłu stali dwaj lokaje o śmiertelnie bladych twarzach, w pudrowanych perukach i płaszczach szamerowanych złotem, z pozłacanymi akselbantami na ramionach. Powóz zatrzymał się przed tawerną, zagradzając wyjście z alei. Ukryta w ciemnościach Agetta patrzyła, jak stangret rozgląda się, po czym ostrożnie schodzi z wysokiego siedziska i otwiera drzwi powozu. Nachylił się do środka, potem odstąpił i wyciągnął rękę do jedynego pasażera.

Z powozu wysiadła wysoka kobieta, ubrana w długi czarny aksamitny płaszcz z kapturem. Płaszcz błyszczał w świetle lampy i przy każdym ruchu wzbijał kłęby mgły. Kobieta nosiła tygrysią maskę z grubymi, czarnymi, kocimi wąsami. Każdą pręgę zdobiły klejnoty, a wokół oczu migotała obwódka z błękitnych diamentów. Długa, wiotka, upudrowana na biało szyja jaśniała w półmroku.

Kobieta spojrzała w alejkę i zawołała:

– Agetta! Agetta Lamian... mam dla ciebie wiadomość!

Agetta próbowała mocniej wcisnąć się w mur, kiedy kobieta dała znak lokajom, żeby zeszli z powozu.

– Wyjdź, Agetto. Nie zrobię ci krzywdy, możesz mi zaufać.

Mówiła z wytwornym akcentem. Miękki, jedwabiście gładki głos brzmiał tak łagodnie, jakby jeszcze nigdy nie podniósł się w gniewie ani nie wymówił złego słowa.

– Agetto – ciągnęła kobieta – wkrótce muszę odjechać i mam coś ważnego do powiedzenia. Od tego może zależeć twoje życie i życie twojego ojca. Wiem, że tam jesteś, więc wyjdź, dziewczyno!

Nie czekała na odpowiedź; odwróciła się i wsiadła z powrotem do powozu. Stangret wspiął się po schodkach z przodu, zajął swoje miejsce na koźle, chwycił lejce i uspokoił konie, szykując się do odjazdu.

– Czekaj! – krzyknęła Agetta, wyskoczyła ze swojej kryjówki i podbiegła do drzwi powozu. – Jestem tutaj, porozmawiam z tobą.

Drzwiczki się otwarły. Na ich lśniącej czarno-żółtej metalowej płycie widniał dziwny wzór, jakiego Agetta nigdy jeszcze nie widziała. Nie był to szlachecki herb, jak na bogatych powozach turkoczących po Fleet Street. Było to duże złote słońce z osadzonym pośrodku czerwonym, błyszczącym ludzkim okiem, które zdawało się śledzić każdy krok Agetty.

Z mrocznej głębi powozu przemówił spokojny głos:

– Wsiadaj, Agetto. Przed nami krótka podróż, podróż, która odmieni twoje życie.

Głos kobiety uspokajał. Agetta wiedziała, że wsiadanie do obcego powozu to kompletne szaleństwo. Tak skończyło kilka znanych jej dziewczyn, które zniknęły z ulicy i nikt ich więcej nie widział. Obejrzała się na alejkę, a potem odrzuciła wszelkie obawy. Szybko weszła do powozu, chociaż zimny dreszcz przebiegł jej po krzyżu.

– Czy zadrżałaś z zimna, czy ze strachu? – zapytała kobieta, podając Agetcie dłoń w rękawiczce. – Moi przyjaciele obserwują cię od jakiegoś czasu... Myślą, że możesz nam pomóc, w istocie uważają, że masz to, czego potrzeba, żeby zostać jedną z nas.

Potem drzwi się zatrzasnęły i powóz z szarpnięciem potoczył się po kocich łbach Lincoln's Inn.

Wnętrze powozu oświetlała mała lampka, tląca się nikłym bursztynowym płomykiem, który odbijał się w skórzanym dachu i drzwiach pokrytych złotymi listkami. Kobieta nie odzywała się. Patrzyła tylko przez zdobione diamentami szczeliny w masce i szczegółowo studiowała twarz Agetty.

– Masz usta kłamczuchy – oznajmiła wreszcie poprzez stukot kopyt o bruk. – Czy ty kłamiesz, Agetto?

Agetta zawahała się.

– Czasami – odpowiedziała ostrożnie. – Przecież wszyscy kłamią.

Kobieta uśmiechnęła się, a Agetta próbowała wytrzymać jej wzrok.

– Masz oczy złodziejki – ciągnęła. – Czy ty kradniesz, Agetto?

– Tylko jeśli muszę – warknęła Agetta i spojrzała na drzwi powozu, licząc, że zdoła wyskoczyć i uciec. Ale kobieta wysunęła nogę i oparła pomiędzy Agettą a drzwiami.

– Nie chcę, żebyś wypadła z powozu – wyjaśniła zmienionym tonem.

– No, przynajmniej nie teraz. Jeszcze z tobą nie skończyliśmy.

– Czego ode mnie chcecie? – zapytała Agetta.

Starała się zachować spokój. Żałowała, że nie ma tu Zbója, żeby rozszarpał gardło nieznajomej.

– Siedź spokojnie i słuchaj – nakazała kobieta. – Nawet nie myśl, żeby wyskoczyć z powozu i uciec. Moglibyśmy cię już dawno zabić, gdybyśmy chcieli, co to dla nas jeden więcej ulicznik znaleziony w Tamizie podczas odpływu...

Agetta uważnie wpatrywała się w jej twarz, a powóz kołysał się w przód i w tył. Czuła mocną woń drogiego wina i zapach anyżku. Poznała już wcześniej ten zapach, kiedy Blake zostawił otwartą butelkę swojego magicznego absyntu. Mocny, słodki likier sprawił, że zakręciło ją w nosie i łzy nabiegły do oczu. Teraz ten aromat, unoszący się z ubrania kobiety niczym ciężkie perfumy, wypełnił wnętrze powozu.

– Dokąd mnie zabierasz?

– Niedaleko. Tutaj jesteś bezpieczniejsza niż na ulicy. – Kobieta poszperała w fałdach płaszcza i wyjęła srebrną flaszkę. – Chcesz trochę? To ci rozgrzeje serce.

Zaśmiała się i podała Agetcie flaszkę z grubego srebra. Agetta odwróciła wzrok.

– To nie trucizna – zapewniła kobieta, odkręciła srebrną nakrętkę, przyłożyła flaszkę do ust i pociągnęła spory łyk. – Widzisz, myślisz, że chcę się zabić? Weź. Zostaniemy przyjaciółkami na długo. Musisz się nauczyć mi ufać, a to jest dobry początek.

Znowu podała jej flaszkę.

– Jeśli zostaniemy przyjaciółkami, to czy mogę zobaczyć twoją twarz? – zapytała Agetta, ostrożnie biorąc flaszkę.

– Może ci się nie spodoba. Zresztą lepiej, jeśli będziesz znała tylko moje *nom de guerre*, mój wojenny przydomek... Nazywaj mnie Yerzinia.

Kobieta uśmiechnęła się i Agetta zobaczyła, że oczy jej zabłysły jasno jak diamenty.

– No więc? Teraz się napijesz? To ci nie zaszkodzi; pokaże ci moc dobra. Uwalnia umysł, koi duszę i rozgrzewa ciało. – Yerzinia z satysfakcją rozprostowała ramiona i zachichotała.

Płyn we flaszce napełnił nozdrza Agetty wibrującą wonią. Zawahała się, zanim podniosła srebrną szyjkę do ust, wiedząc, że jeśli raz spróbuje, już nie zdoła się cofnąć.

Yerzinia odezwała się, jakby znała jej myśli:

– Będziemy siostrami, zaopiekuję się tobą. Nigdy więcej o nic nie będziesz musiała się martwić. Uwolnię cię od garnków i patelni, od sprzątania i usługiwania. Wkrótce nie będziesz już musiała zanosić posiłków skazańcom w Newgate. – Przerwała i znowu się uśmiechnęła. – Wiem, że nie lubisz, jak się gapią na ciebie. Śmiało, wypij za nowe życie.

Zapach zatańczył na języku Agetty, kiedy pociągnęła duży łyk. Odchyliła się do tyłu i po raz pierwszy rozparła wygodnie na miękkim skórzanym siedzeniu. Powóz kołysał ją jak statek na morzu, rozgrzewająca esencja wpłynęła w jej ciało, rozpaliła każdy nerw, napełniła każdy mięsień i ścięgno nowym życiem.

Agetta poczuła się żywa jak jeszcze nigdy dotąd. Wzbierały w niej fale czystej radości. Ogarnęła ją niezmierna miłość do wszystkiego dookoła. Szybko podniosła znowu flaszkę do ust i próbowała przełknąć jak najwięcej na raz. Pragnęła, żeby to się nigdy nie skończyło, żeby każdy łyk unosił ją coraz wyżej i wyżej.

Yerzinia wyjęła jej flaszkę z rąk, żeby samej się napić.

– Tak dobrze to pamiętam. Nigdy nie zapomnisz swojego pierwszego razu, kiedy piłaś absynt. On ma czarodziejską moc, zmienia duszę, i dzięki niemu szybujesz swobodnie jak orzeł.

Ujęła prawą rękę Agetty i wcisnęła swój kciuk w zagłębienie dłoni. Zaczął się palić, kiedy nacisnęła mocniej. Agetta, znieczulona na wszelki ból, widziała smużki dymu unoszące się z jej skóry i tańczące w powietrzu jak bagienne chochliki.

– Pamiętaj, Agetto, szczęście i przyjemność są ważniejsze niż wola jakiegoś boga. Dzisiaj dorośniesz. Dzisiaj zaczniesz żyć dla siebie, nie dla twojego ojca czy Sabiana Blake'a. – Yerzinia podniosła dłoń Agetty do ust i dmuchnęła. – Popełniłaś dość występków w swoim krótkim życiu, żeby więcej niż jeden raz zawisnąć na szubienicy w Tyburn. Ocalę cię od takiego losu. Kradzież jest dla głupców, a ty wkrótce odkryjesz, że otworzył się przed tobą nowy świat, w którego istnienie dotąd nie wierzyłaś.

– Co mam dla ciebie zrobić? – zapytała Agetta jak we śnie, nie wiedząc, czy w ogóle coś powiedziała.

– Wkrótce się dowiesz. To przyjdzie do ciebie w myśli, w wizji, która nigdy nie gaśnie, w pragnieniu, które musisz zaspokoić, i tęsknocie, która nigdy nie przemija. Wtedy będziesz wiedziała, co zrobić, i spotkamy się znowu... wkrótce.

Po tych słowach powóz zatrzymał się z szarpnięciem i wyrzucił Agettę z siedzenia. Lokaj zeskoczył na ziemię i otworzył drzwi. Agetta wyjrzała na słabo oświetloną londyńską ulicę. Czuła zapach rzeki i słyszała okrzyki przewoźników wzywających na ostatni kurs. Strażnik uliczny zawołał, że jest pierwsza godzina i wszędzie spokój, przeciągając pałką po murze.

– Most Londyński – powiedziała cicho Yerzinia. – Jest tam człowiek, którego powinnaś poznać. Przyjdź tu w niedzielę rano, zanim pójdziesz do Blake'a, i znajdź sklep księgarza. Ma coś dla ciebie, coś, czego będziesz potrzebować.

Lokaj wyciągnął rękę i pomógł Agetcie wysiąść z powozu, po czym szybko zamknął drzwi i wskoczył z powrotem na tył. Szczęknął zamek, stangret strzelił lejcami i pojazd potoczył się z turkotem po bruku Bishopsgate. Cztery czarne konie w pogrzebowych pióropuszach wybijały rytm podkutymi kopytami, krzesząc iskry z bruku.

Agetta została sama. Absynt zgasł jak zachodzący księżyc, jego moc opadła, kiedy powóz Yerzinii zniknął w oddali. Noc wydawała się zimniejsza niż przedtem. Agetta otuliła się szalem, żeby rozgrzać zmarznięte kości. Spojrzała na swoją dłoń, która teraz piekła jak po oparzeniu. Na środku widniał poczerniały odcisk kciuka, który przecinał linię życia. Agetta splunęła na rękę i potarła kciukiem drugiej dłoni. Ślad zapiekł jeszcze mocniej i zaczął rosnąć, przybierając kształt dużego czerwonego oka z czarną obwódką. Ból pulsował z każdym uderzeniem serca. Agetta szybko owinęła rękę fartuchem, przycisnęła do rany wilgotny materiał i niepewnym krokiem ruszyła z Mostu Londyńskiego do Bishopsgate.

Skrzydła
i pudrowane peruki

Cadmus Lamian siedział przy długim stole i wpatrywał się w dogasający żar paleniska. Dagda Sarapuk drzemał w dużym drewnianym krześle przy ogniu. Chrapał i biała ślina spływała mu po długiej, wąskiej brodzie. Lekki powiew poruszał płomykami świec, stojącymi wysoko na gzymsie kominka.

– Kiepski z ciebie kompan do rozmowy, Sarapuk – warknął Lamian. – Myślałem, że przynajmniej nie zaśniesz, dopóki nie powiem, co miałem do powiedzenia. – Sarapuk spał dalej, przetaczając głową z boku na bok, jakby w tym niespokojnym śnie dręczyły go wizje. – To wielka rzecz, nie z tego świata. Taka rzecz, która wyciągnie cię z nędzy tego życia, uwolni od wszy i pijawek, ospy i puszczania krwi.

Lamian trzepnął się po ramieniu i zdjął ze skóry napęczniałą od krwi wesz z precyzją człowieka, który robił to już tysiące razy.

– Nawet przyniosłem ci pióro, pomyślałem, że pokażę ci dowód. – Niezdarnie, z pijacką ślamazarnością wyciągnął długie białe pióro z wewnętrznej kieszeni płaszcza, podniósł je w migotliwym świetle świec i spojrzał poprzez jego białe piękno, lśniące blaskiem nie z tego świata. – Na co się zda sekret, który zachowujesz tylko dla siebie, pytam cię? Oto ja, prosty kucharz i właściciel starego pensjonatu, a jednak na górze trzymam zamknięte pod kluczem piękno, jakiego świat jeszcze nie widział. Ale komu je pokażę? Komu się pochwalę? To cały kłopot z sekretami... są na nic, dopóki ich nie wygadasz.

44

Sarapuk stęknął w odpowiedzi i wymamrotał przez sen słowa jakiejś zapomnianej pieśni.

– „Obmyj mnie hyzopem... a będę czysty... obmyj mnie, a nad śniegi będę czysty...”

Lamian wzdrygnął się, jakby usłyszał jęk upiora. Chwycił żelazny pogrzebacz z kominka i trzykrotnie szturchnął Sarapuka w pierś.

– Przestań paplać, człowieku – wykrzyknął. – Ciarki mnie od tego przechodzą, to kościelna gadka i tam jej miejsce, w kościele.

Sarapuk zsunął się z krzesła, spadł na kamienną podłogę i chwycił się drewnianej ramy, jak tonący chwyta się liny ratunkowej.

– Aach! Co? – wybełkotał, kiedy uderzył kolanami o kamień. – Długa droga... tyle zapomniałem... Wraca, wraca... Podkrada się do mnie nocą, goni mnie jak pies, ściga mnie.

Szybko otrząsnął się ze snu, klęcząc przed Lamianem, jakby się do niego modlił.

– Widziałem go, Cadmusie, i słowa mnie nie ocaliły. Słyszałem tupot jego stóp w czerni, czułem na karku jego oddech. Ten stwór jest na wolności i chce mnie pożreć. – Oczy wypełniły mu się łzami i wyszlochał ostatnie słowa, które uwięzły mu w gardle. – Powiedz, że mnie obronisz, Cadmusie. Bądźmy dla siebie więcej niż winożłopami. Jesteś moim jedynym przyjacielem, a każdej nocy pies podchodzi coraz bliżej!

– To tylko sen, nocna mara. Nie ma się czego bać. – Lamian chwycił świetliste białe pióro niczym magiczną różdżkę. – Patrz, to cię obroni! Natarczywie podetknął pióro Sarapukowi.

– Należy do anioła. Wyższej istoty, jakiej nigdy nie widziałeś. Przyniesione z nieba na skrzydłach. A teraz jest moje.

– Dla mnie wygląda jak łabędzie. Mam już potąd anielskich piór, drzazg z krzyża i smoczych zębów. Świat jest pełen takich rzeczy, sprzedawanych gwinea za sztukę z gwarancją, że leczą wszystkie choroby. – Sarapuk wściekle zacierał ręce, jakby chciał się pozbyć ukrytego brudu. – Jesteś przyjacielem, a teraz wspólnikiem w interesach, ale anielskich piór się nie spodziewałem. Tysiące gołodupych łabędzi paraduje teraz z różowymi zadkami po królewskich ogrodach.

– Ach! – wykrzyknął sfrustrowany, rozgniewany Lamian. – To nie żadna sztuczka z menażerii, tylko szczera prawda. Widziałem tę istotę na własne oczy i wyrwałem mu to pióro ze skrzydła własnymi rękami. To nie łabędzie pióro przyklejone do pleców człowieka. To anioł.

Sarapuk zeskoczył z krzesła, chwycił pióro i podniósł do światła. Badał oczami każde grube złote pasmo, które przywierało do innych, jaśniejąc płynną bielą. W dotyku pióro przypominało drogocenny metal i było zadziwiająco ciężkie. Sarapuk pomachał nim nad płomieniem, żeby zdemaskować fałszerstwo Lamiana. Pióro nawet się nie osmaliło ani nie zwęgliło. W płomieniu świeciło jeszcze złocistszą bielą. Sarapuk zważył je na dłoni i jego pobrużdżona twarz odzwierciedliła wytężoną pracę umysłu.

– Kto to zrobił? – zapytał, unosząc brew.

– Pewnie ten, kto zrobił nas wszystkich – odparł Lamian.

– Brednie! Kiedyś w to wierzyłem, ale ukradli mi wiarę jak wiele innych rzeczy. Teraz wierzę w to, co widzę, i w nic innego. Kiedy znajdę coś, co pochodzi z innego świata, wtedy znowu uwierzę.

Sarapuk postukał piórem o krawędź stołu. Przy każdym uderzeniu wibrowało i rezonowało. Początkowo wydawało dźwięk tak wysoki, że niedosłyszalny, lecz kiedy uderzenia się wzmogły, dźwięk zaczął przewiercać uszy niczym piski nietoperzy.

– To bardzo dziwna rzecz – oświadczył Lamian i sięgnął po pióro. – Czy teraz mi wierzysz?

– Jeśli zobaczę tę istotę, wtedy uwierzę. Przez lata szukałem sekretnego siedliska duszy. Robiłem sekcję śmierci każdej rasy, szukając miejsca, gdzie kryje się w nas dusza. Ani w mózgu, ani w brzuchu jej nie znalazłem. Nie spoczywa w sercu i można dojść do wniosku, że dusza nie istnieje. Lecz widok anioła, prawdziwego, żywego anioła, może wszystko zmienić. Czy znasz taką istotę? – Sarapuk niecierpliwił się, śledził oczami każdy ruch Lamiana, wypatrując ukrytej wskazówki.

– Mogę pokazać…

Frontowe drzwi trzasnęły, zimny podmuch wiatru zabrzęczał szybami i rozżarzył dogasające węgle w palenisku. Lamian błysnął oczami na Sarapuka, żeby milczał.

– Kto tam? – zawołał w stronę holu. – Kto się tak spóźnił, że nas budzi o tej porze? Nie mamy jedzenia aż do rana.

– Przepraszam za spóźnienie, ojcze. Blake mnie zatrzymał dłużej, a droga z Bloomsbury była zatłoczona ludźmi, którzy czekali na następne trzęsienie. Widziałeś księżyc w nowiu? – Agetta mówiła szybko, w nadziei, że uniknie rozmowy, i chowała rękę pod spódnicą. – Idę prosto do łóżka – krzyknęła z holu.

– Za duża jesteś, żeby powiedzieć dobranoc ojcu, co, Agetta? Wejdź i powiedz nam dobranoc – zażądał Cadmus.

Agetta zajrzała do pokoju. Uśmiechnęła się do ojca i kiwnęła głową Sarapukowi.

– Powinnaś uważać na Strandzie, Agetto. To miejsce dla ladacznic i nocnych marków, nie dla ładnych dziewczynek – powiedział Sarapuk, łypiąc okiem.

– Trzeba wielkiego zucha, żeby się zmierzyć z moją Agettą – oświadczył Lamian. – Albo wielkiego głupca. Ona wali gołą ręką mocniej od boksera. – Lamian podniósł pięść z żartobliwym wyzwaniem. – Chodź, Agetto, pokaż mu swój prawy sierpowy. Zbij mi ten guz z twarzy! Z zapałem wymierzał ciosy w powietrze.

Agetta została za drzwiami. Schowała prawą rękę, nie chcąc, żeby ojciec zobaczył znak wypalony we wnętrzu dłoni.

– Chyba pójdę do łóżka, zrobiłam dość jak na jeden dzień – powiedziała.

– No chodź, dziewczyno – nalegał Lamian coraz bardziej natarczywie. – Chodź walczyć ze swoim staruszkiem!

Wiedząc, że nie może odmówić, Agetta weszła do kuchni. Prawą rękę trzymała za plecami. Posłusznie zamachnęła się na ojca lewą ręką.

– Z życiem, dziewczyno, wal na całego – zachęcał Cadmus, zaciskając pięść. – No dalej, dziewczyno… stać cię na więcej.

Wyprowadził kolejny cios i Agetta musiała odskoczyć. Instynkt i lata walki kazały jej zaatakować. Szybko, bez zastanowienia uderzyła prawą pięścią i trafiła ojca w twarz. Ze śmiechem zatoczył się do tyłu.

– Mówiłem ci, że ona umie walczyć – powiedział i opuścił gardę, żeby złapać oddech. – Niezły bokser z tej mojej Agetty. Dałem jej dobrą szkołę… kto kija żałuje, ten dziecko psuje.

Agetta skrzywiła się z bólu, jaki sprawiły jej te słowa i rana na dłoni.

– Co ci jest, dziewczyno? Za mocno walnęłaś swojego starego? – zaśmiał się Cadmus i spojrzał na Sarapuka.

Agetta zacisnęła dłoń, powstrzymując łzy.

– Oparzyłam rękę. Od świecy – wyjaśniła. – Na samym środku.

– Pozwól mi obejrzeć – odezwał się Sarapuk. – Jestem lekarzem, pomogę ci.

Zanim zdążyła zaprotestować, zrobił dwa kroki, chwycił ją za rękę i odgiął zaciśnięte palce, odsłaniając wnętrze dłoni. Spojrzała na niego rana w kształcie oka, głęboka czarna obwódka wokół krwawoczerwonej źrenicy, wydzielająca gęsty zielony śluz.

Sarapuk szybko odwrócił jej dłoń od ojca.

– Owijaj to dobrze, zwłaszcza na noc, i nie pokazuj nikomu – powiedział. Otoczył ramieniem Agettę i przyciągnął do siebie. – I trzymaj się z dala od miejsca, gdzie ci to zrobili, będą chcieli od ciebie więcej, niż potrafisz sobie wyobrazić – szepnął.

– Co jest, człowieku? Daj mi zobaczyć! – zażądał ostro Lamian. – To moja córka, muszę wiedzieć.

– Nie ma nic do oglądania, Cadmus. – Sarapuk spojrzał na Agettę. – Jako lekarz zalecam, żebyś owinęła to płótnem i poszła do łóżka, rano poczujesz się lepiej. Przyniosę ci coś na uśmierzenie bólu.

Agetta wyszła, podtrzymując rękę. Lamian zatrzasnął za nią drzwi. Huk rozległ się lodowatym echem w całym domu.

– Tak się trzęsiesz nad byle oparzeniem, Dagda. Na pewno to nic więcej? – zapytał.

– Na pewno. Widziałem wiele oparzeń, a to jest typowe. No więc powiedz mi, co z tym aniołem? Z jego powodu naprawdę się trzęsę.

– Najpierw się napijmy i niech mała pójdzie spać. Potem zaprowadzę cię tak blisko nieba, jak tylko możemy dotrzeć – obiecał Lamian.

Agetta zamknęła drzwi pokoju, który dzieliła z matką. Mały, ciasny pokoik mieścił dwa wąskie łóżka z wytartymi materacami z końskiego włosia. Obok łóżka matki płonęła świeca, dająca skąpe światło. Agetta ostrożnie przeszła po zagraconej podłodze, omijając wiadro, a potem uklękła na swoim łóżku i pchnęła oporną ramę okna. Rama ustąpiła ze skrzypieniem i pokój wypełnił się świeżym londyńskim powietrzem, a po ścianach spłynął jasny blask księżyca.

Agetta wyjrzała w rozgwieżdżoną noc. Niebo było teraz czyste i pogodne. W dole mgła przywierała do chodników i wiła się po ulicach niczym biały smok, podpełzający aż do rzeki. Agetta popatrzyła na matkę; kołdra na drugim łóżku wznosiła się i opadała z regularnością zegara. W chłodnym powietrzu z nozdrzy śpiącej buchały strumyki pary, a rzężenie w płucach i nocne koszmary nie pozwalały Agetcie zasnąć.

Szczury skrobały za ścianą, dołączając swoje chroboty do kakofonii nocnych odgłosów. Agetta zawinęła się w cienki koc z nadzieją, że ból ustanie, i czekała na przemożne pragnienie, które miało ją nawiedzić zgodnie z obietnicą Yerzinii. Wspominała luksusowy powóz z miękkimi skórzanymi siedzeniami i przepyszny zapach bogatego stroju Yerzinii. To był świat odległy od jej brudnego domu. To był świat, do którego teraz tęskniła i który pragnęła zdobyć za wszelką cenę.

Patrzyła, jak głębokie czarne cienie kładą się na brudnej ścianie. Zamknęła oczy i czekała na świt, i twarz obcego z Holborn wypełniła jej myśli...

„Małe dziewczynki powinny uważać, dokąd biegną – powiedział mężczyzna głębokim głosem – zwłaszcza jeśli robiły to już przedtem".

Agetta podniosła wzrok. Obrysowany gęstym cieniem, obcy wydawał się jeszcze wyższy i groźniejszy, kiedy pochylał się nad nią w miękkim czarnym kapeluszu, falującym na wietrze od rzeki. Przez głowę przemknęła jej myśl o ucieczce, ale ręce i nogi nie chciały jej słuchać, jak we śnie.

– To nie jest dobra myśl – powiedział cicho obcy. – Twoja twarz łączy się z sercem, a oczy mówią to, czego dusza nie może ukryć. – Wyciągnął rękę. – Dlaczego się mnie boisz? Nie wiesz, kim jestem.

Agetta nie mogła mówić, słowa uwięzły jej w gardle. Sięgnęła po jego rękę, ale nagle upadła. Obok mignęły twarze, czyjeś ręce ciągnęły ją za długie włosy, przywaliły ją zmasakrowane trupy.

Nagle rozległ się niski, chrapliwy jęk. Agetta, uczepiona pościeli, wylądowała z hukiem na drewnianej podłodze. Matka chrapała głośno. Za drzwiami Agetta słyszała ostrożne kroki na drewnianych schodach. Szybko wskoczyła z powrotem do łóżka i naciągnęła koc na głowę.

Skrzypnęły drzwi pokoju. Skulona pod wilgotnym kocem Agetta wiedziała, że na nią patrzą, ale nie śmiała się ruszyć.

– Śpią jak niemowlęta – mruknął jej ojciec i odwrócił się do wyjścia.

– Dobrze, że nie znają twoich zamiarów, Cadmus. Nigdy nie można mieć za wiele sekretów – szepnął Sarapuk.

Agetta nasłuchiwała kroków kierujących się do zamkniętego pokoju na strychu. Ojciec rozmawiał z Sarapukiem, wspinając się po wąskich, stromych schodach. Słyszała jeszcze, jak łańcuszek przy kluczach zadzwonił o drzwi i ciężki zamek ustąpił ze szczękiem, zanim ponownie zmorzył ją sen.

– Nigdy za wiele ostrożności, Dagda! – Lamian zamknął drzwi strychu i przekręcił klucz. – Muszę go trzymać przykutego łańcuchami do podłogi. Uprzedzono mnie, że on jest szybszy od każdego cwaniaczka i ucieknie w trymiga.

Wprowadził Sarapuka do jeszcze mniejszego, słabo oświetlonego pomieszczenia.

– Więc to jest twoja menażeria? – zagadnął Sarapuk, kiedy oczy mu się przyzwyczaiły do ciemności.

– Mój cenny okaz! Za który zapłaciłem królewską cenę – odparł Lamian.

– Więc miejmy nadzieję, że on jest prawdziwy, a nie tylko dostarcza łabędzich piór.

Lamian odsunął brudną kotarę.

– Mój aniołek – oznajmił z dumą.

Sarapuk zachłysnął się z niedowierzania. Widział przed sobą mężczyznę odzianego w srebrną szatę, utkaną z jednej nici i wykończoną lśniącą plecioną lamówką. Mężczyzna miał bladą skórę i jasnozielone oczy, które migotały jak szmaragdy.

– To bardzo piękny okaz, ale nie widzę skrzydeł – stwierdził Sarapuk i rozłożył ramiona, jakby chciał latać.

– To jest właśnie piękno prawdziwego anioła. Widziałem kiedyś jednego w menażerii na Piccadilly. Miał wspaniałe, ogromne skrzydła, wystające spod lnianej koszuli. Nawet nimi uderzał, ale nie widziałeś skórzanych pasów, które je mocowały do ludzkiego ciała. Sześć miesięcy później znowu wrócił, tym razem jako centaur z przywiązanymi tylnymi nogami martwego konia. Jednak ludzie nic nie zauważyli… Ale mój anioł jest prawdziwy i ma skrzydła równie piękne jak on sam.

Lamian delikatnie pogładził istotę po twarzy. Anioł chyba nie widział gości. Wzrok miał wbity w podłogę, na twarzy wyraz głębokiego smutku.

– Czy on mówi? – zapytał przejęty Sarapuk.

– Czasami mówi, ale nie je ani nie śpi. Tylko gapi się w podłogę. Na początku prawie świecił, skóra mu błyszczała jak polerowana miedź, skrzydła miał śnieżnobiałe, ale teraz… Jakoś stracił wolę, coś się w nim zmieniło.

– We mnie też by się zmieniło, gdyby mnie zamknęli w takim miejscu – wzdrygnął się Sarapuk. – Ale dla mnie on wygląda jak człowiek.

– Anioł to prawdziwy, żaden oszust czy błazen. Pod tą lnianą szatą kryje się para najpiękniejszych anielskich skrzydeł, jakie Londyn zobaczy – zapewniał Lamian z podnieceniem i powieka mu drgała, kiedy pocierał guz z boku głowy.

Sarapuk zauważył, że istota była przykuta do podłogi złotymi łańcuchami, przymocowanymi do metalowych obręczy, które obejmowały oba nadgarstki.

Lamian chwycił z tyłu lnianą szatę i uniósł wysoko.

– Widzisz, skrzydła! Latające skrzydła! Anielskie skrzydła! Prawdziwe skrzydła! – mówił ze śmiechem i wpatrywał się w plecy istoty, jakby wciąż nie wierzył własnym oczom.

Skrzydła spoczywały jakby ukryte we wgłębieniu na plecach, dopasowane do konturu ciała. Wielkości orlich skrzydeł, miały grube złocistobiałe pióra, błyszczące w blasku świec. Sarapuk poszukał oczami pasów, które powinny je mocować do ciała. Wyciągnął rękę i przesunął dłonią pod skrzydłami, obmacując niewidoczną część pleców. Nagle skrzydła anioła szarpnęły się do tyłu i w ułamku sekundy eksplodowały rozmiarem, obsypując Lamiana i Sarapuka deszczem srebrnych iskierek. Lamian wypuścił skraj anielskiej szaty, która opadła poprzez skrzydła, jakby nie napotkała żadnego oporu. Obaj mężczyźni odskoczyli, zaskoczeni tym widokiem.

Anielskie skrzydła wypełniły mały pokoik i wznosiły się nad istotą niczym lśniący pawi ogon, każde pióro ozdobione świetlistym błękitnym okiem. Sarapuk zakrył twarz rękami przed rażącym białym światłem, które emanowało teraz ze skrzydeł i prawie go oślepiło. Zerknął przez szparę między palcami na skrzydła pulsujące coraz jaśniej i jaśniej. Złocista poświata zalała cały pokój. Potem znikła równie nagle, jak się pojawiła, i znowu tylko jedna świeczka rozjaśniała mrok. Istota siedziała z posępną twarzą, z oczami wbitymi w karalucha pomykającego po brudnej podłodze, jakby cała siła odpłynęła z jej ciała.

Sarapuk usiłował zachować spokój, chociaż myśli wirowały mu w głowie.

– Nie możesz go nikomu pokazać – powiedział szybko. – Świat o-oszaleje na ten wi-widok – wyjąkał. Krew tętniła mu w żyłach na szyi

51

i twarzy, pulsowała z każdym uderzeniem łomoczącego serca. – Na twoim miejscu, Cadmusie, sprzedałbym go komuś, kto zrobi z niego dobry użytek. Komuś, kto okiełzna jego moc, komuś…

– Takiemu ja ty, Dagda? Komuś takiemu jak ty? – wpadł mu w słowo Lamian. – On nie jest na sprzedaż ani dla ciebie, ani dla nikogo. On jest na pokaz dla dam i dżentelmenów za gwineę od osoby… a ja zostanę bogatym człowiekiem.

– Przecież to anioł, Cadmusie, prawdziwy anioł. Trzeba go odpowiednio zbadać. Mam elektryczny akumulator, zobaczymy, co się stanie, kiedy go zelektryfikujemy. To najlepsze znane lekarstwo i może wyleczyć jego melancholię! – krzyczał z podnieceniem Sarapuk.

– Ciszej, człowieku, mam tu lokatorów, którzy poderżną mu gardło za farthinga i są tacy głupi, że odrąbią mu skrzydła i sprzedadzą jako łabędzie pióra. – Lamian wypchnął Sarapuka z pokoju. – On nie potrzebuje żadnego oszukańczego lekarstwa, on jest moją przyszłością… i twoją, jeśli zechcesz, ale na moich warunkach.

6

Malus maleficia

(Złe uczynki)

*P*ani Malakin człapała przez długi hol domu pod numerem 6 przy Bloomsbury Square. Natrętne łomotanie kołatki o mosiężną płytę rozlegało się echem w całym domu. Pani Malakin gniewnie burczała pod nosem i ścierała rąbkiem fartucha czarne plamy sadzy ze swoich tłustych, różowych policzków. Hol wypełniały kłęby dymu ze świeżo rozpalonego ognia w bawialni, skąd ulatniały się wyziewy.

– Na wczoraj! Każdy chce wszystko na wczoraj! – gderała służąca, spiesząc do drzwi.

– Drzwi, pani Malakin! Może pani otworzyć? – dobiegł do niej głos Blake'a z obserwatorium. – To Bonham i inni, poproś ich, żeby zaczekali w bawialni.

Jak tylko pani Malakin odryglowała drzwi, Bonham odepchnął ją z drogi i wszedł do holu, a za nim dwaj mężczyźni w surdutach i wytwornych perukach. Wydawał się głęboko przejęty, kiedy wprowadzał dystyngowanych gości do bawialni. Pociągnął nosem i zrobił minę do małego, chudego człowieczka, depczącego mu po piętach. Sufit pokoju zakrywała gruba biała chmura dymu, który wisiał w powietrzu i gryzł w oczy.

– Doktor Blake chce, żebyście tu zaczekali – oznajmiła pani Malakin i zatrzasnęła za nimi drzwi, żałując, że nie może zamknąć ich tutaj na zawsze.

Sabian Blake zbiegł po schodach, przytrzymując swoją małą orientalną czapeczkę. Błękitna jedwabna podomka wydymała się wokół niego niczym żagiel. Pani Malakin usunęła mu się z drogi, kiedy otworzył drzwi bawialni.

– Dżentelmeni! – krzyknął głośno. – Co za noc nas czeka. Gwiazdy wschodzą i dzisiejszej nocy pokażę wam coś, co wprawi w zdumienie nawet najbardziej zatwardziałego cynika.

Bonham wyszedł z dymu w miękki mleczny blask świec w holu, a pozostali goście dołączyli do niego. Blake przywitał każdego po nazwisku.

– Panie Yeats... lordzie Flamberg... witam! – Klasnął i uśmiechnął się. – Nie zwlekajmy dłużej, bo to, co chcę wam pokazać, wkrótce wzejdzie z otchłani niebios.

Odwrócił się i gestem zaprosił ich na schody.

– Mam nadzieję, że to nie potrwa długo, Blake – odezwał się Yeats, przeczesując palcami długą, gęstą brodę. – Czekają na mnie karty. Nie rozumiem, o co to całe zamieszanie. Bonham upierał się, że to musi być dziś wieczór. Zachowywał się jak szaleniec.

– Niech Bóg nas chroni przed szaleństwem i domem wariatów – odparł szybko Blake. – Jeśli prawdą jest to, w co wierzę, to dzisiaj ujrzycie zapowiedź większego szaleństwa niż wszystko, co można obejrzeć w królewskim zakładzie w Bedlam. – Zatrzymał się na schodach i odwrócił się przodem do mężczyzn. – Muszę was zapytać, zanim wejdziemy dalej. To, co dziś zobaczycie, trzeba do czasu zachować w sekrecie. Ty, Yeats, zostałeś zaproszony nie dla twych naukowych zdolności, lecz z powodu tej skandalizującej szmaty, którą nazywasz gazetą. Za trzy dni od teraz możesz ogłosić światu to, co dzisiaj zobaczysz. Zgoda?

Yeats spojrzał na podłogę i z namysłem przejechał długimi, grubymi palcami po poręczy schodów. Pokazał Blake'owi palec powalany kurzem.

– Brud! Jest wszędzie, a mój zawód to opowiadać o nim światu. Królowie i niewolnicy, bogaci i biedacy. Nikt przed nim nie ucieknie. Wypełnia nasze ulice i wypełnia nasze umysły, a ja go odkrywam przed światem.

– Tak, i przed każdym, kto kupi „London Chronicle" – przerwał mu Bonham. – Zgadzasz się czy nie? Jeśli tak, to idziemy dalej, jeśli nie, to zrzucę cię ze schodów i możesz wracać do kart ze swoimi ladacznicami.

Yeats odwrócił się, spoglądając z góry na Bonhama. Był olbrzymim mężczyzną o grubym, pofałdowanym czole, stalowobłękitnych oczach i budowie zapaśnika. Nie obawiał się żadnego ludzkiego adwersarza.

– Że co, Bonham? Skąd mnie zrzucisz?

Złapał Bonhama za kołnierz, podniósł go jedną ręką i trzymał w powietrzu.

– Masz ochotę pofruwać? Będziesz pierwszym naukowcem, który doświadczy cudu latania.

Dźwignął Bonhama jeszcze wyżej, w stronę poręczy schodów i pustki sięgającej piętro niżej.

– Wchodzę w to, Bonham, bo wyczuwam dobry materiał, i zamierzam przestrzegać waszych reguł gry tak długo, jak muszę. – Yeats zaśmiał się i upuścił Bonhama na schody.

– Dżentelmeni, kontynuujmy. Gwiazdy nie czekają, a my mamy tyle do omówienia i tyle do obejrzenia. – Blake szybko pokonał ostatnie stopnie prowadzące do obserwatorium.

Duży mosiężny teleskop celował w nocne niebo. Nastawiono go dokładnie na zenit, gdzie niebo było najczarniejsze, gdzie nie docierało nikłe światło londyńskich ulic.

– Wejdźcie, wejdźcie – zapraszał podekscytowany Blake, wprowadzając gości. – Stańcie dookoła, a ja wyjaśnię, co zobaczycie.

Blake zwracał się do Yeatsa, jakby tylko jego musiał przekonać. Wiedział, że lord Flamberg i Bonham uwierzą we wszystko, co powie. Obaj należeli do Towarzystwa Królewskiego i dobrze znali Blake'a. Najważniejsze to przekonać Yeatsa – on mógł poinformować świat o komecie Blake'a. Przez kilka minut Blake opowiadał o swoim odkryciu, energicznie spacerując po pokoju, wymachując ręką i wskazując na niebo. Zebrani słuchali w milczeniu. Nawet Yeats wodził oczami za Blake'em, wyraźnie zaintrygowany.

– Widzicie, dżentelmeni, to może oznaczać koniec… Koniec życia stąd do Paryża. Albo kometa ominie Ziemię i obsypie nas deszczem skał z kosmosu. Jak to powiedzieć światu, żeby wszyscy nie zwariowali albo nie powiesili mnie jako łgarza, jeśli się mylę? – Blake zamilkł i popatrzył na mężczyzn.

– Więc skąd wiesz, że ona tutaj uderzy? – zapytał Yeats, ciągnąc się za brodę.

– Z wysokości komety na wschodzie nieba i z obrotu planety podzielonego przez odległość, jaką dotąd przebyła, wynika, że albo trzaśnie w Ziemię obok Londynu, albo przeleci tuż nad naszymi głowami.

– Ta kometa... jeśli uderzy w Ziemię, kiedy to się stanie? – zapytał niespokojnie lord Flamberg.

– Nie jestem pewien, ale wiem, że za dwadzieścia dni albo wciąż tutaj będziemy, albo kurz Cheapside zmiesza się z naszymi kośćmi. – Blake podszedł do teleskopu. – Czas, żebyście sami zobaczyli. Jest trochę chmur, ale kometę widać wyraźnie. Zbliża się z każdym dniem, coraz szybciej.

Lord Flamberg postąpił do przodu i spojrzał przez okular teleskopu na gwiazdę, która pędziła ku nim przez kosmos.

Yeats spoglądał niecierpliwie, czekając na swoją kolej. Grzebał w kieszeniach surduta, rzucając skrawki podartego papieru na podłogę, i stukał obcasem buta w obluzowaną deskę. Wreszcie lord Flamberg odstąpił od teleskopu. Yeats zobaczył, że twarz tamtego przybrała dziwny wyraz. Podszedł do okularu i nachylił się, żeby spojrzeć w kosmos.

Zobaczył rozpędzoną kulkę czerwonawo-białego światła, wielkości pięści, z długim ogonem ciągnącym się w oddali. Dla Yeatsa wyglądała równie groźnie jak światła Mostu Londyńskiego.

– To jest to? Przez to tyle zamieszania? To gdzieś na niebie, człowieku! Jak możesz się tym martwić? – zapytał Yeats swoim głębokim głosem z akcentem z północy.

– Gdybyś wiedział cokolwiek o nauce, byłbyś mocno przestraszony – odpowiedział Flamberg, zanim ktokolwiek zdążył się odezwać. – Z kształtu ogona komety widać wyraźnie, że się do nas zbliża. Twoje zadanie to ogłosić światu nowinę, ale nie prawdę... Ludzie tego nie zrozumieją... i nie możemy wywoływać paniki w Londynie, bo wybuchnie rewolucja.

– Więc co mam napisać? „Odkryto kometę, nocne widowisko oświetli Londyn"? Wiem, nawet lepiej: „Największa sensacja od czasu Wielkiego Pożaru zmierza prosto do waszych drzwi!" Chcecie, żebym zamieścił taki nagłówek? Skąd wiadomo, że jakiś inny głupi naukowiec nie obserwuje w tej chwili nieba i nie powie światu tego, co wy chcecie ukryć? – Yeats gniewnie szarpnął swoją długą brodę.

– Dlatego w najbliższy poniedziałek musisz opublikować, że Blake odkrył kometę – oświadczył Flamberg, zamykając okno i zaciągając zasłony. – Napiszesz, że ominie Ziemię i że ja potwierdziłem obliczenia Blake'a. Towarzystwo Królewskie mówi...

– Towarzystwo Królewskie, wspaniała zbieranina dziwaków i szarlatanów! Oślepić ich nową nauką! Czy tego ode mnie żądacie? – rzucił

Yeats. – Patrzcie, co się stało wczorajszej nocy. Jeden wstrząs i całe miasto pogrążyło się w chaosie. Zginęła ponad setka ludzi. Wyjaśnijcie mi przyczynę. Dlaczego wszystkie psy w Londynie się wściekły? Żaden z was nie potrafi mi odpowiedzieć. Waszej nauce, drodzy przyjaciele, wyraźnie czegoś brak. Powinniście poprzestać na próbach przemiany ołowiu w złoto. Nie od tego się zaczęło? Gloryfikowani czarownicy, wy wszyscy!

Yeats ruszył do drzwi, odpychając z drogi Bonhama.

– Dostaniesz swój artykuł, Flamberg, ale chcę wiedzieć, co się dzieje, a jeśli kometa ma uderzyć, mój powóz pierwszy na North Road powinien wyjechać z tego śmierdzącego miasta. A teraz wybaczcie mi, mam pilne sprawy.

Yeats zatrzasnął drzwi i hałaśliwie zbiegł ze schodów. Słyszeli jego ciężkie kroki, dudniące na każdym stopniu i łomoczące w holu. Potem głośno huknęły drzwi na dole.

Uczeni stali w mdłym blasku świec i spoglądali po sobie.

– Co zrobimy? – zapytał Bonham, ostrożnie przełamując dziwną ciszę, która zaległa w pokoju.

– To mój człowiek – oświadczył spokojnie lord Flamberg. – Zrobi, co mu każę. Bez moich pieniędzy nie miałby gazety, wszyscy to wiedzą.

– Dlaczego teraz, Blake? Najpierw wstrząs, a potem kometa – powiedział cicho Bonham, myszkując wzrokiem po pokoju. – Gdybym był religijnym człowiekiem, powiedziałbym, że to dzień sądu, a tego potwora z kosmosu wysłał stwórca, żeby zrobić koniec z nami wszystkimi. Obiecał nigdy więcej nie zsyłać potopu, ale nic nie wspominał o gwiazdach spadających na ziemię.

– Masz rację – przyznał Blake. – Jak słusznie zauważyłeś, nie wspominano o gwiazdach spadających z nieba, toteż mamy do czynienia z problemem naukowym, nie duchowym. Jako uczeni mamy obowiązek podać trafne, przejrzyste wyjaśnienie tego, co się dzieje, i w odpowiedniej chwili ostrzec ludzi.

– Albo nie ostrzegać – rzucił zimno lord Flamberg. – Nie uważam, że powinniśmy odsłonić prawdę przed światem. Król jako nasz patron musi wiedzieć, żeby udać się w bezpieczne miejsce, a także nasze rodziny, służba i koledzy z Towarzystwa. Trzeba to zrobić w ten sposób, żeby nie wywołać paniki, a ja powiem Yeatsowi, że nie wolno mu ogłosić, kiedy uderzy kometa. „London Chronicle" wyśmieje każdego naukowca czy szarlatana, który ośmieli się twierdzić, że kometa uderzy w Ziemię. – Flamberg przerwał, bo doznał przypływu natchnienia. – Możemy zaprosić tych wszystkich ludzi na przyjęcie, żeby obejrzeć gwiazdę mijającą Ziemię. Nasze odbędzie się w bezpiecznej odległości na północy, a ich w Hyde Parku przy Potrójnym Drzewie.

– Zostaną skazani na śmierć! To katastrofa – powiedział Bonham z niedowierzaniem.

– Czy to tak źle? – zapytał Flamberg. – Tylko dokończymy to, co zaczęliśmy Wielkim Pożarem. Świat trzeba oczyścić z ignorancji, przesądów i strachu. Teraz mamy sposób, żeby osiągnąć taki wynik. To, co nazywasz katastrofą, ja nazwałbym okazją.

Flamberg popatrzył na dwóch mężczyzn. W oczach miał pasję, jakiej Blake nigdy nie widział.

– Newgate nie może pomieścić więcej więźniów, a Bedlam jest zapchane szaleńcami. Apokalipsa tej wielkości oczyści Londyn ze wszystkich szumowin, które zaśmiecają jego ulice. – Lord Flamberg uśmiechnął się do Blake'a. – Yeats i ja zapraszamy cię na czekoladę do kawiarni Nando jutro wieczorem o jedenastej. Życzę ci dobrej nocy i żebyśmy wszyscy dotrzymali tajemnicy.

Flamberg poszedł do drzwi i przepchnąwszy się obok pani Malakin, szybko opuścił dom.

Bonham popatrzył na Blake'a.

– Wcale mu nie powiedziałeś, co mówi *Nemorenzis*. Miałeś okazję powiedzieć mu wszystko, ale tego nie zrobiłeś – rzucił gniewnie. – Co z proroctwem? Czy lord Flamberg nie myślałby inaczej, gdyby wiedział o księdze?

– Flamberg myślałby tak samo, bez względu na *Nemorenzis*. Nie ufam mu na tyle, żeby wyjawić wszystko, co wiemy. Flamberg jest naukowcem, nie kieruje się wiarą. *Nemorenzis* to prawda wszechświata, to nauka, rozum i wszystko wieczne złączone w jedną doskonałą prawdę. Lord Flamberg grzęźnie stopami w glinie ludzkiej logiki. – Blake spojrzał na szafę, gdzie ukrył *Nemorenzis*. – Trzeba ją trzymać w sekrecie.

Popatrzył niespokojnie na Bonhama, marszcząc czoło. Odetchnął głęboko.

– Mam ci coś do powiedzenia. Pomyślisz, że zwariowałem. Wczorajszej nocy przeczytałem *Nemorenzis* od deski do deski i kiedy odwróciłem ostatnią stronicę, zobaczyłem nową stronę z dalszymi inskrypcjami. Mówi o potędze wkraczającej do świata, kiedy uderzy Piołun, ale to nie wszystko. – Blake otarł pot z czoła. – Dzisiaj rano wróciłem sprawdzić moje odkrycie; wyjąłem *Nemorenzis* z szafki i otworzyłem na ostatniej stronie. Pojawiły się dwie nowe kartki, nowe inskrypcje z ręcznie wytłoczonymi słowami na marginesach. Wierz mi, Izaaku, jeszcze nie oszalałem.

Blake podbiegł do kredensu, wyjął z kieszeni długi mosiężny klucz i otworzył gruby zamek, który szczelnie zamykał drzwi. Ceremonialnie zdjął *Nemorenzis* z półki i zaniósł do stołu.

– Sam zobacz. – Wskazał na nowe zapisy.

Bonham z niedowierzaniem wytrzeszczył oczy.

– Ty to zrobiłeś, Sabianie? – zapytał, przerzucając strony tam i z powrotem, szukając jakiegoś śladu zamocowania nowych kart.

– Nie znajdziesz szwów ani kleju – odparł Blake. – One jakby wyrosły z grzbietu, jak liście rośliny sięgającej do słońca. Mocno się trzymają. Próbowałem dzisiaj wyjąć jedną kartę z księgi, ale chociaż użyłem całej swojej siły, nie mogłem jej wyrwać ani rozedrzeć.

Bonham dotarł do ostatniej strony.

– Co tu jest napisane?

– Zapowiada udrękę i zniszczenie, ogień i siarkę. Ziemia zadrży i tak się zacznie czas wielkiego cierpienia. *Nemorenzis* opisuje pewną istotę. Człowieka, który umie latać i uciekł z niebios. On zna odpowiedzi na nasze pytania.

– Wierzysz w to, Sabianie? Księga, która rośnie, i komety, które niszczą życie?

– Wierzę w to, co sam widzę i czego doświadczam. Szukam prawdy.

Blake umilkł i przeszedł przez pokój do okna. Odsunął zasłonę i zrobił małą szparkę, przez którą wyjrzał na plac.

– Chodź, zobacz – zawołał do Bonhama. – Każdej nocy, przez całą noc, pod tym drzewem stoi jakiś człowiek. Obserwuje ten dom.

Bonham zerknął przez szparę w zasłonach. Daleko w dole, w cieniu wiązów, dostrzegł ciemną sylwetkę mężczyzny i bursztynowy odblask glinianej fajki.

– Stoi tam przez cały czas – ciągnął Blake. – Śledzi mnie na Piccadilly i z powrotem. Ubiera się jak hugenot, czarny kapelusz, długi czarny płaszcz, i nigdy się nie uśmiecha.

– Może to uchodźca, który uciekł przed prześladowaniem. Uchodźca czekający, żeby obrabować cię z twoich pieniędzy – zaśmiał się Bonham.

– Możesz się śmiać, Izaaku, ale z każdym dniem ta sytuacja robi się coraz dziwniejsza. Wierzę, że działają tu potęgi, o których niewiele wiemy. Jeśli on jest hugenotem, nie będzie go tutaj w niedzielę rano. Nie zdoła się oprzeć wezwaniu kościelnych dzwonów.

– Więc czemu go nie śledzisz? Musi gdzieś jeść i spać, i nawet Francuz nie jest tak bezczelny, żeby sobie ulżyć pod wiązem.

– Obserwowałem go, ale on nie je ani nie śpi. Jest tam, kiedy kładę się do łóżka i kiedy wstaję. Nigdzie się nie rusza, chyba że ja się ruszę. Kiedy wieje wiatr, on tylko podnosi kołnierz i opiera się o pień drzewa. Gdybym nie widział go z bliska, pomyślałbym, że to duch.

– Nawet żywi znają sposoby, żeby nas nawiedzać – mruknął Bonham, spoglądając na ulicę w dole. – Czy mam pójść go zaprosić na kolację? Chyba wygodniej mu będzie w twoim domu, żebyście obaj wiedzieli, gdzie jest ten drugi…

– I żeby w końcu mi poderżnął gardło? – prychnął Blake.

– No, przynajmniej zobaczymy jego twarz – zaproponował Bonham.

Przyciągnął teleskop do okna i wsunął okular przez szparę w zasłonach.

– Patrz! – krzyknął Blake. – Co się z nim dzieje?

Na ich oczach obcy zaczął znikać. Najpierw jego nogi zmieniły się w świetliste srebrne punkciki, tańczące jak iskierki ognia. Potem dłonie zapłonęły białym żarem, który ogarnął ramiona i tors. Potem nagle wszystko zniknęło. Wiatr pędził po trawie liście wiązu. Mężczyzna zniknął, przepadł bez śladu.

Blake wpatrywał się w ciemność. W świetle bijącym z tawerny drzewa rzucały niesamowite cienie. Zeschłe liście zwisały z gałęzi jak ludzkie zwłoki i ocierały się o siebie z szelestem. Po placu pląsały zjawy z rzecznej mgły wirujące w blasku latarń. Blake patrzył i patrzył, nie wierząc, że oczy powiedziały mu prawdę.

Ani Blake, ani Bonham nie zauważyli małego, przysadzistego stworzenia, które przekuśtykało przez ulicę pod oknem, przemknęło jak głodny szczur po schodach do piwnicy i wskoczyło przez otwarte okno zmywalni.

7

Kaganek Mostu
Londyńskiego

*M*aleńki mosiężny dzwoneczek brzęknął w górze, kiedy Agetta próbowała wśliznąć się przez uchylone drzwi do sklepu. Szyld nad wejściem głosił wytłuszczonymi literami: KSIĘGARNIA KAGANEK – THADDEUS BRACEGIRDLE – SPRZEDAŻ I OPRAWA. Napis otaczały pomalowane na złoto stronice wielkiej księgi. Łopotał w ostrym wietrze znad rzeki, zapraszając wszystkich do nowego świata.

Z jasnego, rześkiego poranka Agetta zanurzyła się w stęchły mrok księgarni. Wysoki sklepiony sufit przypominał katedrę. Długie pasma zakurzonych pajęczyn kołysały się, połyskując w blasku świec, które oświetlały wszystkie przejścia.

Agetta usłyszała w myślach echo słów Yerzinii: „księgarz... Most Londyński". Oto stała w księgarni Kaganek. Nigdy jeszcze nie była w takim miejscu. Rozległy pokój z ciemnego dębu zbudowano z desek, odzyskanych z wraków starych okrętów. Wysoko na ścianie wisiała figura dziobowa, malowana dama odziana w piękne błękitne i purpurowe szaty, spoglądająca z góry na szeregi zakurzonych regałów, zapchanych do granic możliwości tomami oprawnymi w skórę.

Agetta doznała przemożnego wrażenia, że w tym labiryncie wysokich półek śledzą ją czyjeś oczy. Powoli, ostrożnie przeszła pomiędzy dwoma długimi regałami, które trzykrotnie ją przewyższały. Nigdzie nie widziała ani śladu księgarza.

61

Zatrzymała się, stanęła bez ruchu i nasłuchiwała. Kątem oka dostrzegła mały ciemny kształt, przemykający od cienia do cienia. Sklep skrzypiał i jęczał. Daleko w dole słyszała cichy plusk fal. Potem poczuła ciepły oddech dmuchający jej w kark tuż nad kołnierzem i usłyszała dziecięcy szept. Odwróciła się, rozejrzała: wszędzie pusto.

Nagle z górnej półki dobiegło szuranie wilgotnej skóry o drewno. Duża księga w skórzanej oprawie runęła na podłogę, huknęła grubym grzbietem o brudne deski i legła otwarta niczym czarny łabędź zestrzelony z nieba. Dławiący obłok kurzu otoczył Agettę, która przycisnęła się do regału. Ponownie usłyszała cichy szept dziecięcych głosów.

– Kto tam? – krzyknęła. – Dlaczego mi to robicie?

Dziecięcy chichot rozbrzmiał za regałem. Agetta chciała uciekać, wybiec z księgarni na światło dnia. Nad jej głową znowu zaszurała następna książka, wyciągana z półki przez niewidzialne psotne dłonie. Gruby papier zaszeleścił na twardym drewnie, potem książka trzasnęła grzbietem o podłogę i też się otwarła. Ponownie między półkami rozległy się echa cichego śmiechu, jakby kryła się tam setka dzieci.

Agetta czuła wiatr przenikający przez każdą szczelinę w deskach podłogi, niosący ze sobą zapach rzeki. Stronice książki zafurkotały niczym październikowe liście i znieruchomiały, otwarte na stronie z grubymi czarnymi literami.

Słowa, które wyglądały jak napisane ręcznie na kartce, przyciągnęły wzrok Agetty:

Śmierci, próżno się pysznisz; cóż, że wszędzie słynie
Potęga twa i groza...
Nie umrą, biedna Śmierci; mnie też to ominie...
Losu, przypadku, królów, desperatów sługo! [1]

Agetta szybko przeczytała każdą linijkę. Serce jej podpowiadało, że to są wyjątkowe, prorocze słowa, przeznaczone tylko dla niej. Słowa wypowiedziane przez istoty, które nie mają ludzkiego głosu i dzwonią dziecięcym śmiechem, które grają w berka z jej wyobraźnią. Jako sługa losu, została uwięziona w labiryncie sekretnej wiedzy. Ponownie zadźwięczał drwiący śmiech.

---

[1] John Donne *Sonety święte*, X, tłum. Stanisław Barańczak, Znak, Kraków 1998.

Gdzieś daleko na dole rozległo się szuranie, jakby coś lub kogoś ciężkiego wleczono po kamiennej podłodze. Przez szpary pomiędzy dużymi dębowymi deskami podłogi strzeliło światło świec. Agetta położyła się w kurzu i zajrzała przez dużą szczelinę do piwnicy. Daleko w dole mały, pulchny człowieczek z rzadkimi włosami na łysiejącej głowie ciągnął po podłodze długi, wypchany worek. Zwalił worek w kącie i zawrócił do drzwi. Agetta więcej go nie widziała – ale wtedy usłyszała stłumiony odgłos ciężkich kroków, człapiących po drewnianych schodach.

Przebiegła do następnego przejścia. Pustka, cisza, żadnego dźwięku. Wszędzie dookoła ciągnęły się nieskończone szeregi książek, labirynt niezrozumienia. Pobiegła wzdłuż regału, skręciła i znowu pobiegła, szukając drzwi księgarni.

Rozbrzmiał tupot małych nóżek i zaczął ją ścigać, dziecięcy śmiech wypełnił powietrze. Agetta jeszcze bardziej przyspieszyła, bo za jej plecami książki wylatywały z półek i waliły w podłogę jak grad. A potem w jednej chwili znalazła się na środku sklepu. Przed nią wznosiło się duże biurko na trzech nogach, zasłane papierami. Z boku wąskie schodki prowadziły na wytarty dębowy podest. Po prawej znajdowały się drzwi do piwnicy, lekko uchylone. Z ciemności w głębi wydobywał się zapach rzeki.

Śmiechy ucichły, pościg ustał, ciche głosiki zamilkły i zapadła grobowa cisza. Upiorna i nieruchoma, wypełniła cały pokój. Papiery zaczęły szeleścić w silnym słonym przeciągu, dmuchającym z piwnicy. Ciężkie kroki dudniły na każdym stopniu. Agetta wiedziała, że zaraz ktoś się pojawi. Ogarnięta paniką, zastanawiała się, co robić. Uciekać – to narazić się na pościg widmowych dzieci, zostać – to samotnie stawić czoła swojej przyszłości. Blizna-oko płonęła jasno pod domowym bandażem, bolesne pulsowanie nasilało się, w miarę jak krew płynęła szybciej w żyłach. Znowu powróciły słowa Yerzinii: „księgarz… Most Londyński".

Nagle drzwi piwnicy rozwarły się gwałtownie i przed Agettą stanął pulchny człowieczek z rzadkimi włosami na łysiejącej głowie. W ramionach dźwigał pokaźne naręcze książek.

– Przypływ idzie, musiałem je przenieść, są cenne, bardzo cenne. Nie chciałem, żeby zamokły. – Spojrzał na Agettę i uśmiechnął się. – Zrób coś pożytecznego, chodź i pomóż mi z tym.

Człowieczek uginał się pod ciężarem książek. Agetta zawahała się, ale podeszła. Wzięła od niego trzy duże tomy, zatęchły papier oprawny w płótno. Przeczytała złote litery na grzbietach: *Dialogi zmarłych, Natura i plan Piekła, Sztuka pięknego umierania.*

Księgarz zobaczył wyraz jej oczu.

– To dla więźnia w Newgate – powiedział. – Skazany na szubienicę. Prawdziwy dżentelmen, który chce się przygotować na to, co go czeka. Upuścił resztę książek na podłogę.

– Połóż je na tamtym krześle. To specjalne zamówienie do odbioru. Potem umilkł, wyciągnął dużą białą chustkę z kieszeni kamizelki i wytarł nią spocone czoło.

– Jestem Thaddeus Bracegirdle, ale możesz do mnie mówić „panie Thaddeusie". No więc czym mogę ci służyć?

Agetta nie wiedziała, co powiedzieć.

– Ja... ja... Otwierała i zamykała usta niczym ryba łapiąca powietrze.

– Szukam czegoś.

– Jak my wszyscy, prawda? – odparł, mierząc ją wzrokiem.

Thaddeus był niskim mężczyzną z brzuszkiem. Miał sztywne siwe włosy, a na czubku głowy sporą łysinę. Najbardziej zaintrygowały Agettę jego roziskrzone oczy. Wiedziała, że już kiedyś w nie patrzyła, ale nie pamiętała gdzie ani kiedy. Kiedy się uśmiechnął, zobaczyła, że ma sztuczne zęby, które wydawały się za duże w stosunku do ust, chociaż zręcznie wyrobione z emaliowanej miedzi i zaopatrzone w mocne sprężyny, dzięki którym usta mu się gwałtownie rozwierały przy każdym wypowiadanym słowie.

– Czy wiesz, czego szukasz? Dobrze jest wiedzieć. – Próbował palcami zaczesać włosy na łysinę. – Ja sam skończyłem Oksford, tam pokochałem książki. Potrafią wnieść szczęście do nudnego żywota i sprawiać przyjemność, zabierają nas w różne miejsca i budzą w nas myśli, do jakich sami nigdy nie dojdziemy. – Przerwał i spojrzał na jej zabandażowaną rękę. – Co sobie zrobiłaś?

– Oparzyłam się – odpowiedziała szybko. – Od świecy. Doktor Sarapuk kazał to owinąć...

Thaddeus spojrzał na nią tak, jakby znał nazwisko Sarapuka. Stęknął i popatrzył na książki rozrzucone po sklepie.

– Napracowały się dzisiaj, chyba są... – urwał, jakby się połapał, że zdradził już za dużo. – Ach tak! Książki! Czy wiesz, że one wywołują sny? – Wziął Agettę za rękę i zaprowadził do niskiego okna w głębi sklepu, wychodzącego na Tamizę. – Przeczytaj książkę i śnij przez tydzień, tak mówię. Zapomnij o serze i kwaśnym mleku, jeśli chcesz śnić, przeczytaj książkę. A jeszcze lepiej, przeczytaj jedną z moich!

Thaddeus przesunął palcem po półce z książkami, jakby szukał jednej konkretnej. Wyjął cienki zielony tomik i podał Agetcie.

– Ta jest moja – oznajmił z dumą. – Zaczęła się od snu, jednego z tych, które przychodzą tuż przed przebudzeniem. Pamiętam go dobrze.

– O czym ona jest? – zapytała Agetta, przerzucając kartki.

– O człowieku, który szukał czegoś przez wiele lat, a potem spotkał kobietę i zakochał się, i nigdy więcej nie musiał szukać.

Thaddeus popatrzył w okno. Dziwna melancholia ogarnęła ich oboje i przez parę minut spoglądali w milczeniu na rzekę.

Zaczynał się przypływ. W dole potężne wiry białej wody rozbijały się o grube kolumny mostu. Thaddeus patrzył na przewoźnika, który rozpaczliwie usiłował wyrwać się z wiru.

– Mądry człowiek przechodzi przez most, a tylko głupiec przepływa pod spodem. Powiadają, że w dzień świętego Klemensa, zaraz po wschodzie słońca, pod mostem pojawia się wir. Kiedy promienie słońca padną na wodę, jeśli zanurkujesz z mostu w sam środek wiru, zostaniesz przeniesiona do innego świata. Do pięknego, tajemniczego miejsca, gdzie nie jesteśmy już sługami losu, przypadku, królów ani desperatów.

Agetta zadrżała na te słowa i otrząsnęła się z rozmarzenia. Całe jej ciało zadygotało, jakby pochwycone niewidzialną siłą.

Thaddeus zauważył, co się z nią dzieje.

– Mnie też raz się przytrafiło. Jakby ktoś przeszedł przez ciebie na wylot. Masz tylko nadzieję, że wyjdą po drugiej stronie i nie zaczną ci dokuczać.

Ostatnie słowa wymówił głośniej, rozglądając się dookoła, jakby nie zwracał się do niej, tylko do kogoś innego, kto stał obok i podsłuchiwał ich rozmowę. Ponownie spojrzał na książkę w jej ręku.

– Wiele ludzkich pragnień wyszło z kart książki. Książka jest jak płomień rozpalający wyobraźnię. Jedno słowo może wywołać rewolucję, pojedyncze zdanie może natchnąć człowieka odwagą do walki. – Przerwał nagle, jakby przypomniał sobie coś ważnego. – Przez to całe gadanie zapomniałem zapytać, jak się nazywasz. Moja wina, zawsze za dużo gadam.

– Agetta Lamian – odpowiedziała sennie. – Z pensjonatu na Fleet Street.

Thaddeus znowu wyjrzał przez okno, jakby nie usłyszał odpowiedzi.

– Potrzebuję do mojej kolekcji jeszcze tylko jednej książki, a wtedy umrę szczęśliwy. To książka tak rzadka, że gdybym ją zdobył, mógłbym odzyskać kogoś, kogo straciłem dawno temu.

Odwrócił się i spojrzał na Agettę, gniewnie zacisnąwszy wargi. Łza powoli spłynęła mu po policzku.

– Raz już prawie miałem tę książkę. Zrobiłem dla niej miejsce na półce, ale zanim ją otrzymałem, wyrwano mi ją i nigdy już jej nie widziałem. Razem z nią straciłem jedyną osobę, na której mi zależało. To była młoda dziewczyna, jak ty, z twoim uśmiechem i sercem z płomienia. Chciała więcej niż młodego uczonego z Oksfordu. Ona kierowała swoje życie ku wielkości, ja wolałem spokój. Zostawiła mi coś, czego nigdy nie zapomnę i nosić będę aż do śmierci.

Thaddeus potarł wnętrze prawej dłoni.

– Jaki ma tytuł ta książka? – zapytała Agetta, bo chciała mu pomóc. – Mogę przeszukać wszystkie księgarnie w Londynie. Umiem czytać. Wtedy pan odzyska książkę i utraconą dziewczynę.

– Czemu chcesz mi pomóc? – Thaddeus usiadł na parapecie i wyjrzał przez okno. – Nie znasz mnie, nigdy wcześniej mnie nie spotkałaś.

– Ale jaki ona ma tytuł? – nalegała Agetta.

– *Nemorenzis*… nazywa się *Nemorenzis* – odparł w zamyśleniu. – To stara księga, napisana przed tysiącami lat. Piękne dzieło. – Nagle znowu się ożywił, znikła jego melancholia. – Taka księga warta jest całego mojego majątku, dla takiej księgi warto poświęcić życie…

Słowo „*Nemorenzis*" wyryło się w pamięci Agetty. Było jak klucz gładko wchodzący do zamka i obracający się powoli. Powtarzała tytuł raz po raz i wizje innego świata rozbłyskiwały w jej myślach. Ręka znowu ją rozbolała i przez bandaże przesączyła się świeża krew. Agetta mocno ścisnęła dłoń, ale bolesne pulsowanie narastało. Thaddeus złapał ją, żeby nie upadła. Agetta usiadła na parapecie z nadzieją, że ból minie. Myśli o *Nemorenzis* wirowały jej w głowie, wzbierały w gardle i musiała wypowiedzieć na głos tę nazwę.

– *Nemorenzis*! – krzyknęła przeraźliwie jak kobieta przywiązana do porodowego krzesła. – *Nemorenzis*! *Nemorenzis*!

Ulga odmalowała się na jej twarzy, kiedy zaklęcie podziałało i ból odpłynął z dłoni. Wiedziała, że to jest księga Blake'a, ta sama, o której mówił w noc trzęsienia nieba.

Spojrzała na zakrwawione bandaże, które Thaddeus zaczął szybko odwijać. Zdjął lniany opatrunek z miejsca, gdzie przedtem była rana, i odsłonił świeżą, nową skórę. Zniknęło oparzenie, zniknęła blizna. Spojrzało na nich jasnoczerwone znamię w kształcie oka, otoczone czarną obwódką. Agetta zacisnęła dłoń – nie poczuła bólu.

Thaddeus popatrzył na nią.

– Wiedziałem, że masz w sobie coś dziwnego – powiedział, zwijając bandaże. – Miałem się z tobą spotkać, wysłano cię do mnie. Dobrze znam ten znak. Wypala się w dłoni jak nasienie i kiedy nadchodzi czas, rozwija się i wyrasta w umyśle. Ostatnie dni były...

– Były okropne – przerwała mu Agetta. – Takie niesamowite rzeczy się działy, jeszcze nigdy czegoś takiego nie przeżyłam. Nie miałam komu powiedzieć. Mój ojciec... – przerwała i spojrzała na Thaddeusa.

– Pomyślałby, że bredzisz jak pijana ladacznica i nadajesz się do domu wariatów. Prawdę mówiąc, znam twojego ojca. Cadmus Lamian nie potrafi śnić ani marzyć. Mocno stąpa po ziemi z brzuchem pełnym dżinu.

Roześmiał się, a Agetta mu zawtórowała. Po raz pierwszy poczuła głęboką ulgę, że wreszcie znalazła kogoś, kto ją rozumie.

– Wiem, przez co przeszłaś, i we mnie zawsze znajdziesz przyjaciela.

Nagle zabrzęczał ostro dzwonek przy drzwiach. Thaddeus gestem nakazał Agetcie milczenie.

– Znajdź sobie jakąś książkę. One nie będą cię niepokoić, kiedy mamy klienta w sklepie. Potrzeba wyjątkowego ucha, żeby je usłyszeć, nie każdy to potrafi.

Okute metalem obcasy stuk-stuk-stukały po podłodze księgarni, wyraźnie kierując się w ich stronę. Agetta udawała, że pilnie szuka czegoś na półce przed sobą, Thaddeus zaś wrócił do biurka, wspiął się po schodkach i stanął na podwyższeniu, skąd widział wszystkie przejścia między regałami. Z kieszeni kamizelki wyjął okulary w grubej drucianej oprawie, założył je na koniec nosa i spojrzał w ciemność.

Wzdłuż długiego regału historycznych książek szedł w stronę Thaddeusa wysoki mężczyzna, od stóp do głów odziany w czerń, w miękkim kapeluszu opuszczonym na twarz. Tunikę miał naszywaną złotym galonem, buty skrzypiące i czarne jak smoła. Skręcił na rogu i stanął przed Thaddeusem, który spojrzał na niego sponad okularów niczym wielka, groźna sowa. Mężczyzna odwzajemnił spojrzenie, unosząc brew i uśmiechając się sztywno.

– Szukam książki – oznajmił głośno.

Jego akcent sprawił, że Agetta nagle się odwróciła. Wstrząśnięta i zaskoczona widokiem przybysza, oparła się plecami o półki. To był nieznajomy z Holborn, obcy ze snu. Popatrzył na nią z uśmiechem.

– Trzy razy w tak krótkim czasie – powiedział swoim miękkim głosem. – Podejrzewam, że mnie śledzisz.

Thaddeus przerwał pospiesznie.

– Czy szuka pan jakiejś specjalnej książki, sir? Widzę po pańskim stroju, że nie pochodzi pan z tych stron.

– Jesteś pan bardzo mądrym człowiekiem i w obu kwestiach masz rację. Książka, której szukam, jest bardzo specjalna. Niegdyś należała do mnie, ale zapodziała mi się wiele lat temu. – Przerwał i spojrzał na Agettę. – Doprawdy to głupio z mojej strony. Taka książka nie powinna wpaść w niepowołane ręce, zawiera zbyt wiele rodzinnych sekretów.

– Widocznie pochodzi pan ze znakomitej rodziny, skoro piszą o panu książki! – odezwała się zuchwale Agetta. – O mnie nikt nie chce pisać.

– Lepiej być dobrze znanym jednej osobie niż zdobyć poklask całego świata – odparł obcy.

– Więc kto napisał tę książkę o panu? – zapytał Thaddeus. – Może ją znam.

– Siostra… która odwróciła się od naszej rodziny. Zawsze za bardzo tchórzyła, żeby podpisać się swoim nazwiskiem. Zawsze chowała się za cudzymi plecami. – Obcy rozejrzał się po sklepie, jakby nasłuchiwał. – Ile pan ma dzieci? – zapytał Thaddeusa. – Słyszę, że jedno pana woła.

– To fale uderzające o most, mewy, coś w tym rodzaju. Nie mam dzieci – odparł gniewnie Thaddeus. – Szuka pan książki czy czegoś innego?

– Książki, ale wyczuwam, że tutaj jej nie ma. Moje poszukiwania będą dalej trwały. – Obejrzał się na Agettę. – No, dziewczyno, do zobaczenia następnym razem. Z pewnością nasze drogi się skrzyżują… może nawet we śnie.

Ukłonił się elegancko, odwrócił i raźnym krokiem wyszedł z księgarni. Dzwoneczek zabrzęczał, kiedy obcy zatrzasnął za sobą drzwi.

Agetta spojrzała na Thaddeusa i nerwowo przygryzła wargę.

– On za mną chodzi – wyznała. – Widziałam go raz w Holborn i raz we śnie. On czegoś chce.

– To cudzoziemiec, a oni dziwnie się zachowują. Spotkałaś go dwukrotnie, no cóż, Londyn jest mały. – Agetta odniosła wrażenie, że księgarz coś przed nią ukrywa. – Hugenoci są wszędzie. To tylko jeszcze jeden zagubiony Francuz, uciekający przed swoim królem.

Thaddeus zaśmiał się, a potem pogrzebał w kieszeni, jakby chciał odwrócić uwagę Agetty.

– Mam tu coś, jest bardzo niezwykłe i bardzo stare, ale pomoże ci odczytać słowa, których nie widzisz ani nie rozumiesz. Wiem, że po coś przyszłaś, i to jest to!

Sięgnął głębiej do kieszeni i wydobył kawałek wypolerowanego kryształu wielkości połowy gęsiego jaja. Krawędzie szkła oplatała girlanda ze srebrnych liści ostrokrzewu. W świetle z okna rzucił barwny, tęczowy blask na twarz Agetty.

– Chcę, żebyś to wzięła. To szkło Ormuza, błogosławieństwo dla tych, którzy się starzeją. Wykonał je Al-Hazzan i chcę, żebyś je przyjęła jako dar przyjaźni. – Trzema wielkimi krokami zeskoczył z wysokiego biurka i stanął przed Agettą, trzymając szkło Ormuza. – Weź to i przyjdź w przyszłym tygodniu, to powiem ci więcej. Kto wie, może nawet natrafisz gdzieś na *Nemorenzis* i uczynisz Thaddeusa szczęśliwym człowiekiem!

Agetta chciała mówić, powiedzieć mu, że już wie, kto ma księgę, ale powstrzymała się. Może jeszcze nie nadeszła pora. Thaddeus wcisnął jej do prawej ręki szkło Ormuza. Idealnie pasowało do kształtu wypalonego oka. Spojrzała w kryształ i zobaczyła, że szkło Ormuza powiększyło wszystkie linie i znak na jej dłoni. W zdumieniu oglądała idealnie wyraźne szczegóły powiększonego oka. Wydawało się, że każdą linię tworzą maleńkie literki, wypisane tak blisko siebie, że wyglądały jak ciągła kreska.

– To ci pokaże wiele rzeczy. Żadna magia ani sztuczka, tylko cudo nauki. – Thaddeus wziął ją za ramię i poprowadził do drzwi. – Spodziewam się znowu cię zobaczyć. Mam niewielu przyjaciół, a teraz zdobyłem jednego więcej.

Wydawał się szczery, oczy mu błyszczały życzliwością. Agetta nie odpowiedziała, tylko wyszła na ulicę, wciąż ściskając kryształ i zastanawiając się, dlaczego księga Blake'a jest taka ważna.

Most Londyński był zatłoczony. Ludzie przepychali się, mocno ściskając portfele z obawy przed kieszonkowcami. Agetta rozejrzała się dookoła, wypatrując obcego w każdej bramie. Wsunęła szkło Ormuza do kieszeni, wciąż ściskając je mocno prawą ręką, i ruszyła przez uliczne błoto w stronę Bishopsgate. Pochłonięta myślami, nie zauważyła mężczyzny wpatrującego się w nią przez grubą, brudną szybę kawiarni. Myślała o Thaddeusie, jego zadziwiających oczach i ciepłym uśmiechu, i o szkle Ormuza. Nigdy przedtem nikt nie dał jej takiego prezentu, i to bez powodu. Uśmiechnęła się wiedząc, że życie się zmienia i ona sama też się zmienia. Odległe wspomnienie absyntu tańczyło jej na języku. Ciasno otuliła się płaszczem i wspominała dawno utracony smak.

Słońce stało nisko na południowym niebie i grube cienie padały na most. Obcy w kawiarni podniósł ze stolika swój czarny francuski kapelusz i szybko wyszedł w światło dnia. Z kieszeni wyjął okulary w złotej oprawie, o ciemnobłękitnych soczewkach wyciętych z najpiękniejszych szafirów i wypolerowanych tak, żeby odbijały słońce. Nasunął kapelusz, postawił kołnierz płaszcza i naciągnął cienką czarną rękawiczkę na długie, białe palce.

Liberatio per mortem

(Wyzwolenie przez śmierć)

*B*lake brnął przez straszliwą burzę. Grad wielkości kaczych jaj leciał z nocnego nieba i walił w błoto wokół jego nóg. Rozbryzgiwał głębokie kałuże, bębnił po dachach powozów i tłukł o grzbiety stojących koni, które szarpały się i wzdrygały nerwowo pod lodowymi ciosami. Blake w biegu podniósł ręce, żeby osłonić twarz. Ostry zygzak srebrnobiałej błyskawicy rozdarł niebo i trafił w ziemię. Szyby w oknach zabrzęczały od grzmotu, który zaparł Blake'owi dech w piersiach. Gęsta, ciężka, smoliście czarna chmura przetoczyła się po nocnym niebie i wyciągnęła w dół nad Conduit Fields, jakby olbrzymia pięść chciała uderzyć w ziemię; jej krawędzie obrysowywał jasnym srebrem blask księżyca, który chwilami przebijał się przez chmury, a potem znowu pochłaniała go ciemność.

Przemykając od domu do domu, Blake widział w oddali dwie jasne lampy, które strzegły drzwi rezydencji Flamberga na Queen's Square. Przed drzwiami pełniło wartę dwóch lokajów odzianych w szkarłatne kurtki ze złotymi galonami. Trzymali duże pochodnie, omotane szmatami nasączonymi łojem, które płonęły mocnym żółtym płomieniem. Blake przyspieszył kroku, lękając się, że z nieba uderzy następny piorun, oznaka wściekłości burzy.

Uderzył niemal natychmiast. Ze wszystkich stron dmuchnął wiatr, poderwał wodę z kałuż i cisnął ją jak strzały w powietrze i w niebo. Rozbłysk elektryczności wypełnił ulicę, skrzesał iskry z dachów i powlókł niebo oślepiającą bielą. Blake przycisnął się do wilgotnego muru, a błyskawica przeleciała mu przed twarzą, świecąc tak jasno, że widział ją przez zamknięte oczy. Żar osmalił mu wierzch kapelusza, twarz nabiegła czerwienią, kłęby pary buchnęły z przemoczonego płaszcza. Piorun trzasnął w ziemię przed rezydencją Flamberga. Na jezdni potworzyły się bąble. Dwaj lokaje umknęli po schodach do piwnicy, odrzuciwszy płonące pochodnie, które syczały w błocie i szybko dogasały.

Przemoczony, ubłocony i krańcowo wzburzony, Blake wspiął się po stromych marmurowych stopniach, które wyniosły go z brudu ulicy do wypolerowanej elegancji rezydencji lorda Flamberga. Lampy w kształcie gargulców stały na straży przed drzwiami. Każda wyglądała jak wycięta z jednej bryły metalu. Inkrustowane cienkim białym, czerwonym i niebieskim szkłem, miały na czubkach wężowe łby okryte hełmami. Płomyki grubych woskowych świec rzucały upiorny blask przez czerwone ślepia z ciętego szkła. Skwierczenie knotów brzmiało jak syczenie prawdziwych węży. Na środku dębowych drzwi wisiała duża pozłacana kołatka w kształcie smoka, wykuta z jednego kawałka żelaza. Grube żebrowane skrzydła i zielone oczy z klejnotów lśniły w blasku świec.

Na północy gniewnie zadudnił grom, burza uleciała w noc i niebo zaczęło się przecierać. Blake podniósł wzrok. I po raz pierwszy zobaczył swoją gwiazdę gołym okiem. Słabe światło i migotliwy ogon komety jaśniały w głębiach kosmosu. Blake uśmiechnął się do siebie, zdjął mokry kapelusz i strząsnął deszczówkę z ronda.

Trzykrotnie uderzył kołatką o mosiężną płytkę. Smok wydawał się nienaturalnie ciepły w dotyku, dwoje oczu odcisnęło wyraźne wgłębienia we wnętrzu dłoni. Tyczkowaty kamerdyner w wytwornym niebieskim surducie z jedwabiu otworzył drzwi. Miał ściągniętą twarz i głęboko osadzone oczy w obwódkach ciemnej, zwiotczałej skóry, poprzecinanej drobniutkimi zmarszczkami.

– Doktorze Blake – powiedział głosem pasującym do zmarszczek. – Lord Flamberg pragnie pana przyjąć w jadalni, czekają już od dłuższego czasu...

Spojrzał z góry na Blake'a i gestem zaprosił go do wnętrza domu.

Wielki kandelabr ze świecami oświetlał hol, kołysząc się lekko z boku na bok, obracając się powoli i rzucając długie, ruchome cienie. W dużym pozłacanym zwierciadle Blake wyglądał jakoś starzej, twarz miał pobrużdżoną i obwisłą.

Lord Flamberg wyszedł nagle do holu.

– Mój drogi Blake – powiedział, odgarniając z twarzy długie siwe włosy. – Myślałem już, że wiatr cię porwał. Cóż za dramatyczne widowisko. Chodźmy, lady Flamberg czeka.

Lady Flamberg siedziała w jasno oświetlonej jadalni, na fotelu u szczytu długiego dębowego stołu. Nie poruszyła się, kiedy wszedł Blake. Zachłysnął się na widok jej niezwykłej urody – czarna jedwabna mantyla podkreślała biel upudrowanej skóry, piękne, wytworne dłonie i długa szyja o czystym zarysie jaśniały w blasku świec.

Lord Flamberg usiadł na drugim końcu stołu i wskazał Blake'owi jedyne wolne krzesło stojące kilka kroków dalej, obok fotela żony.

– Ona lubi towarzystwo, Blake. Zechce cię mieć tylko dla siebie – oświadczył.

Blake wyciągnął rękę do lady Flamberg.

– Jestem doktor Sabian Blake, miło mi...

– Proszę mi mówić Hezrina, doktorze Blake. Lady Flamberg brzmi tak oficjalnie – uśmiechnęła się do niego zimnymi, stalowoniebieskimi oczami i wąskimi czerwonymi wargami.

Blake usiadł przy stole i spojrzał na rozległą płaszczyznę wypolerowanego drewna, która ciągnęła się aż do miejsca, gdzie siedział lord Flamberg.

– To taki piękny pokój, z tyloma ładnymi rzeczami – powiedział.

– A najładniejsza ze wszystkiego jest moja żona – odparł lord Flamberg i strzelił palcami.

Dwaj służący wbiegli do jadalni, niosąc duże srebrne półmiski z pokrywami, spod których buchała gęsta para. Niezręcznie, hałaśliwie postawili półmiski na stole i zdjęli pokrywy w kłębach pary. Blake dostrzegł gotowany łeb dużego zwierzęcia, patrzący na niego ślepiami błyszczącymi od roztopionego masła. Na drugim półmisku spoczywała długa czarna ryba, otoczona miriadami maleńkich ruchliwych węgorzyków, który wiły się i skręcały niczym żywe morze. Blake przełknął obrzydzenie i pomyślał, że za nic nie weźmie do ust czegoś takiego.

Najmniejszy służący przechylił się przez stół i wskazał na dania czubkiem długiego, ostrego sztyletu.

– Które? – zapytał głębokim głosem. – Ja kroję, ty jesz. Które? – powtórzył.

Blake popatrzył na parujący łeb, zastanawiając się, co to za dziwne zwierzę z kłami.

– To jest…? – zapytał.

– To mors… świeży gotowany mors – odpowiedział służący łamaną angielszczyzną. – Ukroję kawałek dla ciebie. Najlepsze oczy albo język.

– Spróbuję ryby – oświadczył stanowczo Blake.

Wyraz rozczarowania przemknął przez twarz sługi.

– Ryby?

– Ryby! – powtórzył Blake, wskazując na masę węgorzyków, pełzających po ciele długiego łuskowatego stwora.

– Mąż mi mówił, że jest pan kabalistą. Czy magia panu pomaga? – zagadnęła Hezrina, kiedy służący wbił nóż w rybę, szybko wyciął długi filet i nałożył na talerz Blake'a razem ze sporą porcją ruchliwych węgorzyków.

– To nie magia, tylko nauka – odparł Blake, przed którym stanął parujący talerz. – Wieki Ciemnoty dawno przeminęły. To działalność sił, których jak dotąd nie pojmujemy. Wierzę, że nadejdzie dzień, kiedy nauka wyjaśni każdą tajemnicę znaną człowiekowi.

– Nie zostawia pan miejsca na wiarę albo tajemnicę w naszym świecie. To jak sztuka bez artysty albo muzyka bez instrumentu. Co może pan zdziałać swoją magią? Może pan uzdrowić tę rybę?

Hezrina dźgnęła stołowym nożem oko morsa i wyłupiła je z oczodołu.

– Wszechświat posiada swój schemat, nawet to, co pani je, miało swój cel, a teraz ten cel nieco się zmienił. Magia polega na znajdowaniu prawdy. Kabała wprowadza nieskończone w skończone, największe do najmniejszego, wszystko się łączy ze sobą.

Blake podniósł wzrok znad węgorzyka, który spełznął z talerza na kosztowny biały obrus i pozostawiał za sobą gęsty czarny śluz.

– Wierzę w magię, Sabianie. Nie w taką, jak mówisz, lecz w coś cudownego, co może nas uwolnić od mordęgi tego świata. – Hezrina wbiła widelec w łeb i oderwała pasek gotowanej skóry, owinąwszy ją wokół widelca. – Ludzie wierzą w najdziwniejsze rzeczy, ale ty chcesz wszystko wyjaśnić i znaleźć przyczynę każdego działania.

– On jest naukowcem, odkrywcą – odezwał się jej mąż z odległego końca stołu. – Blake odkrył coś cudownego i jutro będzie na ustach całego Londynu. Yeats i „London Chronicle" się o to postarają. – Zauważył, że Blake patrzy na swój talerz. – Moja żona ma szczególne gusta kulinarne. Czasami myślę, że zjadłaby każde stworzenie, które jej przyjdzie na myśl. Dlaczego jeść to, co jedzą żebracy? Kto powie, że objadał się najlepszym morsem? – ciągnął z podnieceniem Flamberg. – Dobre wino i owoce morza. Najbardziej lubię język.

– Śmiało, Sabianie. To całkiem proste, nabijaj je na widelec i zjadaj w całości. Smakują wspaniale i odświeżają cerę. – Hezrina roześmiała się, zachęcając Blake'a do jedzenia węgorzy. – Prosto z morza, złapane na mulistych brzegach i podawane żywe do stołu, nie zaszkodzą ci.

Blake nabił na widelec kilka węgorzy i szybko przełknął w całości. Herzina i jej mąż patrzyli, jak powoli przebrnął przez połowę zawartości talerza, po czym zdjął serwetkę i starannie złożył na pozostałej połowie.

– Pyszne – powiedział z wymuszonym uśmiechem, przełykając wielkie hausty powietrza, żeby powstrzymać od wybryków zawartość żołądka. Miał pewność, że węgorze jeszcze się ruszają, że nigdy nie umrą i wkrótce znów je zobaczy. – No więc co z „Chronicle"? Jakie poda wiadomości o mojej komecie?

– Będziesz główną postacią, bohaterem chwili. Yeats przedstawił cię jako wielkiego uczonego, odkrywcę stulecia – oznajmił Flamberg, ogryzając tłuszcz z długiego białego kła i wycierając z twarzy sadło morsa. – Ludziom się powie, że kometa ominie Ziemię i że według twoich obliczeń obejrzymy najwspanialszy pokaz niebiańskich świateł od zarania czasu.

– A potem… mnie powieszą, kiedy walnie w Londyn i zabije połowę mieszkańców. – Blake przenosił wzrok z Hezriny na lorda Flamberga, wypatrując jakiejś reakcji, oni jednak spokojnie dojadali resztki głowy morsa.

– A potem nigdy się nie dowiedzą! – odparł Flamberg. – Zaprosimy króla i dwór do naszego domu w północnych hrabstwach, a reszta niech się spali – dodał spokojnie. – Moi przyjaciele i ja wierzymy, że to będzie dobre dla Londynu. Miasto jest zbyt przepełnione, a niektórzy ludzie nie są warci powietrza, którym oddychają. – Przeciągnął ręką po gardle, naśladując ruch noża. – Chyba wiesz, co mam na myśli, Blake. Londyn zmieniony w nowy Rzym czy nawet nową Jerozolimę, odpadki życia wypalone przez twoją kometę. Opatrzność boska! – zaśmiał się.

– Tak nie można! – wykrzyknął Blake. – Musimy im powiedzieć, możemy uratować ludzi.

– Wybuchnie panika, Sabianie – ostrzegła Hezrina. – W ten sposób możemy zabrać z Londynu wszystkich, którzy naprawdę się liczą, a reszta... cóż, trudno. Powiedzieć im teraz to wywołać rewolucję.

Wzięła Blake'a za rękę i przyciągnęła do siebie.

– Zobaczymy, co twoja dłoń mi powie o twoim życiu. Mam dar widzenia przyszłości. Spójrz na mnie, a ja ci powiem, co się stanie.

Dłoń miała ciepłą i miękką. Blake czuł, że twarz mu poróżowiała w blasku świec. Nie mógł jej odmówić, kiedy obróciła jego dłoń wierzchem do góry. Palcem wskazującym nakreśliła znak gwiazdy we wnętrzu jego dłoni. Ze swojego kieliszka spuściła mu na rękę dużą kroplę czerwonego wina i wtarła w skórę. Płomyki świec lekko zamigotały.

Flamberg skrzyżował ramiona, odchylił się na oparcie fotela i zaczął dłubać sobie w zębach czubkiem noża. Spojrzał na Blake'a i z uśmiechem pozostawił go na pastwę kaprysów żony.

– Ona wprowadzi cię w coś, czego chyba nigdy nie zrozumiesz – zapowiedział, przeżuwając niedojedzony tłuszcz.

Potem umościł się wygodnie w dużym fotelu, zamknął oczy, oparł podbródek na piersi i twardo zasnął.

Blake popatrzył na niego z niedowierzaniem. Flamberg zaczął cicho pochrapywać przy każdym wysilonym oddechu. Hezrina pociągnęła Blake'a za rękę i boleśnie wbiła mu paznokcie w skórę.

– Nie lubię, kiedy mnie ignorują, Sabianie – oznajmiła swawolnie i przyciągnęła go bliżej. – Ty i ja mamy przed sobą przyszłość, nie chcesz jej poznać?

– Niewiele dbam o własną przyszłość. Chcę tylko powiedzieć światu, co się stanie – oświadczył Blake. Nie mógł oderwać wzroku od jej twarzy.

– Ci, którzy się liczą, wiedzą, co robić. Mój mąż sumiennie uprzedził przyjaciół i wszystko dobrze się skończy.

– Dla kogo? Dla waszych przyjaciół i króla? A reszta Londynu może spłonąć? – zaprotestował głośno.

– A co ty chcesz zrobić? Zawiadomić ich wszystkich, żeby tysiące ludzi zginęło w zamieszkach? Jak oni to przyjmą? Uwierzą, że nadszedł dzień sądu. Chcesz na to patrzeć? A tak przynajmniej niektórzy mają szansę się uratować. – Przerwała i spojrzała mu w oczy. – Powiedz mi, Sabianie. Skąd wiedziałeś, że zbliża się kometa? Czy to przypadek?

Blake wciąż się w nią wpatrywał, zafascynowany potęgą jej urody. Ubrana była w głęboką purpurę i czerń, na gładkiej twarzy miała czarne jak węgiel znamię piękności.

– Czytałem...

Słowa zamarły mu na ustach, jakby lodowata ręka ścisnęła go za gardło. Rozpaczliwie chwytał powietrze. Palący ból przebiegł mu przez rękę, wspiął się pulsem cierpienia po ramieniu, dotarł do klatki piersiowej i wpił się w gardło. Każdy nerw i mięsień dygotał nieopanowanie. Blake próbował wstać, ale niewidzialna siła obaliła go na stół, prosto w zewłok niedojedzonej ryby.

– Nie opieraj się, Sabianie. Chcę zobaczyć przyszłość, a każda wiedza kosztuje. – Hezrina zachichotała. Wciąż mocno trzymała go za rękę, a on wił się i skręcał niczym węgorze, które właśnie zjadł. – Siedź – rozkazała i mocniej wcisnęła kciuk w zagłębienie jego dłoni.

Blake nie panował nad sobą. Opadł bezwładnie do tyłu na oparcie krzesła, oczy zasnuła mu ciemna mgła, która teraz wypełniła cały pokój.

– Posłuchaj mnie, Sabianie. W twojej przyszłości jest magia i moc, która wkroczy do świata poprzez ciebie, widać to wyraźnie. Jest przed tobą, a jednak jej nie widzisz. Wierzysz we wszystko, co zobaczysz na własne oczy... a jednak cudzoziemiec nastaje na twoje życie.

Słowa trzaskały w jego głowie jak strzały z bata. Ramię drgnęło jeszcze kilka razy, zanim go puściła. Popatrzył na nią bezradnie.

– Coś ty zrobiła? – wymamrotał, szczękając zębami.

– Sztuczkę magiczną, nic więcej. Czy twoja nauka nie potrafi jej wyjaśnić, Sabianie? Czy też będziesz musiał uwierzyć w magię jako taką?

Blake nie odpowiedział. Ramię go paliło. Próbował zgiąć palce, ale ból mu nie pozwolił. Maleńkie, błękitne, trzeszczące iskierki przebiegały po wierzchu jego dłoni.

– Wkrótce to minie. Taka jest moc widzenia przyszłości. – Hezrina westchnęła. – Gdyby tylko Flamberg posiadał taki umysł jak twój, wszystko wyglądałoby całkiem inaczej. Popatrz na niego, chrapie jak mors obżarty rybami na piaszczystej plaży, szczęśliwy w swojej ignorancji. Ty, Sabianie, masz dociekliwy umysł, będziesz rozmyślał przez wiele dni o dzisiejszych wydarzeniach, będziesz się zadręczał, dopóki nie poznasz odpowiedzi i nie odgadniesz, jaka moc cię usidliła. – Hezrina parsknęła śmiechem. – Oszczędź sobie fatygi, to była magia.

– W takim razie odchodzę, pani. Twoja magia jest zbyt śmiała, żeby zrozumiał ją ktoś taki jak ja, i obawiam się, że sen twojego męża to również część zaklęcia.

Blake niepewnie wstał od stołu, potknął się i oparł rękę w talerzu martwych węgorzy.

– Chciałabym coś panu pokazać, doktorze Blake. Coś, co trzymałam w sekrecie nawet przed moich starym morsem. Och, czekam na ten dzień, kiedy ktoś utnie mu głowę i poda na półmisku! – mówiła cicho Hezrina.

Wstała i podeszła do Blake'a. Poczuł, jak węgorze kłębią mu się w żołądku. Nie wątpił, że wciąż żyją i zanim noc dobiegnie końca, wyrwą się na wolność z jego ciała.

– Chyba muszę iść do… – wymamrotał.

– Nie bądź niemądry, nigdzie nie pójdziesz, zanim nie pokażę ci czegoś, co pobudzi twój umysł i rozszerzy wyobraźnię.

Hezrina chwyciła Blake'a za ramię i pociągnęła przez pokój, chociaż się opierał. Flamberg nawet nie drgnął, rozwalony w fotelu. Tłusta ślina spływała mu na brodę i kapała na czarny surdut.

– Szsz – syknęła Hezrina, popychając Blake'a do drzwi. – Nie chcę go obudzić, to jest nasz sekret…

Blake lękał się tego sekretu, lecz nie potrafił opanować pożądania i ciekawość rozpalała mu serce. Czuł się jak mucha wciągana do gniazda wielkiego, czarnego, jedwabistego pająka, który zamierzał ją pożreć – przerażona, a jednak niezdolna stawić oporu.

– Mam dla ciebie niespodziankę, Sabianie. Nie tylko ty kochasz niebo i wszystko, co z niego pochodzi. Ja też czekałam na tę chwilę, ale z innego powodu.

Uścisnęła jego poparzoną, obolałą dłoń, aż się skrzywił.

– Myślę, że tak nie można – zaprotestował Blake i spróbował się jej wyrwać. – Na miejscu twojego męża nie byłbym zadowolony…

– Ani ja, ale właśnie dlatego to takie zabawne. Kto by chciał postawić się na miejscu mojego męża? Flamberg zawsze był taki nudny, taki łatwy do przewidzenia. Ale ty, doktor Sabian Blake, członek Towarzystwa Królewskiego, kabalista, a teraz odkrywca planet… przy tobie przechodzą mnie dreszcze. Chodź i zobacz, co dla nas przygotowałam.

W holu zaciągnęła go przed wielkie lustro sięgające od podłogi do sufitu. Rtęciowe szkło, czyste i lśniące, odbijało ostry obraz w blasku świec.

Blake popatrzył na odbicie Hezriny – wydawała się pozbawiona wieku, bez jednej zmarszczki czy skazy.

– Za tym lustrem jest inny świat. Czy mi wierzysz, Sabianie? – zapytała Hezrina.

– Byłbym głupcem, gdybym nie wierzył – przyznał, pocierając coraz większy czerwony ślad, który palił mu wnętrze dłoni. – Ale należę tylko do jednego świata i wolałbym, żeby tak pozostało.

Hezrina roześmiała się.

– Spójrz w głąb i powiedz mi, co widzisz.

Blake popatrzył na mętną taflę, po której tańczyło światło świec z wielkiego kandelabru.

– Więc czy wejdziesz razem ze mną w to lustro, doktorze Blake, i razem odkryjemy jeszcze jeden świat? – zapytała Hezrina i łagodnie przyciągnęła go bliżej.

Blake nie odpowiedział, tylko kiwnął głową i zrobił krok w stronę szklanej tafli, wierząc, że przejdzie przez nią na wylot.

– Nie, Sabianie! To prawdziwe lustro – powiedziała Hezrina i podniosła zatrzask na krawędzi ozdobnej złoconej ramy, rzeźbionej w małpie głowy i pyski żab.

Blake dostrzegł na jej palcu złoty pierścień, ogon komety opasujący białą skórę.

– Zanim wejdziemy do komnaty, wznieśmy toast za przyszłość – zaproponowała Hezrina.

Wzięła dwa duże kielichy z niebieskiego szkła z wysokiego postumentu obok lustra. Podała jeden Blake'owi i podsunęła mu do ust.

– Jednym haustem! – powiedziała cicho, prawie szeptem. – Jednym haustem, a potem razem możemy przyjąć to, co nadejdzie.

Podniosła kielich do ust i przechyliła do tyłu głowę. Blake patrzył. Wypiła płyn, a potem prostacko otarła usta wierzchem dłoni.

– Twoja kolej, Sabianie. Szybko.

Wypił. Dwoma łykami opróżnił kielich. Gęsty, zielony, kleisty płyn sparzył mu przełyk. Szczęki mu zdrętwiały, załzawione oczy niemal wyszły z orbit. Hezrina zaśmiała się do siebie i pchnęła lustro. Powoli odsunęło się od ściany niczym olbrzymie drzwi, prowadzące do innego świata.

Nagle dmuchnął zimny wiatr, kiedy pękła więź pomiędzy lustrem a ścianą. Blake poczuł, jak ogarnia go chłód. Gdzieś wysoko w domu trzasnęły drzwi, na piętrze zatupały liczne kroki. Blake wytężył wzrok i usiłował przeniknąć spojrzeniem ciemność w pokoju za lustrem,

Hezrina szturchnęła go lekko, żeby wszedł w mrok. Dopiero wtedy Blake spostrzegł maleńką kulkę migotliwej błękitnej esencji, unoszącą się na środku pomieszczenia. Wirowała i lśniła jak tysiąc białych i błękitnych brylantów, obracała się bezgłośnie w powietrzu metr od twarzy Blake'a. Odruchowo wyciągnął rękę, żeby jej dotknąć; bezradnie zbliżał dłoń do kuli skwierczącej elektryczności.

– *Liberatio per mortem* – powiedziała Hezrina i odwróciła twarz od oślepiającego blasku.

9

Hebdomada mortium

(Tydzień zmarłych)

*A*getta leżała pod drapiącym kocem na swoim zimnym łóżku. Po lewej spała matka, której nie przeszkadzało nieustanne chrobotanie szczurów, przegryzających się w ścianach przez tynk z gipsu zmieszanego z końskim włosiem. Tak wyglądało całe życie pani Lamian – nigdy nie opuszczała pokoju, który dzieliła z córką. Pomiędzy długimi godzinami snu jadła potrawy przyniesione przez męża i spłukiwała strach przed światem kwartą dżinu i małym piwem. Solidne czarne drzwi pokoju stanowiły granicę jej świata, nieprzekraczalną linię.

W ciemnościach Agetta próbowała zasnąć, ale hałasowanie szczurów i dotkliwe zimno odebrały jej wszelką nadzieję na odpoczynek. Zbój zniknął poprzedniej nocy. Nie obroni jej groźnym warczeniem przed ciemnością ani nie zwinie się wokół jej stóp, żeby ją rozgrzać.

Zza uchylonych czarnych drzwi dochodziło do niej chrapanie gości i senne mamrotania. Pensjonat był pełen, nawet korytarz wynajmowano do spania. Jedynym spokojnym miejscem pozostała kuchnia, w której sypiał jej ojciec. Miał tam duży skórzany fotel, ustawiony w cieple przy ogniu, czysty i wygodny. Agetta przetarła rękawem zaparowaną szybę i wyjrzała na nocne niebo – a tam na wysokościach, otoczona milionem mrugających światełek, świeciła wielka gwiazda, której Agetta nigdy przedtem nie widziała, z roziskrzonym krwawoczerwonym ogonem rozciągającym się w kosmos.

Nad głową Agetty nagle coś łupnęło. Obsypał ją kurz ze strychu, delikatny biały pył, migoczący w blasku świec jak spadający śnieg. Znowu łupnięcie, a potem zgrzyt żelaznego łańcucha wleczonego po drewnianej podłodze. Dachówka zsunęła się z dachu i rozbiła na bruku ulicy. Nikt w całym domu nie zareagował. Przez deski nad głową Agetta usłyszała łkanie. Powoli wstała z łóżka i przeszła po zimnej drewnianej podłodze. W półmroku sięgnęła do drzwi i nasłuchiwała trzaskania ognia w kuchni. Wiedziała, że ojciec śpi, grzejąc nogi przy kominku, z nocnikiem wsuniętym pod fotel.

Wyjrzała do ciemnego holu. Samotna świeca płonęła w ściennej niszy, migocząc od przeciągów, które zawsze hulały po domu. Na podłodze dwa niechlujne ludzkie wzgórki stękały i pojękiwały pod grubymi, brudnymi kocami, drapiąc się przez sen po zaognionych ranach i strupach.

Agetta przestąpiła nad uśpionymi ciałami. Nogi zaniosły ją szybko przez korytarz do ciemnej klatki schodowej, prowadzącej dwa piętra w górę. Przystawała na każdym stopniu i zimny strach wzbierał jej w żołądku. Słyszała szlochanie za drzwiami strychu. Wydawało się odległe jak krzyk zabłąkanego morskiego ptaka i wypełniało jej serce smutkiem, jakby udzielił jej się ten płacz.

Gęste pajęczyny zwisały z sufitu i czepiały się jej twarzy jedwabistymi nitkami. Odgarnęła je i wyplątała cienkie szare pasemka z włosów. Schody nie były oświetlone, a ona nie odważyła się zabrać świecy, żeby ojciec jej nie zobaczył. Czerń napierała na nią, szeptała do niej: stój, nie idź dalej, zatrzymaj się, zawróć, zanim będzie za późno.

Na tych samych schodach widziała po raz pierwszy Sinoskórego Danby'ego tamtej nocy, kiedy uciekł z Newgate. W półmroku jego twarz świeciła sinoniebieskim tatuażem zwiniętego węża, który oplatał oczy i wślizgiwał się do ust. Danby ukrywał się na strychu, chroniony przez jej ojca. Dwa dni później zginął w tajemniczych okolicznościach, odarty ze świetnego stroju, trup z wybałuszonymi oczami wiszący jak świąteczny indyk.

Burza, która rozpętała się po jego śmierci, szalała przez trzy dni, dopóki jego duch trzymał się tego świata i opierał przed porwaniem do piekła. W biały dzień stoły przewracały się w kuchni, rozżarzone węgle wypadały z pieca, talerze wylatywały z półek i wirowały w powietrzu, poruszane przez niewidzialne ręce Sinoskórego. Przez trzy noce jęczał na tychże schodach i od tamtej pory strych stał się strasznym miejscem. Agetta zamykała oczy i krzyżowała palce za każdym razem, kiedy przechodziła przez podest; nigdy nie odważyła się podnieść wzroku. Nie chciała zobaczyć ducha Sinoskórego Danby'ego.

Małe drzwi na szczycie schodów były zamknięte na łańcuch i zaryglowane od zewnątrz. Agetta pogrzebała w kieszeni i wydobyła cienki kawałek zgiętego drutu. Wsunęła go szybko do zamka i przekręciła, naciskając na metalową sprężynę. Poczuła, że zamek się obraca, i wypchnęła po kolei trzy metalowe zęby, które trzymały drzwi. Zamek puścił i Agetta szybko odsunęła dwie zasuwy.

Ciężkie kroki zadudniły na podeście kilka stóp niżej. Agetta przywarła do ściany, kryjąc się w ciemnościach, przerażona, że Sinoskóry wrócił. Rozległ się cichy, przeciągły jęk. Cień wysokiej postaci powoli szedł przez hol w kierunku schodów, potykając się o własne stopy, mamrocząc do siebie i obijając się o ściany.

Agetta ostrożnie zeszła trzy stopnie niżej i wyjrzała z mroku. Dostrzegła czarną sylwetkę mężczyzny, obrysowaną srebrnym blaskiem księżyca wpadającym przez okno. Był wysoki, nosił długi uszargany płaszcz, który wlókł się po podłodze, i kapelusz naciągnięty na uszy. Zataczał się, wymachiwał rękami i wymierzał kopniaki otaczającym go niewidzialnym stworom, które nawiedzały jego wyobraźnię. Jednym szybkim ruchem rzucił się do tyłu na ścianę, osunął się po tynku i usiadł na drewnianej podłodze. Rozejrzał się z niedowierzaniem, myśląc, że cios niewidocznego przeciwnika zwalił go z nóg. Zamknął ciężkie powieki, zsunął się jeszcze niżej, potem zwinął się w kłębek jak tłusty kot, dygocząc, przywarł do zimnej ściany i głośno zachrapał.

Agetta po cichu wspięła się z powrotem do odemkniętych drzwi. Nasłuchiwała jakiegoś dźwięku, ale słyszała tylko łomotanie własnego serca. Naparła na drzwi. Otworzyły się powoli i opornie, szorując po drewnianej podłodze. Szybko weszła na strych.

Naprzeciwko wysokiego okna ujrzała srebrzystą sylwetkę człowieka, skąpaną w błękitnym księżycowym blasku. Siedział z twarzą ukrytą w dłoniach. Wokół jego stóp błyszczała kałuża łez.

Agetta sapnęła ze zdumienia i człowiek podniósł wzrok. Wstał, wyciągając ręce. Z jego wnętrza wypłynęła miękka złocista poświata i przybrała na sile, kiedy uniósł ręce spętane łańcuchem. Nagle rozbłysły oślepiające snopy czystego białego światła i dwa skrzydła rozwinęły się, wypełniając cały pokój, świecąc i pulsując z każdym uderzeniem serca tajemniczej istoty.

83

Agetta zerknęła przez palce, osłaniając oczy przed rażącym blaskiem. Zupełnie jakby ta istota przyciągała do siebie całe światło świata, jakby sam czas zwinął się w jej wnętrzu. Agetta poczuła, że coś ją łagodnie unosi z podłogi i ciągnie w stronę nieznajomego. Chwyciła się framugi drzwi, wbijając mocno paznokcie w obłażącą farbę, ale jedno nagłe, ostre szarpnięcie oderwało ją od tej kotwicy i popłynęła w powietrzu, nogami do przodu, ku wyciągniętym ramionom tego niezwykłego człowieka.

Gorączkowo machała rękami i próbowała się chwytać wszystkiego, co przepływało obok niej. Śmiech wypełnił pomieszczenie, miękki, wesoły śmiech, który lśnił w jasnym świetle. Z nagłym, niespodziewanym łupnięciem spadła niezgrabnie na twardą podłogę, a strych znowu pogrążył się w półmroku. Podniosła wzrok i spojrzała najpierw na sufit, gdzie wybito dziurę aż do dachówek.

– Nie mów ani słowa, Agetto – powiedziała istota, unosząc jednocześnie brew i kącik ust w półuśmiechu i ścierając słone krople łez z twarzy. – Twój ojciec dalej śpi w kuchni, ale twój przyjaciel Sarapuk zmierza tutaj…

Miękki, mocny głos wibrował w piersi Agetty, przenikał aż do serca.

– Jak? – Spojrzała na obcego niepewna, co się stało, szukając na jego twarzy wskazówki co do jego tożsamości lub pochodzenia.

– Nie lękaj się! – powiedział śmiało i wyciągnął smukłe palce, żeby ją podnieść z podłogi. – Twój gatunek albo się boi, albo mdleje na mój widok, ale ty wydajesz się inna. Jest coś w tobie…

– Czy ty jesteś Sinoskóry Danby i wróciłeś po mojego ojca? – Niezdarnie próbowała wstać i uciec od niego.

– Bez obawy. Jestem Tegatus, gość twojego ojca, ofiara nieszczęśliwego wypadku, istota o przeszłości godnej pożałowania.

Opadł z powrotem na krzesło i objął głowę rękami.

– Twoje skrzydła, gdzie… – Agetta otrzepywała się z kurzu i wytężała wzrok w ciemności.

– Zjawiają się i znikają. Niestety one są przyczyną mojego upadku i jestem tutaj z ich powodu – wymamrotał ze znużeniem Tegatus.

– Czy to sztuczka? Czy są prawdziwe?

Agetta próbowała zajrzeć mu przez ramię, szukając jakiegoś śladu po wielkich złocistych skrzydłach, które niedawno wypełniały cały pokój oślepiającym blaskiem.

– Prawdziwe, nieprawdziwe, co za różnica? Fascynują świat, a ja jestem wybrykiem natury, sprzedawanym i wystawianym na pokaz, bezradnym mieszkańcem menażerii, z której nie mogę uciec. – Tegatus otrząsnął się jak ptak na gałęzi, ze zbolałym wyrazem twarzy. – Widziałem, jak wchodzisz po schodach. Tyle razy próbowałem cię obudzić, ale zawsze spałaś.

Agetta spojrzała na dziurę w suficie strychu.

– Ty to zrobiłeś? – zapytała.

– Muszę uciekać, ale te łańcuchy przykuwają mnie do tego świata.

Tegatus wyciągnął ręce do dziewczyny. Nadgarstki miał ściśle opięte złotymi kajdanami wielkości mankietów koszuli. Na każdym wyryto małymi literkami inskrypcję w języku, którego Agetta nie rozumiała.

– Pozwalają mi rozwinąć skrzydła – oświadczył gniewnie Tegatus, potrząsając kajdanami – ale dopóki je noszę, jestem słaby i bezradny.

– *Hebdomada mortium* – szepnęła cicho do siebie Agetta. – Co to znaczy?

– To znaczy, że zostanę tu na zawsze – odparł Tegatus.

– Znam kowala, który może je rozbić i sprzedać złoto – zaproponowała Agetta, uważnie oglądając kajdany z bezpiecznej odległości.

Popatrzył na nią z uśmiechem.

– Kowal nie zdoła mnie od nich uwolnić. Narzędzie wykute ludzką ręką nie ma dość siły, żeby je zdjąć. Zrobione są z czegoś więcej niż cenny metal, a zamknięte dumą i zazdrością o coś, czego nigdy nie zdobędę.

Agetta podeszła o krok bliżej. Nie wiedziała, kim on jest, i bała się zadać pytanie, które cisnęło się jej na usta.

– Czy jesteś…

– Jestem tym, kim zechcesz – przerwał, jakby już wiedział, o co chciała zapytać. – Nieważne, czym byłem dawniej. Moje życie tak bardzo się zmieniło! Ciągają mnie po całej Europie i sprzedają kolejnym alchemikom i złodziejom.

– Do czego cię potrzebuje mój ojciec? – zapytała, wpatrując się w labirynt srebrzystych zmarszczek pokrywających jego czoło.

– Chce mnie wystawiać na Strandzie. Za szylinga od pokazu, jako część menażerii dziwolągów. Słyszałem, jak rozmawiał z Sarapukiem. Razem zamierzają zgromadzić najdziwniejsze stworzenia z całego świata. Ja chyba będę najdziwniejszy ze wszystkich. – Zobaczył wyraz zmieszania na jej twarzy. – Połowę gości w tym domu czeka taki sam los, oni

85

jednak robią to dobrowolnie, z chęci zarobku. Ja... – spuścił wzrok na podłogę i powoli, zniżonym głosem, dokończył: – Ja nie mam wyboru, muszę wypełniać jego rozkazy. On posiada klucz, który mnie z nim wiąże.

Agetta pogrzebała w kieszeni płaszcza, szukając szkła Ormuza.

– *Hebdomada mortium* – powtórzyła półgłosem, oglądając złote kajdany. – Dostałam coś, co pozwala przeczytać rzeczy, których nie rozumiem. Wyciągnęła szkło Ormuza z kieszeni i wytarła kryształ o płaszcz.

– Widzisz! Dostałam to, Thaddeus powiedział, że mi pomoże, i na pewno pomoże.

Mówiła szybko, przesuwając kryształ nad słowami wytłoczonymi w złocie.

– *Hebdomada mortium!* Nie zmieniło się – stwierdziła z rozczarowaniem.

Obróciła w ręku szkło Ormuza i wytrzeszczyła oczy, kiedy bez ostrzeżenia litery jakby się przesunęły w krysztale. Pochwycone przez szkło, zmieniały kształt i kolejność, tworzyły długi rząd słów, wirujących przed oczami Agetty.

Siedem wieków się rodzimy schwytani, by żyć i umrzeć,
Siedem wieków pozostanę na tym świecie w ludzkiej skórze.
Siedem śmierci przetrwam oto, śmiertelni i nieśmiertelni,
Siedem śmierci os i węży; szansa, by wrócić do ziemi.

Agetta recytowała wersy, które pojawiały się w szkle Ormuza.

– Co one znaczą? – zapytała, kiedy słowa tańczyły w krysztale. – O kim mówią?

– To moja klątwa. Schwytany przez własne serce, uwięziony przez własną zachłanność. Będę nosił te kajdany przez siedem wieków, a potem posmakuję śmierci. – Tegatus zabrzęczał łańcuchami owiniętymi wokół kajdan. – Chciałem tylko wiedzieć, jak to jest, jeden jej pocałunek, nic więcej. Przez jedną chwilę w wieczności wiedzieć, jak to jest... – Przerwał i nasłuchiwał, jakby przemówił do niego niesłyszalny głos. – Nie mamy dużo czasu, Sarapuk się zbliża. Musisz wrócić do łóżka. Zamknij mnie i nie mów nikomu.

– Nie mogę cię tak zostawić. – Agetta podeszła do niego i z całej siły szarpnęła za łańcuchy, próbując go uwolnić. – Co ty zrobiłeś, że cię tutaj zamknęli?

– Pytam o to w każdej chwili dnia i nigdy nie otrzymuję odpowiedzi. Nikt mnie już nie słucha. Zostałem porzucony. – Tegatus westchnął, na krawędzi łez. Potem odwrócił głowę, jakby usłyszał odległy dźwięk. – Twój ojciec się obudził, grzebie w palenisku i czeka na przyjaciela.

– A co z tobą? Nie możesz tu zostać, musisz uciekać. – Agetta znów szarpnęła za łańcuchy.

– Kiedy nadejdzie właściwy czas, wtedy mi pomożesz. Teraz idź. Jeśli twój ojciec przyłapie cię tutaj, nie odpowiadam za twój los.

Agetta popatrzyła na niego, kiedy tak siedział z twarzą ukrytą w dłoniach, wpatrując się w podłogę. Wydawał się mały i kruchy, niczym starzec czekający na śmierć przy drodze, żebrak, którego nikt nie nakarmi.

Tegatus podniósł wzrok i machnął na nią ręką, żeby odeszła. W blasku księżyca, malującym błękitem jego skórę, rzucał na podłogę długi czarny cień, jak ścieżkę prowadzącą na zewnątrz. Agetta bez słowa wyszła na palcach ze strychu i zamknęła drzwi na zamek. Stanąwszy na najwyższym stopniu mrocznych schodów, doznała nagle wrażenia, że ktoś ją obserwuje, że gdzieś w ciemnościach śledzą ją czyjeś oczy.

Silny przeciąg dmuchnął jej zimnem po nogach, przenikliwy dreszcz wspiął się po kręgosłupie, włosy stanęły dęba. W ciemnym holu Agetta dostrzegła sylwetkę mężczyzny zaglądającego przez okno galerii. Blada księżycowa poświata jednocześnie wyostrzała i zamazywała rysy jego wytatuowanej twarzy.

Sinoskóry Danby. Ta myśl przemknęła przez jej głowę jak błyskawica. Czarny cień podniósł wzrok, jakby wyczuł, że jej duch go przyzywa. Mroczne, głębokie, zapadnięte oczy wyglądały jak jamy w zimnej twarzy, przypominającej maskę z napiętego pergaminu. Długi czarny wąż przywierał do twarzy i ślizgał się po skórze, wpełzał przez pusty oczodół i wypełzał ustami.

– Wracam po ciebie, Agetto – powiedział cień i postąpił w jej stronę, wyciągając do niej chudą białą rękę. – Przyjdę wkrótce, w ciemnościach nocy, kiedy będziesz się najmniej spodziewała. Nic na ziemi nie ocali cię przede mną. Mam twojego psa… to zapłata za zdradę twojego ojca. Wkrótce będę miał ciebie i spotka cię mój los. Ta śliczna szyja się rozciągnie i będziesz wędrowała po nocy w towarzystwie demonów.

Po tych słowach obdarzył ją pustym uśmiechem, odwrócił się i zniknął.

10

Uścisk dłoni Złotej Gałęzi

Blake myślał, że nie żyje i oczami ducha spogląda w górę z otwartego grobu, w którym spoczywa. Dopiero przeraźliwy ból głowy i grube otarcia od sznura na nadgarstkach przekonały go, że jeszcze nie umarł. Patrzył na czyste niebo, gdzie pierwsze promienie październikowego słońca wysuwały się zza ciemnego horyzontu. Wysoka kościelna iglica sięgała do nieboskłonu i celowała cienkim kamiennym palcem w kometę Blake'a, wiszącą w samym zenicie.

Próbował się ruszyć, ale nogi miał ciężkie i odrętwiałe. Podniósł stopę – opadła z powrotem i łupnęła o dno trumny, w której leżał. Podniósł głowę i zobaczył, że został przybrany jak na pogrzeb płatkami róży i liśćmi ostrokrzewu. Do trumny wymoszczonej słomą przywierało ścierwo dużego psa z połamanymi zębami, dziko wybałuszonymi ślepiami i długim językiem zwisającym z rozwartej paszczy.

Ze świata w górze dochodziło do Blake'a wyraźne skrobanie łopaty po ziemi gdzieś w pobliżu. Usiadł, przetoczył psa na bok, strząsnął z siebie słomę i próbował zrozumieć, jak się tu znalazł.

Ostatnie, co zapamiętał z poprzedniej nocy, to kula światła, która wybuchła wokół niego, kiedy Hezrina zamknęła lustrzane drzwi. Obezwładnił go ten blask, którego każda molekuła przenikała przez jego ubranie i rozświetlała ciało opalizującym migotaniem. Potem Blake zapadł w sen czarny jak atrament.

Przesunął zimnymi palcami po głębokich czerwonych otarciach na nadgarstkach i pomacał wnętrze prawej dłoni, pulsujące intensywnym bólem. Paznokcie na palcach prawej dłoni miał ścięte do żywego mięsa. Przez jego umysł przemknęło ulotne wspomnienie wczorajszej nocy, krótka wizja stalowobłękitnych oczu i czerwonych ust Hezriny, śmiejącej się, kiedy on skręcał się w męczarniach. Zakaszlał i wypluł błoto zmieszane ze słomą, budząc w grobie echo, które wydostało się na świat. Kopanie ucichło.

– Czy to ty? – zapytał męski głos w górze.

– Zgłupiałeś do szczętu, człowieku – padła szorstka odpowiedź. – Zaraz mi powiesz, że widziałeś diabła. Bierz się do kopania, jeszcze trochę i dotrzemy do ciała, poczciwy doktor dostanie swoją zabawkę, a my dziesięć szylingów.

Mężczyzna chrząknął jak świnia, poganiając kompana do roboty.

Blake ukląkł, żeby wyjrzeć ponad krawędzią mogiły. Zwłoki psa zsunęły się głębiej i klapnęły ciężko na trumnę z głośnym łomotem.

Głos odezwał się ponownie.

– A nie mówiłem! – zawołał bardziej piskliwie i nerwowo niż przedtem. – Nie powinniśmy tego robić. Oni należą do świata zmarłych i nie mamy prawa ich zabierać z powrotem. – Rozległo się krótkie stuknięcie i chrzęst, jakby zdecydowanym ruchem wbił łopatę w ziemię. – Ja tam więcej nie kopię. Diabeł może zatrzymać, co jego, bo nie chcę, żeby po mnie przyszedł.

– Kop, skoro ci zapłaciłem za kopanie. To tylko nocne hałasy. Nie ma żadnych duchów, żadnego Boga ani diabła. Nie uwierzę w nich, dopóki nie zobaczę zmartwychwstania na własne oczy. Więc kop!

Blake usłyszał coś jakby mocne klaśnięcie. Podniósł się powoli i stanął na wieku trumny. Wyjrzał na kościelny cmentarz z popękanymi nagrobkami i wydeptanymi ścieżkami. W bladym świetle poranka zobaczył dwóch mężczyzn, stojących nad stertą świeżo wykopanej ziemi i kwiatowymi girlandami odrzuconymi z nowego grobu. Obaj nosili surduty i marynarskie trzewiki. Głowy mieli ogolone i zabarwione na niebiesko środkiem odwszawiającym.

– Dobra, kopię – ustąpił wysoki, brzuchaty mężczyzna i chwycił długą łopatę – ale to ostatni raz. Diabeł mnie dopadnie za to, że kradnę jego własność, a ty mu nie zapłacisz.

Blake rozejrzał się po cmentarzu. Grobowy smród napełnił go rozpaczą i przypomniał o przyszłości.

– Dzień dobry, panowie – odezwał się mocnym, donośnym głosem, żeby przyciągnąć ich uwagę. – Czy pomożecie mi wyjść z tego grobu?

Brzuchacz spojrzał na ziemię, myśląc, że słowa dobiegły z drewnianej trumny pod jego stopami. Drugi mężczyzna odskoczył, niepewny, czy słuch go nie myli.

– Pomóżcie mi wyjść, a dobrze wam zapłacę i dopilnuję, żeby nie złapał was diabeł ani król – zawołał zrozpaczony Blake, próbując wdrapać się po stromych ścianach jamy. Grudy ziemi bębniły głucho o wieko trumny, kiedy daremnie szukał oparcia dla stóp.

– To diabeł! – wrzasnął brzuchacz, rzucił łopatę towarzyszowi i chciał uciekać, ale potknął się i przewrócił. – Chce twojej duszy, a ja mojej nie mogę oddać. – Łzy pociekły mu po twarzy.

Chudzielec chwycił kompana za rękaw i rozejrzał się po cmentarzu. Nie zobaczył nikogo, tylko gęste błękitne cienie w porannym półmroku.

– Nie uciekaj, głupcze! – krzyknął Blake. – Pomóż mi wyjść z grobu. Ja żyję, nie widzisz?

Brzuchacz dopiero teraz zobaczył. Ujrzał poczerniałą twarz trupa wstającego z grobu zaledwie kilka stóp dalej, w całunie różanych płatków i liści ostrokrzewu, z kołnierzem wypchanym słomą. Trup ściskał w obu garściach pęki zielska, które zostały mu w rękach, gdy daremnie próbował wydostać się z piekielnych czeluści. Brzuchaty mężczyzna poczuł przeraźliwy strach przed uściskiem tego upiora.

Chudzielec podniósł łopatę i przygotował się do ataku.

– Owinę ci to wokół szyi, jeśli mi nie pomożesz – ostrzegł Blake i ześliznął się z powrotem do mogiły.

Groźba rzucona przez trupa przyprawiła chudzielca o zimny dreszcz. Dwaj rabusie grobów odwrócili się i popędzili do bramy cmentarza.

Blake znowu się osunął i upadł bezwładnie na trumnę. Pogłaskał sierść martwego psa. Pamiętał, że widział już gdzieś to zwierzę, teraz swojego jedynego towarzysza w mrocznej mogile.

– Och, psie – zajęczał – wkrótce czeka mnie to samo, co ciebie. Żeby na koniec mówić do psa…

Westchnął głęboko i żałośnie.

– Więc mów do mnie – zabrzmiał jakiś głos wysoko w górze.

Zaskoczony Blake odepchnął psa, jakby się zawstydził takiego towarzysza, i spojrzał w stronę głosu.

– Groby to interesujące miejsca na spędzenie nocy. Pośrodku życia wkraczamy w śmierć, a ja przyszedłem cię uratować z lochu tortur.

Nad głową Blake'a na tle porannego nieba rysowała się sylwetka wysokiego mężczyzny odzianego w czerń, który spoglądał w dół przez niebieskie okulary w złotych oprawkach.

– Usłyszałem cię z ulicy i zobaczyłem dwóch uciekających włóczęgów, więc pomyślałem, że zrobili ci krzywdę. – Uśmiechnął się szeroko. – A tu znajduję cię żywego i... – przerwał i spojrzał na psa, który leżał skręcony, oparty o ścianę grobu. – Jesteś w lepszym stanie niż twój przyjaciel.

– Zna-znalazłem go tutaj – zająknął się Blake i wstał. – Zbudziłem się w grobie i on... ee... leżał na mnie... martwy. Obawiam się, że należał do mojej służącej.

– Więc przybyłem w samą porę, by cię ocalić od podobnego losu. Nie możemy grzebać dwóch psów w jednym grobie, prawda? – Nieznajomy wyciągnął rękę, chwycił dłoń Blake'a i jednym szarpnięciem wydźwignął go z wieka trumny w półmrok poranka. Przytrzymał dłoń Blake'a, rozwarł ją i spojrzał na czerwony odcisk kciuka.

– To bardzo groźne oparzenie, które zaszkodzi nie tylko ciału. Skąd je masz? – zapytał.

– Eksperyment, jestem swego rodzaju naukowcem... Czy możemy przyjąć, że to przez nieszczęśliwy wypadek znalazłem się tutaj i gdzieś po drodze oparzyłem się w rękę? – Blake chciał zakończyć rozmowę i uwolnić się od tego człowieka.

– Możesz powiedzieć, cokolwiek sobie życzysz, ale czy to prawda? – Mężczyzna wciąż trzymał Blake'a za rękę i pociągnął do bramy. – Lepiej nie mówić za wiele w takich miejscach. Wiem, że zmarli słuchają uważniej niż żywi.

Nieznajomy przemocą wziął Blake'a pod ramię i poprowadził przez ulice wśród ciasno stłoczonych domów z przewieszonymi galeriami, które otaczały cmentarz St. Bride. Blake odprężył się. Miał wrażenie, że zmierza do miejsca, którego szukał od dawna, że tutaj, w przepełnionych ruderach Blackfriars, znajdzie odpowiedź. Przez kilka minut wędrowali w błocie, przestępując przez pijanych włóczęgów śpiących pokotem na ulicy. Blake podniósł wzrok – jego kometa wciąż świeciła na jaśniejącym niebie.

Obcy mocniej ścisnął ramię Blake'a.

– To niedaleko od twojego domu – powiedział, kiedy skręcili na Conduit Fields. – Widziałem cię kilka razy na Bloomsbury Square.

– Ja też pana widziałem – odparł Blake, czując, że teraz wreszcie ma okazję poznać tożsamość tego człowieka. – Właściwie – dodał z rosnącą pewnością siebie, ponieważ weszli już na znajomy teren – widziałem, jak pan pojawia się i znika w bardzo niezwykły sposób. Odnoszę wrażenie, że pan mnie obserwuje i że nie spotkaliśmy się przez przypadek.

– Obserwuję wiele osób, a moje pojawianie się i znikanie to gra światła. Na twoim miejscu bardziej martwiłbym się tym, co czyha w moim domu, niż kto mnie pilnuje.

Zniżył głos. Blake wyczuł groźbę, która dźwięczała w każdym słowie.

– Nie trzymam w domu niczego, co jest powodem do zmartwienia. Tylko złodziej chciałby mnie nastraszyć takim gadaniem. – Blake usiłował wyrwać ramię, ale bez powodzenia, jakby byli ze sobą związani niewidocznym sznurem, którego nie sposób rozerwać.

– Skoro musimy pójść różnymi drogami, niech tak będzie – powiedział obcy. – Na razie jednak, doktorze Blake, ty i ja odbywamy tę samą podróż, przepowiedzianą przez gwiazdę, którą oglądasz każdej nocy.

– Gwiazdę? Nie znam żadnej gwiazdy.

– Głupiec z ciebie i amator, i spalisz sobie więcej niż rękę, jeśli dalej będziesz się zabawiał magią. Wsadziłeś głowę do paszczy smoka, która zaraz się zatrzaśnie. – Obcy chwycił Blake'a za przód płaszcza i jedną ręką podniósł z ziemi tak, że doktor zawisnął jak na szubienicy. – Pilnowałem cię od dawna, Sabianie. Czasami sprawiałeś mi wielką radość, teraz jednak twoja głupota doprowadza mnie do rozpaczy. Ale twój los jest w twoich rękach, sznur owija się wokół ciebie i wkrótce... – Przerwał i nasłuchiwał czegoś, co tylko on słyszał. – Wkrótce, Sabianie, pułapka się zamknie i zawiśniesz na innym drzewie.

– Skąd mnie znasz? – wychrypiał Blake, dusząc się w uścisku obcego.

– Znałem twojego dziadka i można powiedzieć, że jestem strażnikiem twojej rodzinnej krwi – powiedział szybko obcy i opuścił Blake'a na ziemię. – To był wierny człowiek i prosił mnie, żebym się tobą opiekował.

– Czy mój strażnik ma jakieś nazwisko? – zapytał Blake.

– Możesz mnie nazywać Abram Rickards. To nazwisko, które dobrze mi służyło i które kiedyś zrozumiesz.

Abram uniósł ciemne okulary i spojrzał Blake'owi prosto w oczy. Blake odstąpił o krok od swojego strażnika i spojrzał na miękką ziemię Lincoln's Inn. Buty miał zabłocone, ubranie utytłane ziemią z grobu, kołnierz oderwany od płaszcza, obtarte nadgarstki boleśnie pulsowały pod mankietami. Abram stał przed nim wysoki, czysty i schludny. Złote obramowanie jego czarnego płaszcza lśniło jak nowe w pierwszym blasku poranka. Z drugiej strony pola dochodziły dźwięki głośnej rozmowy.

Abram dał Blake'owi jeszcze parę chwil na zastanowienie, na wchłonięcie ostatnich cieni nocy, zanim trzeba zwrócić twarz ku słońcu. Potem odwrócił się i szybkim krokiem ruszył w stronę podniesionych głosów, które wiatr przynosił znad pól zalanych słońcem. Blake poszedł za nim, nie wiedząc, co go czeka. W oddali dostrzegł dwie małe grupy ludzi. Szybko zorientował się, że przed nim odbywa się pojedynek. Słyszał sekundantów wykrzykujących argumenty i żądających przeprosin w ramach przygotowań do walki.

Pojedynkowicze stali ponuro plecami do siebie, zapiekli w gniewie, nie chcąc się przyznać do winy. Pistolety zostały podwójnie naładowane, odbezpieczone i wzniesione w niebo. Teraz zostaną odliczone kroki, które jednego z nich doprowadzą do śmierci – albo dziedzica z długimi sztywnymi włosami i w wiejskim surducie, albo dandysa w upudrowanej peruce i z czerwonymi umalowanymi ustami. Dobosz zaczął wybijać powolny rytm pogrzebowego marsza. Dźwięk odbijał się jak szept od ścian wysokich białych domów, flankujących południową stronę pola.

Sekundant w białych pończochach i długiej peruce donośnie odliczał kroki:

– Raz... dwa... trzy...

Abram maszerował energicznie w tym samym rytmie, pokonując po trzy metry przy każdym kroku. Blake dreptał z tyłu, próbując go dogonić.

– Osiem... dziewięć... dziesięć.

Sekundant umilkł i zakrył twarz ręką, żeby nie widzieć losu swojego pana. Obaj mężczyźni odwrócili się do siebie twarzami we wstającym brzasku. Dandys w peruce wycelował gorączkowo, trzęsącą się ręką.

Zamknął oczy i wystrzelił. Kurek spadł na suchy proch, odpalił ładunek i wyrzucił ołowianą kulę z lufy. Dziedzic stal twardo i czekał, mocno wpierając nogi w ciemną ziemię. Kula świsnęła mu nad uchem i przeleciała obok.

Nastąpiła długa cisza, zmącona jedynie cichnącym echem wystrzału. Dandys otworzył oczy i spojrzał w górę. Dziedzic uniósł pistolet i spokojnie, niespiesznie wymierzył. Nikt nie drgnął, kiedy łzy potoczyły się po wymalowanych, uróżowanych policzkach młodzieńca w jedwabnym francuskim surducie i koszuli z koronkowymi mankietami.

– Nie! – krzyknął Abram.

Ruszył w stronę dziedzica, żeby nie dopuścić do strzału.

Jedno drgnięcie palca zwolniło spust i kurek spadł. Dandys chwycił się za pierś. Fala gorąca ogarnęła jego ciało, rubinowa fontanna zbryzgała zieloną murawę. Strzał poderwał młodzieńca w powietrze i cisnął o ziemię.

Abram podbiegł do niego i dźwignął jego upudrowaną twarz z czerwonej ziemi. Spojrzał w jego martwe, puste oczy podkreślone czarnym antymonem, pasującym do rozmazanego znamienia piękności na lewym policzku.

– On nie żyje, człowieku. Zostaw go! – krzyknął dziedzic. Trzymał dymiący pistolet w drugim ręku i stukał nim o bryczesy, żeby wytrząsnąć zwęglony proch z lufy. – Znał cenę zniewagi i zapłacił własnym życiem. Może jestem z północy, ale nie dam się skrzywdzić.

– Czy warto było poświęcić ludzkie życie dla takiej błahostki? – zapytał Abram, klęcząc obok trupa.

– Takie są nasze zwyczaje. Wy, cudzoziemcy, nigdy nie zrozumiecie. Honor człowieka wart jest więcej niż życie. Mam swoją dumę i za nią gotów jestem umrzeć.

Dziedzic podał pistolet sekundantowi i odwrócił się, żeby odejść.

– Więc zostawisz go, żeby psy i szczury ogryzały jego kości? – krzyknął za nim Abram.

Dziedzic zatrzymał się i odwrócił do Abrama.

– Chcesz trochę tego samego co on, Francuzie? Mam suchy proch, a on na pewno zostawiłby ci swój pistolet w testamencie. Był zwykłym ladaco. Wymalowany fircyk goniący za modą, więcej myślał o pomadce do ust niż o życiu. Był zniewagą dla męskości.

Blake patrzył jak zauroczony. Nie mógł oderwać wzroku od Abrama, który klęczał przy zwłokach.

– Ołów może zatruć duszę, lecz ten, który daje życie, potrafi uśmierzyć taką pasję – warknął Abram.

A potem rozdarł koszulę martwego człowieka, wcisnął palce w jego pierś, przemocą rozwarł okrągłą ranę i zanurzył rękę głębiej. Blake patrzył, jak Abram grzebie palcami we wnętrzu ciała, a potem powoli wyciąga rękę z krwawej jamy, podnosząc martwego fircyka z ziemi. Rozległo się głośne cmoknięcie, krew chlusnęła i zagulgotała w głębi rany.

Nagle dłoń Abrama wyskoczyła z piersi trupa. Palce ściskały dużą, okrągłą ołowianą kulę, która roztrzaskała pierś dandysa. Abram rzucił ją dziedzicowi.

– Weź swoją truciznę i zmień w złoto. To nie skończy się śmiercią – oświadczył, wycierając rękę o cienką białą koszulę młodzieńca.

Blake stał jak przykuty do miejsca. Obaj sekundanci z niedowierzaniem wytrzeszczyli oczy.

– Życie! – krzyknął Abram z całej siły, aż ziemia zadygotała pod stopami Blake'a i wprawiła w drżenie jego ciało. – Życie dla tego człowieka, nie śmierć!

Pochwycił trupa, dźwignął go z ziemi i postawił na nogi. Powietrze wypełniło się smrodem palonego ciała, kiedy z otwartej rany buchnęły kłęby siarkowego dymu.

Dziedzic wyrwał miecz swojemu sekundantowi.

– To są czary i obaj zasługujecie na śmierć.

Abram podtrzymał trupa jedną ręką.

– Stój w miejscu, dziedzicu, bo ujrzysz oblicze mego gniewu.

Dziedzic został na miejscu. Wbił czubek miecza w ziemię i zaczął mamrotać pod nosem, okręcając ostrze.

Abram spojrzał w oczy trupa.

– Czas żyć – powiedział cicho i puścił zwłoki.

Wszyscy stali bez ruchu, nikt nie śmiał nawet drgnąć. Trup zatoczył się, zakołysał w przód i w tył.

– Nie słuchaj jego jęków, możesz żyć pełnią życia.

Wtedy oczy trupa otwarły się i spojrzały na Abrama. Młodzieniec zaczął krztusić się i kaszleć, wypluwając krew na swojego zabójcę. Zakaszlał jeszcze głośniej, wybełkotał coś i odchrząknął, próbując mówić.

Jednym szybkim ruchem dziedzic wyjął miecz z ziemi i zamierzył się na młodzieńca. Abram chwycił ręką ostrze i mocno przytrzymał.

– On żyje… i cokolwiek powiesz czy zrobisz, nie odbierzesz mu ponownie życia. Twój honor został uratowany , ale wciąż duma rządzi twoim sercem. – Szarpnął miecz i wyrwał go z dłoni dziedzica. – Teraz odejdź. To jest miejsce dla życia, a twoje ciało wypaca śmierć. Odejdź!

Rzucił miecz dziedzica na ziemię.

– Pójdziesz za to do piekła – zawołał dziedzic z lękiem i odstąpił, skinąwszy na swojego sekundanta. Twarz mu zbielała, panika wezbrała w żyłach. – Żaden człowiek nigdy nie zrobił czegoś takiego. Za kogo ty się uważasz, za czarownika, demona?

– Jestem tym, kim jestem, tylko tyle potrzebujesz wiedzieć – odparł Abram – a piekło znam dobrze. – Położył rękę na piersi dandysa i przycisnął do rany. – Co do ciebie, mój wymalowany przyjacielu, życie nigdy już nie będzie takie samo.

Blake stał oniemiały w narastającej światłości poranka. Abram odwrócił się do niego, a potem rozejrzał po Conduit Fields i zobaczył, że zebrał się tłum.

– Nie ma tu nic do oglądania – zawołał. – Chybiony strzał i dandys, który nie potrafi prosto utrzymać pistoletu.

Dandys ścisnął ramię Abrama i szepnął do niego, wycierając krew z ust:

– Wiem, kim jesteś, i nigdy tego nie zapomnę.

11

Kadesz krwi

Gdy Agetta zbudziła się z niespokojnego snu, wciąż miała mocno wyryty w pamięci obraz Sinoskórego Danby'ego. Poranne słońce przeświecało smętnie przez brudne szyby okna sypialni. Matka już nie spała i jadła śniadanie. Oparta na poduszce, w brudnej białej szlafmycy opadającej na twarz, poklepywała pościel i zmiatała okruchy chleba z łóżka.

– Zaspałaś, Etta – powiedziała skrzeczącym głosem kobiety dwa razy starszej. – Blake zaraz będzie cię potrzebował i tak samo twój ojciec.

Siorbnęła z butelki, którą tuliła w objęciach i kołysała jak dziecko, mamrocząc do niej.

– Mogą zaczekać – odparła Agetta, odgarniając z twarzy długie pasmo włosów. – Mam coś innego do roboty.

Wyskoczyła z łóżka całkowicie ubrana, starając się nie patrzeć na pofałdowaną kupę szmat, czyli swoją matkę.

– Będziesz tutaj, jak wrócę? – zapytała zgryźliwie, idąc w stronę drzwi. – Tylko się nie przemęczaj. Przecież ojciec ma mnóstwo czasu, żeby zajmować się tobą i prowadzić dom.

– On wie, że jestem chora. Złote serce ma ten człowiek. To się nazywa miłość, może sama powinnaś spróbować – krzyknęła za córką pani Lamian.

Agetcie zakręciło się w głowie od zimna, które kąsało jej skórę.

– Wiem, że jesteś chora, ale nie na umyśle. A miłość… ta rodzina nie zna miłości.

Zatrzasnęła drzwi sypialni i wybiegła do długiego holu. Zerknęła w stronę mrocznej klatki schodowej. Nigdzie nie widziała ani śladu Sinoskórego, tylko lokator spał na podłodze nakryty surdutem, chrapiąc i gulgocząc.

Przypomniał jej się Tegatus, samotny i skuty. Miała nadzieję, że jakoś ją widział i rozumiał, że pewnego dnia chciałaby go uwolnić.

Hałas z kuchni wypełnił hol i oderwał ją od tych myśli. Jak najgłośniej zbiegła po drewnianych schodach z nadzieją, że tupot nóg odstraszy duchy. Wtargnęła do kuchni, gdzie przy końcu stołu siedział Sarapuk, niczym wielkie kamiennogłowe ptaszysko. Uśmiechnął się półgębkiem na jej widok.

– Moja ślicznotko – powiedział z chytrą miną. – Co za rozkosz widzieć...

– Nawet nie próbuj, Sarapuk! – przerwała mu Agetta, sama nie wiedząc, skąd jej się wzięły te słowa, zupełnie jakby ktoś je podszepnął. – Nie mam dla ciebie czasu. Blake na mnie czeka, a on przynajmniej płaci za moje towarzystwo.

Chwyciła kawałek chleba ze stołu, naumyślnie strącając stertę okruchów i skorupek od jajek na kolana Sarapuka.

– Przepraszam, panie Sarapuk, taka ze mnie niezdara!

Sarapuk złapał ją mocno za ramię i przyciągnął do siebie. Czuła w jego oddechu zapach kurczaka, którego resztki przywierały do pożółkłych zębów.

– Ostrożnie, dziewczyno – syknął i przyciągnął ją jeszcze bliżej. – Czego ojciec nie widzi, tego sercu nie żal.

Agetta szybko capnęła duży nóż do chleba, który leżał obok resztek świeżego bochenka. Długie ostrze zabłysło pod samym łuskowatym nosem Sarapuka.

– Jeszcze chwila, panie Sarapuk, a wytnę panu tym nożem duszę z ciała. Z pewnością znajdę ją szybciej od pana.

Agetta mówiła słowami i głosem Hezriny. Nie czuła strachu, nie liczyła się z konsekwencjami. Z uśmiechem spojrzała w twarz Sarapuka.

Puścił jej ramię i pozwolił jej się odsunąć. Wydawał się zdziwiony, jakby już wcześniej słyszał ten głos. Zauważyła, że ręka mu się trzęsie. Stracił pewność siebie płynącą z pożądania.

– Posunąłem się za daleko. Ja... przepraszam, Agetto – wymamrotał, patrząc w podłogę.

Agetta podeszła do drzwi kuchni i odwróciła się, wciąż ściskając nóż w ręku. Bez namysłu zamachnęła się i z całej siły cisnęła nożem w Sarapuka. Nóż obrócił się w powietrzu, w sekundę przemknął przez kuchnię i o mało nie rozciął mu ramienia, ale minął go i wbił się w miękki tynk ściany aż po rękojeść.

– Muszę jeszcze raz spróbować – rzuciła Agetta obcym głosem, wychodząc z kuchni. – Celowałam w serce... jeśli je masz.

Fleet Street tonęła w słońcu; śmierdziały rozgrzane rynsztoki i para unosiła się ze strumyczka, który ciurkał mozolnie ku Tamizie. Zaczął się przypływ i śmiecie podskakiwały w brudnej wodzie. Dwaj obdarci chłopcy klęczeli w błocie i bawili się pękniętym porcelanowym dzbankiem, na którym żeglowali do nowego świata.

Agetta szybko szła ulicami w stronę Mostu Londyńskiego. Blake zaczeka, pani Malakin sama może zmienić świece i wyszorować podłogę. Agetta musi zobaczyć się z Thaddeusem Bracegirdle'em i jego widmowymi dziećmi. Spiesznie skręciła za róg i przecięła ulicę. Po paru minutach stanęła przed wylotem Bridge Street. Tłum kłębił się w drzwiach kawiarni i wylewał na ulicę; wszyscy trzymali w rękach szerokie płachty papieru, dzisiejsze wydanie „London Chronicle". Gazeciarz krzyczał na całe gardło, rozdając egzemplarze „Chronicle":

– Kometa uderzy w Ziemię... król ogłosi święto!

Wokół rozbrzmiewał podniecony gwar, ludzie zbierali się w grupki, żeby dyskutować o nowinach. Agetta przypomniała sobie, co mówił Blake w noc trzęsienia nieba, i nagle wszystko nabrało sensu – kometa i księga powiązane ze sobą. Przyspieszyła kroku. Chciała powiedzieć Thaddeusowi, lecz taką zdradą złamałaby obietnicę, którą złożyła Blake'owi.

– Dlaczego ja? – krzyknęła. – Dlaczego muszę dźwigać ten sekret?

Odpowiedział głos w jej głowie, miękki, łagodny, ciepły głos, niczym niesiony wiatrem odległy krzyk. Agetta przystanęła i słuchała, zakrywając uszy rękami, żeby odciąć uliczny hałas. Głos odezwał się znowu:

– Powiedz mu...

Na ten rozkaz zadrżała z radości i ogarnęła ją gorączka. Tak, to słuszna decyzja: obietnice trzeba złamać, sekrety trzeba wyszeptać przyjaciołom i podzielić się nimi jak resztkami ze stołu. Thaddeusowi można zaufać. On ma dobre oczy i miły uśmiech. Jeśli mu powie, jego życie się dopełni, będzie mógł odzyskać to, co stracił, i wszystko dobrze się skończy. Serce jej łomotało, ręce mrowiły, krew napływała do twarzy. Agetta pomyślała, że oto panuje nad własną przyszłością i przynajmniej może kogoś uszczęśliwić.

Drzwi księgarni stawiały opór, jakby drewno spuchło, jakby wiedziało o jej zamiarze złamania obietnicy. Pchała uparcie, aż wreszcie ustąpiły. W środku panowała absolutna cisza. Zapachy wilgotnego papieru i mulistej wody Tamizy wypełniły jej nozdrza. Wysoki sklepiony sufit odbijał echem każdy jej krok, kiedy szła przez labirynt półek do dużego drewnianego biurka, skąd Thaddeus rządził sklepem.

– Panie Thad! – zawołała. – To ja, Agetta, przyszłam do pana. Mam nowiny o książce!

W odległym kącie pod wąskim oknem rozległo się ciche szuranie drobnych stópek. Agetta dostrzegła ruch, lekki cień, który przemknął ze swojej kryjówki za regał.

– Widzę cię – powiedziała. Ominęła wielkie biurko i podeszła do drabinki prowadzącej na podwyższenie, skąd Thaddeus miał widok na wszystkie przejścia między regałami. – Thaddeus mówił mi o tobie, wiem, że tam jesteś. Pokaż się!

– Oni ci się nie pokażą, Agetto! – odezwał się jakiś głos tak nagle, że Agetta podskoczyła i rozejrzała się niespokojnie po sklepie.

Nagle otwarły się drzwi piwnicy i wszedł Thaddeus, dźwigając naręcze książek. Za nim ukazała się elegancka kobieta w zimowym płaszczu z grubej czarnej wełny. Spojrzała na biurko i uśmiechnęła się do Agetty.

– Tylko nie spadnij, tam jest wysoko jak na szubienicy – ostrzegła. Naciągnęła kaptur płaszcza i zdecydowanie ruszyła do drzwi. – Każ je wysłać do pana Hatcharda w Plymouth, to jedyny księgarz, któremu ufam, oprócz ciebie, Thaddeusie. On je wyśle do Francji, do mojej kuzynki… będzie zachwycona moim najnowszym odkryciem.

Coś w głosie tej kobiety wywołało dreszcz trwogi i Agetta poczuła, że opuszcza ją świeżo nabyta pewność siebie.

– Z przyjemnością, lady Flamberg – odpowiedział Thaddeus i położył książki na podłodze. Odprowadził wzrokiem lady Flamberg, płynącą przez sklep w swoim powłóczystym czarnym płaszczu, a potem uśmiechnął się do Agetty. – Miło cię widzieć, Agetto.

Przerwała mu, zanim zdążył powiedzieć coś więcej.

– Mam nowiny… to wymaga złamania sekretu. Obiecałam go nie zdradzić, ale… – urwała i rozejrzała się po sklepie, wypatrując jakiegoś znaku, że powinna mówić dalej, nasłuchując głosu, który kazał jej złamać obietnicę.

– Jeśli obiecałaś nie mówić, to musisz się dobrze zastanowić. Sekrety to potężne rzeczy, a słowa czasami mają własne życie, są jak strzały wylatujące z języka.

– Ale ja chcę panu powiedzieć! Chodzi o tę księgę, o *Nemorenzis*. Ciągle o niej myślałam. To słowo chodzi mi po głowie w dzień i w nocy, a odkąd pana poznałam, wydarzyły się rzeczy, o jakich nigdy nie marzyłam.

– Księga? Słyszałaś o księdze? – zapytał niecierpliwie Thaddeus. – Nie łam mi serca, dziewczyno. Mówiono mi o niej już wiele razy i nigdy nic z tego nie wynikło.

– Wiem, gdzie jest księga i kto ją ma! – wybuchnęła, słowa wyrwały się jej z ust szybciej niż myśl.

Zapadło długie milczenie. Thaddeus przemierzał podłogę, nerwowo przeczesując palcami długie pasma rzednących włosów.

– Mogę… mogę ją zdobyć dla pana – dodała cicho.

Podniósł wzrok.

– Dla mnie? Możesz zdobyć *Nemorenzis* dla mnie? Przynieść ją Thaddeusowi? – Uśmiechnął się z przejęciem jak dziecko. – Kto ma księgę?

– Należy do mojego pana, Sabiana Blake'a…

– Należy do mnie! – przerwał jej gniewnie Thaddeus. – To moja księga, zawsze była moja i zawsze będzie moja. Blake to złodziej, nie ma do niej żadnych praw.

Trzasnął ręką o krawędź dębowego biurka jak rozpuszczony dzieciak, kłócący się o zepsutą zabawkę.

– Mogę ją odzyskać, a jeśli według prawa należy do pana, to nie będzie kradzież – oświadczyła Agetta i zeszła na podłogę. – Mogę ją przynieść dzisiaj wieczorem.

Nagle naszło ją ponure wspomnienie alei Inigo i ducha, który ją porwał.

– Zrobiłabyś to dla mnie? Dla Thaddeusa? – zapytał cicho, odwracając się do niej.

– Musiałam panu powiedzieć, panie Thaddeusie. Nie mogłam dłużej ukrywać tego sekretu. Tyle się zmieniło – wyznała.

– Sekret, który sprawił taką radość twojemu dobremu przyjacielowi. *Nemorenzis* to wyjątkowa księga. Jeśli ją dla mnie odzyskasz, czeka cię wielka nagroda.

– Zrobię to tylko przez przyjaźń. – Agetta ruszyła tyłem w stronę drzwi, rozglądając się nieustannie, wciąż czując na sobie czyjś wzrok. – Jeśli dam radę, wrócę wieczorem. Niech pan nie zamyka drzwi na klucz, a ja spróbuję przynieść księgę.

– A ja przygotuję kolację. Bankiet, jakiego jeszcze nie widziałaś. Na cześć złotego świtu – oznajmił Thaddeus, odprowadzając ją do drzwi. – To wyjątkowy dzień, a ty uczyniłaś Thaddeusa szczęśliwym człowiekiem.

Agetta przystanęła przy drzwiach i obejrzała się na niego.

– Czy pan wierzy, że zmarli mogą wrócić po pana? – zapytała, głęboko marszcząc czoło.

– Boję się tylko żywych – odparł. – Zmarli to zmarli. Nie mam z nimi nic wspólnego ani oni ze mną.

– Widział pan kiedyś ducha? – naciskała Agetta.

– Widziałem wiele rzeczy, czasami bardzo dziwnych, ale duchy to bajki do straszenia dzieci. Pamiętaj, umysł potrafi płatać figle, a wzrok często się przyłącza do tej zabawy. Jak zobaczę zmartwychwstanie, wtedy uwierzę.

Agetta odwróciła się i pociągnęła za klamkę. Nie chciała zdradzać Blake'a, a jednak zdrada wydawała się taka słuszna. Dzwoneczek brzęknął i poranna bryza wpadła do środka. Agetta wyszła ze sklepu i pomachała Thaddeusowi, który zamknął drzwi.

Thaddeus sprawdził, czy jest sam, potem przekręcił klucz w zamku i zaciągnął żaluzję na szybę.

– Myślę, że to załatwia sprawę – powiedział z dumą.

Odwrócił się i ruszył do drzwi piwnicy. Zszedł po długich, solidnych, drewnianych schodach, które skrzypiały i jęczały pod jego ciężarem. Schody zaprowadziły go głęboko do podnóża mostu, do magazynu. Dookoła huczał przypływ, fale tłukły o grube kamienne kolumny, które podtrzymywały domy i sklepy uczepione mostu wysoko nad wodą.

Thaddeus wziął lampę ze stojaka i podniósł wysoko nad głowę. Miękki, ciepły blask pochłonęła czarna otchłań, która się przed nim rozwarła. Schodził coraz niżej i niżej. Wreszcie dotarł do dużych drewnianych drzwi, nabijanych setkami gwoździ. Na drzwiach wisiała kocia czaszka, przywiązana różową wstążeczką ukradzioną z dziecięcego czepeczka.

Thaddeus pchnął drzwi, które przesunęły się gładko i zniknęły w ścianie. Za cieniem i mrokiem znajdował się duży pokój o kamiennych ścianach. Zielone algi wypełzały z każdej szczeliny. Sufit ociekał brązową wodą z Tamizy, która ciurkała długimi strumyczkami po podłodze. Thaddeus zamknął za sobą drzwi i wsunął trzy rygle w obejmy. W pokoju stało tylko duże drewniane krzesło, wysoki mosiężny świecznik i gruby żelazny pierścień przymocowany do środkowego kamienia podłogi, dostatecznie mocny, żeby utrzymać tysiąc koni. Thaddeus opadł na krzesło i rozejrzał się, uśmiechając się do siebie.

– Pokaż się! – zawołał i przeczesał włosy palcami. – Musimy pogadać, a ja nie mam całego dnia.

Nie otrzymał odpowiedzi, tylko woda szumiała wysoko nad głową.

– Zawsze każesz mi wypowiadać te głupie słowa? – westchnął głośno. Tupnął w kamienną podłogę.

– *Hoc est corpus meum!* – krzyknął, budząc echo wśród kamiennych ścian. – Czy to wystarczy, żebyś pojawił się przede mną, ty królu podłości?

W kącie pokoju na kamiennej podłodze zawirowała błękitna mgiełka. Thaddeus dostrzegł zarys długiej białej kości łopatkowej i trzech okrwawionych żeber.

– *Hoc est corpus meum!* – powtórzył. – Nie każ mi czekać, chcę z tobą pomówić. Szybko!

Znowu tupnął jak rozpuszczony bachor.

Duch zaczął nabierać formy i substancji. Ramiona połączyły się z korpusem dużego, muskularnego ciała, pokrytego niebieską skórą. Stwór wywołany z ciemności zgarbił się i odwrócił w stronę Thaddeusa.

– Nareszcie! – burknął księgarz, kiedy zjawa zmaterializowała się w całości. – Mam dla ciebie robotę. Jest pewna młoda dziewczyna. Ma w kieszeni szkło Ormuza, więc ją zobaczysz. Idź za nią i zadręczaj każdego, kto spróbuje jej przeszkodzić w przyniesieniu mi *Nemorenzis*. Potrzebuję jej tutaj dzisiaj wieczorem, więc pilnuj, żeby jej nie przyłapano. Zrozumiałeś, Sinoskóry?

Sinoskóry Danby spojrzał przez czarne, puste oczodoły. Wąż wił się po jego twarzy, wpełzał w usta i wypełzał przez nozdrza.

– To dla mnie przyjemność, panie Thaddeusie. A potem mogę ją zabić? – zapytał szorstkim, ponurym głosem.

– Jeszcze nie, ona mi się bardzo przyda. – Przerwał i zamyślił się. – Rozumiem, że jesteś tym duchem, o którego ona mnie pytała?

– Musiałem ją zobaczyć, znowu odwiedzić ten dom... – zachłysnął się, bo wąż wśliznął mu się w usta. – To było ostatnie miejsce, które widziałem jako człowiek, zanim... – Skóra pociemniała mu od gniewu. – Teraz jestem skazany, żeby chodzić po tym świecie jako widmo, a Cadmus i Agetta Lamian cieszą się pełnią życia. Jedno wiem, ona już nigdy nie zobaczy tego swojego psa. Skomlał jak szczeniaczek za matką.

– A ty jesteś ze mną na zawsze związany trzema zębami i kawałkiem odciętego palca – przypomniał mu Thaddeus.

Wyjął aksamitny woreczek z kieszeni kamizelki i potrząsnął chrzęszczącą zawartością przed nosem Danby'ego.

– Więc kiedy mnie wypuścisz na wolność? – zapytał Danby. – Służyłem ci wiernie przez rok i dzień i spełniałem twoje rozkazy w zaświatach.

– Zaklęć nie wolno łamać, panie Danby, a ja obiecałem panu ciało, żeby mógł pan przeżyć życie przerwane na szubienicy. – Thaddeus zwinął woreczek z kośćmi i schował starannie do kieszeni. – Nie byłoby zabawnie, gdybyś dostał ciało Cadmusa Lamiana albo Blake'a? Mógłbyś wybrać, jakie życie wolisz. Harówkę w londyńskiej noclegowni czy wytworny dobrobyt Bloomsbury Square? Mógłbyś pozować na dandysa z umalowanymi ustami i smakiem czekolady na języku. Mógłbyś nawet trzymać węża maskotkę...

12

Na opak

Duży mosiężny kandelabr jaśniał blaskiem siedemdziesięciu świec, które ogrzewały hol domu pod numerem 6 przy Bloomsbury Square. Pani Malakin zapaliła ostatni knot, powoli zlazła po drabinie i wetknęła płonący stoczek do wiadra z piaskiem. W pokoju porannym Blake spacerował tam i z powrotem, obgryzając paznokcie, a Izaak Bonham siedział w dużym fotelu, ukrywszy twarz w dłoniach.

– Nie potrafię już poznać, co jest prawdą – wyznał Blake. – Jakby od wczorajszej nocy moje życie znalazło się w rękach szaleńca, a jeśli prawdą jest to, co widziałem dzisiaj rano, cała moja nauka jest nic niewarta. – Walnął pięścią w ścianę. – Wpadłem w pułapkę, Bonham, jak mucha w pajęczynę, a pająk chce wyssać ze mnie krew... A najgorsze, Bonham, że wszystko mi jedno. Ona jest tak olśniewająca, że nie dbam, co się ze mną stanie. Mogę nawet przystać na ich plany, byle tylko siedzieć u jej stóp i patrzeć jej w oczy.

– Rzuciła na ciebie urok, człowieku. Nie widzisz, że ona cię jakoś zaczarowała? – zapytał Bonham.

– Tak, ale wszystko mi jedno, Izaaku. Cokolwiek się stało w tamtym pokoju, zmieniło moje poglądy na życie. Troszczyłem się o rzeczy bez znaczenia – oświadczył Blake, spoglądając na ranę w kształcie oka we wnętrzu dłoni. – Przez lata szukałem w kabale prawdy, odpowiedzi na problemy świata, szansy czynienia dobra. Zaniedbałem jedno: siebie! Teraz chcę żyć dla siebie.

Blake wyciągnął rękę do Bonhama.

– Patrz, człowieku. To mi zostawiła lady Flamberg. Przebiła mnie jak ogień przenikający wszystkie mięśnie. Czuję się bardziej żywy niż kiedykolwiek przedtem, a wspomnienie jej twarzy wypełnia moje myśli.

- Sztuczka, oparzenie, ukryty elektrometr, żeby wbić ci do głowy trochę rozumu – odparł szybko Bonham, wsuwając własną dłoń do kieszeni surduta. – Hezrina Flamberg to w najlepszym razie dziwna kobieta, ale czarownica? – Bonham przerwał i spojrzał na otwarte drzwi. – W tym domu ściany mają uszy – dodał zniżonym głosem – a pani Malakin jest znana z długiego języka.

Potarł wnętrze dłoni o grubą bawełnianą podszewkę kieszeni. Ziarno zazdrości zaczęło kiełkować.

- Więc co się stało wczoraj w nocy, że odmieniło twoje życie? – zapytał, niemal dławiąc się na myśl o Blake'u dzielącym rozkoszne chwile z lady Flamberg.

- W tym właśnie sęk. Nie wiem. – Blake przestał spacerować i przystanął przed kominkiem. – Nic nie pamiętam. Wiem tylko, że pochłonęła mnie kula czystego białego światła, które przeświecało przeze mnie tak, że widziałem kości własnych rąk, a potem zapadła kompletna ciemność. Ocknąłem się w grobie z martwym psem i… – spojrzał na swoją dłoń. – Ten człowiek, ten, który mnie śledzi. Znalazł mnie, wyciągnął mnie z grobu, ale to nie wszystko – ciągnął z przejęciem. – Widziałem, jak przywrócił człowieka do życia, dandysa zastrzelonego w pojedynku przez wulgarnego prostaka z północy. Powrót do życia… krew, pot i łzy.

- Na pewno nie żył?

- Martwy jak pies, z którym dzieliłem grób. I przywrócono go do życia, ożywiono… magią tak potężną, jakiej nigdy nie widziałem. I to nie wszystko.

Blake cicho zamknął duże dębowe drzwi.

- Człowiek, który mnie śledzi, przedstawił się jako Abram Rickards i twierdził, że w tym domu jest coś, czego powinienem się bać. Wróci rano, żeby ze mną porozmawiać, mówi, że zna odpowiedź na pytanie, które pali mi serce.

- Wszyscy mamy jakieś pytania – oświadczył Bonham. – To kuglarz, który igra z twoją pobudzoną wyobraźnią. Może wróci jutro, ukradnie twoje srebra i rozpłynie się w ciemnościach. Takim ludziom nie wolno ufać.

- Ufałem lordowi Flambergowi, ale on za wszelką cenę chce stworzyć Nową Jerozolimę, Londyn oczyszczony ze wszystkich włóczęgów i nędzarzy. Z tego, co mówił, jasno wynika, że jego przyjaciele wywołali Wielki Pożar. – Przerwał i spojrzał na Bonhama. – Wątpię, czy chcieli

106

zabić tylko szczury. A teraz… Kometa go wyręczy… on pragnie śmierci ludzi i zniszczenia Londynu. A wtedy on i jego przyjaciele będą mogli robić, co im się podoba.

– Na pewno już przedtem zdawałeś sobie z tego sprawę – mruknął Bonham ze znużeniem. – To miasto należy do Flamberga i jego przyjaciół. Myślisz, że to król i parlament rządzą krajem? Nasze życie jest w ręku Flamberga, a król tańczy, jak Flamberg mu zagra, chociaż nawet nie zapraszają tego szaleńca na swoje zgromadzenia.

– Słyszałem takie plotki, ale myślałem, że to tylko kawiarniane gadanie – przyznał Blake.

– Może kawiarniane, ale prawdą jest, że oni panują nad naszym codziennym życiem, począwszy od ceny kukurydzy, skończywszy na treści artykułów w „London Chronicle". Mają więcej władzy niż cała twoja magiczna nauka. Flamberg, ten tłusty diabeł, to prawdziwy król, a Hezrina jest jego królową.

Bonham wstał z fotela, przeszedł przez pokój i wyjrzał przez szparę w zasłonach. Rozejrzał się po placu.

– No, dzisiaj nikt cię nie śledzi – powiedział, odwróciwszy się do Blake'a. – Jeszcze nie.

Pięć kamiennych kolumn zaznaczało wierzchołek każdego z pięciu promieni gwiazdy, wyrytej w suchej kamiennej podłodze komnaty. Na łukowym sklepieniu błyszczały maleńkie punkciki światła, a w najwyższym miejscu kamiennej pieczary płonął kłąb nasączonych olejem szmat w metalowym koszu zawieszonym na grubym złotym łańcuchu, śląc migotliwe cienie po wysokim suficie.

Daleko w dole cztery zamaskowane postacie siedziały na wierzchołkach gwiazdy. Na południowym wierzchołku stało wolne krzesło. Wszystkie wierzchołki łączył gruby złoty krąg, pośrodku którego stała wysoka gliniana figura o błoniastych dłoniach zaciśniętych na boku i twarzy wyrzeźbionej z warstw dębowych liści.

– Nie możemy dłużej na niego czekać – powiedział człowiek w masce lisa i zsunął z głowy kaptur płaszcza. – Księżyc wschodzi, a my musimy to zrobić dzisiejszej nocy.

– Mamy tylko cztery wierzchołki gwiazdy – odparła miękkim głosem tygrysia maska, wiercąc się niespokojnie na krześle. – Czy wystarczy nam mocy, żeby dzisiaj rzucić taki czar?

107

– Jest tylko jeden sposób, żeby sprawdzić – zarzęził starczym głosem łeb gronostaja. – Jeśli nasze zaklęcie zadziała, to przywołamy tę istotę... zobaczymy ją na własne oczy, tu i teraz.

– W taki razie zaczynajmy – odezwała się szorstko maska sowy.

Lis powoli wstał z krzesła i podszedł do glinianej figury. W ręku trzymał małą srebrną puszkę z perłowym wieczkiem. Idąc, odkręcił wieczko, przerzucił płaszcz przez ramię i włożył wieczko do kieszeni surduta. Wygrzebał kilka ścinków ludzkich paznokci i starannie osadził je w palcach glinianej figury.

– Swoją kością on daje ci życie – powiedział, stanął obok figury i położył rękę na jej zimnym, wilgotnym ramieniu.

Gronostaj wstał z krzesła i podszedł do figury jednocześnie z tygrysem i sową. Okrążyli ją kilkakrotnie w kierunku przeciwnym do ruchu słońca, za każdym okrążeniem dotykając jej głowy i twarzy.

Gronostaj sięgnął do małej skórzanej sakiewki, którą nosił na szyi, i wyjął dwie złote monety. Przystanął naprzeciwko figury i drżącymi rękami włożył po jednej monecie do każdego oczodołu.

– Pieniądze winy, skradzione z jego kieszeni. Przywołane przez alchemików, teraz obdarzą cię wzrokiem – powiedział.

Teraz z kolei zatrzymała się tygrysia maska. Zdjęła płaszcz i zawinąwszy nim nad głową, okryła siebie i figurę grubym całunem z aksamitu. Jakby nie chciała, żeby tamci ją widzieli, jakby wolała ukryć swój dar nawet przed nimi.

– Daję ci życie, mój oddech będzie twoim, moja krew będzie twoją. Patrz dla mnie, kochaj mnie całym sercem, zawsze rób, co ci każę... – Przycisnęła wargi do dębowych ust figury i składając miękki pocałunek, tchnęła w nią swój oddech. – Sekaris, istoto ziemi, wysłuchaj mnie.

Obiema rękami klepnęła figurę po twarzy. Płaszcz szybko zsunął się na podłogę. Tygrysią maskę zabarwiło zielone błoto, farba na ustach się rozmazała.

– Moja krew będzie twoją krwią!

Przy tych słowach kobieta wyjęła z kieszeni mały srebrny nożyk i zacięła się w opuszkę palca, Krew splamiła podłogę i rytmiczne tryskała z pulsującej rany na figurę.

– Otrzymasz życie, sekarisie, przemierzysz ludzkie sny i zamieszkasz w mrocznych zakątkach umysłu.

I zaintonowała:

Błoto, kość i krew.
Oddech potępieńca życie w kamień tchnie,
Imię wyśpiewane pod kopułą nieba,
Sekaris, sekaris, zrób, co zrobić trzeba...

Wszyscy jednocześnie odstąpili od figury, usiedli na wierzchołkach gwiazdy i czekali. Wysoko nad nimi wirowała na złotym łańcuchu ognista kula, rzucając zmienne blaski i sypiąc płatkami sadzy. Wszędzie dookoła krzyczały kawki, pikowały i spadały przez mroczne powietrze, gasząc światło czernią piór. Sekaris trwał w bezruchu pośrodku kręgu. Lis popatrzył na wierzchołki gwiazdy.

– Stwór jest martwy, potrzebujemy węża, żeby nam pomógł w tej magii – powiedział.

– Zaczekaj – odparła tygrysia maska. – Zaczekaj, aż zacznie oddychać, posłuchaj kosów, słuchaj, jak nawołują jego duszę, żeby do niego przybyła.

Kawki śmigały wokół stwora, jakby przyniosły ze sobą srebrną nić, która ożywi posąg z błota.

– Patrzcie! – krzyknęła sowia maska. – On się rusza!

W słabym świetle ramię istoty powoli zaczęło się poruszać, palce płetwiastej dłoni nabierały życia z każdą mijającą sekundą. Srebrzysty blask spowił figurę niczym gęsta morska mgła, która wznosiła się od stóp i ogarniała całe ciało, usztywniała błoto i przekształcała w twardą zieloną skórę. Rzeźbione dębowe liście pokrywające twarz zmieniły się w soczysty gąszcz żywego listowia, z dwojgiem złotych oczu wpatrzonych w ciemność otaczającą krąg. Rubinowe wargi błyszczały od świeżej rosy. Sekaris węszył przez chwilę i powoli otworzył usta, żeby głęboko zaczerpnąć zadymionego powietrza.

– Sekaris – powiedziała łagodnie tygrysia maska – posłuchaj mnie. Nazwałam cię, sprowadziłam na świat jako własne dziecko. To moje ręce uformowały twoje ciało, mój oddech dał ci życie. Słuchaj mojego wezwania. Odejdź z tego miejsca i wypełniaj moje rozkazy, zniszcz tego, którego paznokcie teraz nosisz. Niech noc będzie twym okryciem, idź, znajdź go i czekaj na najlepszą chwilę. Niech nikt cię nie powstrzyma.

Sekaris zadygotał od nowych wrażeń w żywym ciele. Poruszył ramionami, wyprostował plecy, pochylił się do przodu i przesunął szorstkimi rękami po swoim ciele. Pomacał twarz i zaszeleścił liśćmi, które okrywały jego głowę. Uśmiech wypłynął na jego zroszone wargi, które lśniły w blasku ognistej kuli.

– Pójdę, matko – wyrzekł słabym, chrapliwym głosem, z trudem modulując słowa. Dodał miękkim szeptem: – Twoja żądza... jest moją żądzą.

Tygrysica wstała, wyjęła sztylecik z kieszeni i podała stworowi zakrwawioną dłonią.

– Sekaris, znajdź tego człowieka! Zniszcz go i przynieś mi *Nemorenzis!*

Błyskawica błękitnego światła wystrzeliła ze stwora i przemknęła po ostrzu sztyletu. Kobieta upuściła nóż na podłogę, porażona elektrycznością, od której zadrżały jej nogi. Kawki skłębiły się wokół niej czarną masą, dziobały ją w twarz i ręce, krążyły i zawracały, unosiły sekarisa z ziemi. Stwór zaczął się przemieniać, srebrno-błękitny w wirze jaskrawego światła. Wrzasnął, jakby go porywano do innego świata, wrzaskiem tak przeraźliwym, że przebijał uszy i płoszył ptaki w locie.

Sekaris unosił się nad ziemią, a potem, bez ostrzeżenia, w powietrzu nad nim pojawiła się głęboka czarna szczelina i jakby wchłonęła stwora razem ze wszystkimi ptakami. Czwórka zaklinaczy siedziała bez ruchu, wpatrzona w miejsce, gdzie stwór odszedł z tego świata. Podłogę komnaty pokrywała gruba warstwa czarnych piór, przetykanych maleńkimi czarnymi dziobkami i cienkimi ptasimi nóżkami.

– Nie żyje – stwierdził lis, otrzepując się z tysięcy piór. – Nie wytrzymał tej magii. Potrzebujemy tu węża, zabrakło nam równowagi.

– On żyje – zaprzeczyła tygrysica, wycierając krew z dłoni czarnym płaszczem. – Wiem, że on żyje, czuję to.

– Widzieliśmy na własne oczy, że zginął... schwytany w jakąś czarną dziurę jak mucha w pajęczynę – upierał się lis.

– Czyż matka nie wie, kiedy jej dziecko żyje? Sekaris powstał z mojego oddechu. Wiem, że żyje, słyszę, jak mnie wzywa.

Agetta Lamian zdusiła płomyk na knocie ostatniej z siedemdziesięciu świec, które płonęły od pięciu godzin. Zakopciły mosiężny kandelabr, pokryły go cienką tłustą warstwą wyschniętego łoju. Agetta wyjęła szmatę z fartucha i wytarła do czysta każde odgałęzienie, zanim wyciągnęła ciepłe ogarki i wrzuciła do wiaderka na świece, które nosiła z pokoju do pokoju. Z porannego pokoju przez grube dębowe drzwi dochodziły głosy Blake'a i Bonhama, ostry ton wskazywał na kłótnię.

Pani Malakin uprzedziła, że nie wolno im przeszkadzać, toteż Agetta wiedziała, że ma mnóstwo czasu. Szybko zbiegła po drabinie, oparła ją o ścianę i podniosła wiaderko na świece. Spojrzała na długie schody, prowadzące z holu do obserwatorium. Pomyślała o swoim przyjacielu Thaddeusie. Wiedziała, że może spełnić jego marzenie. Jeśli *Nemorenzis* znajduje się w tym domu, to tylko tam.

Agetta wbiegła na schody po dwa stopnie naraz i zatrzymała się na najwyższym podeście. Ciągle oglądała się przez ramię, ale nikt jej nie widział. Weszła w korytarz z delikatnymi gzymsami z białego gipsu i ręcznie zdobionymi ścianami i znowu się zatrzymała. Tym razem zaczekała, aż oddech się wyrówna. Nasłuchiwała odgłosów domu.

Z dołu dochodziły do niej stłumione krzyki. Ostrożnie ruszyła po wyciszającym, misternie tkanym dywanie, który prowadził niczym ciemnobłękitna ścieżka prosto do obserwatorium. Daleko przed sobą widziała świeczkę oświetlającą drzwi. Onieśmielał ją ten mroczny wąski korytarz. Zanurzał się w gęstą ciemność niczym tunel do piekła. Znowu usłyszała w głowie głos Sinoskórego Danby'ego. W wyobraźni zobaczyła ducha z czarnym wężem pełzającym po przegniłej twarzy.

Przesuwając rękami po ścianach korytarza, żeby się nie potknąć, próbowała odpędzić wszelkie strachy. Usiłowała skupić się tylko na Thaddeusie i swoim zadaniu. Musi jej się udać. Za nic nie chciała go zawieść.

Posuwała się w stronę drzwi. Ogarek świecy migotał na małym stoliku. Z każdym krokiem rosła gruda w jej gardle. Ręce zaczęły jej drżeć, a ciemność wokół niej gęstniała.

13

Sui sudarium

(Chustka)

$\mathcal{D}$rzwi obserwatorium miały dużą, okrągłą mosiężną gałkę, przymo-cowaną do wypolerowanej mosiężnej płytki, błyszczącej jak złoto w blasku świecy. Powierzchnia gałki nosiła ślady świeżych, głębokich zadrapań, strużynki metalu zaśmiecały podłogę. Agetta naparła na drzwi, które szybko się otwarły. W środku zobaczyła duży teleskop, wycelowany w niebo przez otwarte okno.

Po drugiej stronie pokoju stał duży kredens z uchylonymi drzwiami. Kołysały się lekko, jakby ktoś je przed chwilą potrącił. Nigdy przedtem nie zaglądała do środka; Blake trzymał w tajemnicy zawartość kredensu, ten pokój przeznaczył dla magii, nie dla przyziemnych umysłów. Myśląc tylko o *Nemorenzis* i radości Thaddeusa, Agetta szerzej tworzyła drzwi i zajrzała. Na jedynej półce kredensu spoczywała księga. Dziewczyna pogłaskała zimną skórzaną oprawę, przesunęła palcami po dziwnych kształtach wytłoczonych na okładce. Powoli zdjęła księgę z półki i przy-cisnęła do piersi z całej siły, jakby chciała ją wchłonąć w siebie.

Dopiero wtedy usłyszała cichy szmer oddechu dochodzący zza zasło-ny. Zamarła, nie dowierzając własnym uszom. Dźwięk powtórzył się i za-słona zaszeleściła. Agetta jeszcze mocniej ścisnęła księgę. Z miejsca, gdzie rozbrzmiewał oddech, wysunęła się długa, chuda, błoniasta dłoń, która powoli zaczęła odsuwać zasłonę z okna.

Blask księżyca zalał pokój i Agetta spojrzała prosto w twarz sekarisa. Złote oczy stwora wpatrywały się w nią niczym dwie świecące latarnie.

- Moja księga... - powiedział powoli i wyciągnął długą płetwiastą rękę.

Agetta myślała gorączkowo. Wiedziała, że nie może zawieść Thaddeusa.

- *Nemorenzis* - odparła zuchwale. - To jest *Nemorenzis* i należy do Thaddeusa Bracegirdle'a.

Krótkimi, precyzyjnymi krokami zaczęła się cofać do drzwi, mobilizując każdą drobinę siły, żeby pokonać strach.

Sekaris podszedł do niej niezdarnie, wlokąc ciężkie stopy po drewnianej podłodze, z płonącymi oczami. Agetta mocno chwyciła *Nemorenzis* jedną ręką, odwróciła się i pobiegła ile sił w nogach. Zatrzasnęła za sobą drzwi obserwatorium i przypomniawszy sobie, że widziała klucz w zamku, przekręciła go szybko. Potem oparła się o ścianę długiego korytarza i odetchnęła głęboko, walcząc z paniką.

- Agetta - zawołał głos z holu. - To ty?

Głos należał do Blake'a.

- Co się dzieje, dziewczyno? Już prawie północ!

- W porządku, doktorze Blake, to przeciąg zatrzasnął drzwi - odkrzyknęła Agetta.

Wiedziała, że teraz ma jedyną szansę, żeby wynieść księgę z tego domu. Kłamstwo przyszło jej łatwo, słowa płynęły z jej ust jak miód. Stała w ciemności i nasłuchiwała - nie słyszała odpowiedzi ani kroków z holu. Obejrzała się na klamkę, która poruszała się powoli, kiedy stwór próbował otworzyć drzwi niezdarnymi rękami. Zaczęła się cofać.

Lecz kiedy się odwróciła, rozległ się przeraźliwy trzask pękającego drewna. Szybciej niż kula karabinowa długie, silne ramię sekarisa wystrzeliło przez wyłamane drzwi, chwyciło ją za gardło i przyciągnęło do poszarpanej dziury. Stwór próbował ją przeciągnąć przez otwór wielkości pięści, potem odepchnął ją i znowu szarpnął. Walił nią o drzwi jak szmacianą lalką.

Grube, ostre drzazgi wbiły jej się w twarz. Kopała w drzwi i z całej siły tłukła stwora księgą po ręku w słabej nadziei, że rozerwie coraz mocniejszy uścisk.

- Wielkie nieba, co tam się wyprawia, dziewczyno? - krzyknął Blake.

Razem z Bonhamem ruszyli po schodach.

Agetta czuła, że nogi się pod nią uginają i oczy wyłażą z orbit. Ramię stwora wyciskało z niej resztki oddechu. Czerwona mgiełka zasnuła jej myśli. Dziewczyna osunęła się po drzwiach, ale ostatnim wysiłkiem uniosła *Nemorenzis* i opuściła gwałtownie na rękę, która ściskała ją tak mocno.

Poczuła, że stwór na mgnienie rozluźnił chwyt. Wyrwała się i padła na kolana. Sekaris machał ramieniem i gorączkowo próbował ją złapać. Odczołgała się po dywanie, jedną ręką ściskając księgę, podczas gdy bestia usiłowała wyważyć drzwi z zawiasów.

– Co ty robisz, dziewczyno? – krzyknął Blake.

Sekaris niszczył drzwi, zasypując korytarz cienkimi dębowymi drzazgami. Agetta dźwignęła się na nogi i pobiegła, dysząc, w stronę światła i szorstkiego głosu Blake'a. Dwa kroki przed nią znajdowały się drzwi do służbowych schodów, wijących się spiralnie trzy piętra w dół, do kuchni i wejścia dla służby. Słyszała, jak piętro niżej Blake i Bonham tupią ciężko na wyłożonych dywanem stopniach. Obejrzała się – sekaris właśnie zamierzał roztrzaskać ostatnie deski, dygoczące we framudze. Czym prędzej skoczyła do drzwi służbowych i chwyciła klamkę. Otwarły się bez oporu. Z klatki schodowej buchnął zapach gotowanej kapusty. Agetta stanęła na pierwszym wąskim kamiennym stopniu i pospiesznie zamknęła drzwi, zostawiając wąziutką szparkę, przez którą widziała korytarz.

Miała widok w obie strony, na schody i roztrzaskane drzwi. Sekaris próbował się przecisnąć przez dziurę. Niezdarnie upadł na podłogę, potoczył się, uderzył o stolik i strącił świecę.

Blake wyprzedził Bonhama i pierwszy zobaczył stwora.

– Izaak! – wrzasnął do zasapanego przyjaciela, który usiłował go dogonić. – Bierz pistolet, człowieku!

Bonham niezręcznie wygrzebał z kieszeni mały, elegancki pistolecik. Sekaris podniósł się i spojrzał na dwóch mężczyzn. Popatrzył na Blake'a i zadrżał. Potem popatrzył na własne palce. Podniósł je do cienkich ust, niemal niewidocznych w bujnym listowiu pokrywającym twarz, i powoli posmakował każdy po kolei.

– To ty… – powiedział, podchodząc do mężczyzn. – Możesz to sobie ułatwić i obiecuję, że zabiję cię szybko, albo możesz walczyć, a wtedy to potrwa dłużej.

Blake cofnął się, a Bonham wycelował w stwora z pistoletu.

– Jeszcze krok, demonie, a strzelam! – krzyknął, trzymając broń przed sobą.

– Nie gadaj z nim! – jęknął rozpaczliwie Blake. – Zastrzel go!

– Nie o ciebie mi chodzi – odparł stwór, zbliżając się powoli. – Tylko o niego – wskazał Blake'a.

Bonham zawahał się i spojrzał na Blake'a.

– Zastrzel tego potwora! – ponownie zażądał Blake i dalej się cofał. – On chce mnie zabić.

Bonham podniósł ramię, wymierzył i strzelił. Wąski korytarz rozbrzmiał echem, kiedy pistolecik wypluł kulę razem z czerwoną, płonącą przybitką, które jednocześnie trafiły bestię. Sekaris runął do tyłu na podłogę i leżał bez ruchu. Płat skóry na jego piersi zmieniał się z powrotem w białą wypaloną glinę.

– Nie żyje? – zapytał Bonham, ponownie ładując pistolet z woreczka, który nosił u pasa.

Blake wychylił się zza jego pleców.

– Nie rusza się i nie odzywa. Zaczekaj tu, przyniosę mój miecz – powiedział i zbiegł po schodach do pokoju piętro niżej.

Agetta tymczasem zeszła po cichu służbowymi schodami. Poruszała się w kompletnych ciemnościach, ale znała tu każdy stopień, bo chodziła tędy setki razy.

Bonham pełnił straż, celując z pistoletu do powalonej bestii, która wypełniała całą szerokość korytarza. Blake szybko wrócił, niosąc żeglarski kordelas, otrzymany od ojca.

– Nigdy nie myślałem, że nadejdzie dzień, kiedy tego użyję – powiedział. – Ten stwór jest najdziwniejszy ze wszystkiego, co dotąd widzieliśmy, i na pewno nie pochodzi z żadnej menażerii.

Bonham stał na końcu korytarza, a Blake podszedł bliżej do bestii, trzymając przed sobą kord. Dźgnął ostrym końcem ciało sekarisa. Nie poruszyło się. Czerpiąc siłę z wypolerowanej klingi, mocno ciął stwora w nogę. Ostry jak brzytwa koniuszek wbił się głęboko w błotniste ciało. Po chwili rana zaczęła wysychać jak spieczona glina.

– Zabiłeś go, Bonham, chodź i zobacz. – Blake popatrzył na porośniętą liśćmi twarz i zimne złote oczy. – Istny potwór z piekła rodem. – Obejrzał się na Bonhama. – Wierzę, że to wszystko ma jakiś związek z kometą. Zupełnie jakby wywołała poruszenie w całym podziemnym świecie. Musimy zachować ostrożność, Bonham. Im bardziej niebiański smok zbliża się do naszego świata, tym dziwniejsze rzeczy atakują nasze zmysły.

– Myślisz, że on zjadł twoją służącą? – zagadnął Bonham, rozglądając się za Agettą.

– Cokolwiek się stało, wkrótce się dowiemy. Zamierzam rozciąć na pół tego stwora i zrobić sekcję każdej części. Taka okazja może już nigdy się nie trafi.

Blake wiedział, że coś przyciągnęło do niego sekarisa. Szybko obejrzał jego ciało, szukając jakiegoś znaku czy talizmanu, który zdradzi jego pochodzenie. Wysilał umysł, żeby zrozumieć. Ten stwór był darem niebios, dzieckiem innego świata wysłanym przez kometę, żeby wzbogacić wiedzę i poszerzyć umysły ludzkości.

– Pomóż mi go przenieść na stół, a potem pokroimy go na kawałki i zachłyśniemy się wiedzą.

Blake płonął z pożądania. Dosłownie promieniał, kiedy chwycił sekarisa za stopy, żeby go zawlec do obserwatorium. Zimne, wilgotne ciało stwora przypominało w dotyku ziemię okrytą poranną rosą. Jedwabisty płyn umazał rękę doktora jaskrawą szmaragdową zielenią, jak cienka warstwa farby.

– No chodź, Izaaku, ten stwór jest ciężki.

Bonham stał jak skamieniały, celując do sekarisa z pistoletu, trzymając palec na spuście.

– Izaaku, on nie żyje – warknął Blake. – Nie musisz go zabijać drugi raz. – W jego głosie zadźwięczała gniewna nuta. – Nie chcę czekać całą noc, Izaaku.

Bonham otrząsnął się ze snu na jawie. Spojrzał na Blake'a i schował pistolet do kieszeni.

– Co to za stworzenie? – zapytał i dźwignął ciężkie ramię, żeby pomóc zaciągnąć stwora do obserwatorium. Przyjrzał się twarzy sekarisa. – Wygląda jak ręcznie zrobiony, jak posąg obudzony do życia.

Blake nie zwlekał z odpowiedzią.

– Jeśli się nie mylę, takie stwory nazywają się sekarisy. Zawsze chciałem zobaczyć coś takiego. Słyszałem o jednym stworzonym w Pradze, ale plotki o jego narodzinach zdławiono. Urządzono pogrom. Zrujnowano pół miasta, żeby go znaleźć, i zabito każdego, kogo podejrzewano o udział w stworzeniu sekarisa. Powiadają, że on wciąż żyje, zamknięty w krypcie ukrytej świątyni.

Blake zaśmiał się do siebie, kiedy przeciągali stwora na środek pokoju.

– Nigdy nie myślałem, że dożyję dnia, kiedy sekaris wpadnie do mnie na kolację.

– Mówił, że zamierza cię zabić – przypomniał Bonham.

– Zabiłby, gdybyś tak dobrze nie strzelał. Tego stwora wysłał ktoś, kto chce mojej śmierci albo czegoś, co do mnie należy. – Obejrzał paznokcie na swojej dłoni. – Wczorajszej nocy ktoś mi obciął paznokcie do żywego mięsa, kiedy leżałem nieprzytomny w grobie. – Zerknął na rękę bestii. – Jeśli dobrze zapamiętałem formułę, powinienem je znaleźć osadzone w palcach tego stwora.

Blake obejrzał dłoń sekarisa i z czubka każdego palca wydłubał pojedynczy ścinek ludzkiego paznokcia.

– A nie mówiłem, Bonham? Oto dowód, na tym zamykam sprawę.

– Kto mógłby chcieć ci to zrobić?

– Mam pewne podejrzenia, Bonham, zwłaszcza jedno, w które nie chcę uwierzyć. Dla twojego dobra lepiej, żebyś nie wiedział. Jesteś moim jedynym przyjacielem i wolę nie mówić ci czegoś, co może ściągnąć na ciebie śmierć.

Uśmiechnął się do Bonhama. Oto człowiek, do którego żywił głębokie przywiązanie, przyjaciel lojalny do końca, bo nawet w gniewie i kłótni łączyła ich nierozerwalna więź.

Kiedy dźwigali cielsko sekarisa na stół, Blake spojrzał na kredens, gdzie trzymał *Nemorenzis*. Drzwi były lekko uchylone. Blake z donośnym łomotem rzucił trupa na stół.

– Zniknęła – wymamrotał. – *Nemorenzis* zniknęła.

Otworzył drzwi na całą szerokość. W środku nie znalazł niczego.

– Ktoś ukradł *Nemorenzis*! – krzyknął i skoczył do drzwi.

Bonham chwycił go za ramiona i wciągnął z powrotem do pokoju.

– W imię Hermesa, uspokój się, Sabianie.

– Ona ją ukradła, wiem, że tak! – krzyczał Sabian. – Ten stwór ją przyłapał, kiedy przyszedł mnie szukać. Nie zjadł jej… ona uciekła z moją księgą. Znając Lamiana i jego piekielnego bachora, potną ją i sprzedadzą na papier do wygódki. – Blake kipiał gniewem, twarz mu poczerwieniała z furii. – Daj mi swój pistolet, Izaaku, to oszczędzę katowi roboty. Nawet jeśli ona jest dzieckiem, za ten czyn zginie od kuli lub na szubienicy, jak wybierze.

– Agetta Lamian jest tylko biednym dzieckiem, nie umie inaczej.

– Jest dostatecznie dorosła, żeby wiedzieć, że okradanie swojego pana to ciężka zbrodnia. Dość już na mnie zarobiła przez lata. Przymykałem oko, kiedy podbierała mi pieniądze z sakiewki i skubała moich gości. Ale za *Nemorenzis* zapłaci życiem albo wyjazdem do Nowego Świata – wypluł Blake.

Wierzył, że w *Nemorenzis* znajdzie odpowiedzi na wszystkie pytania, jakie tylko mu przyjdą do głowy. Księga przepowiedziała kometę i urosła na jego oczach. Była bezcenna, potężna i wspaniała. Rozpaliła jego wyobraźnię i usidliła duszę. Nie mógł bez niej żyć.

– W takim razie musimy znaleźć dziewczynę i odzyskać księgę, zanim więźniowie z Newgate wypróbują miękkość jej kartek – stwierdził Bonham i puścił Blake'a. – Jeśli zaraz wyruszymy, dotrzemy do pensjonatu, zanim ona zdąży zniszczyć księgę. Twój stwór musi zaczekać na sekcję.

Wyjął z kieszeni dużą czerwoną chustkę i nakrył twarz istoty.

– Nie znoszę patrzeć na oczy zmarłych, zawsze tak gapią się na ciebie…

Blake i Bonham wyszli na korytarz. Bonham odwrócił się i zerknął przelotnie na sekarisa. Przez ułamek chwili miał wrażenie, że bestia się porusza. Spojrzał ponownie, przekonany, że się pomylił. Potem zamknął drzwi i zszedł za Blake'em po służbowych schodach.

14

Chimera

Fleet Street wypełniała mgła tak gęsta, że latarnie oświetlające sklepy i domy wcale nie rozjaśniały mroku. Agetta szybko biegła przez ulicę. Przyciskając do siebie *Nemorenzis*, czuła, że księga robi się coraz gorętsza, coraz bardziej ciąży w jej ramionach. Wyczuwała, jak moc księgi wypełnia ją bolesnymi myślami, raniącymi duszę. Zupełnie jakby księga chciała ją powstrzymać i dlatego napełniała grozą każdą napotkaną twarz, każdy cień i alejkę, by ją przestraszyć i zmusić, żeby cisnęła łup do rynsztoka.

– Przestań, przestań! – krzyknęła Agetta, mijając grupę staruszków popijających na rogu.

Zaśmiali się, kiedy przebiegała obok nich, a jeden staruch sięgnął kościstą ręką do jej ciemnych, rozwianych włosów. Agetta wiedziała, że księga wzywa wszystkich przechodniów, żeby przeszkodzili jej w ucieczce. Ciężar zdobyczy zwiększał się z każdym krokiem, gorąco parzyło skórę. Jeszcze jeden krok! Jeszcze krok, powtarzała sobie Agetta, biegnąc w stronę drzwi.

Skoczyła z ulicznego błota na świeżo wyszorowane schody pensjonatu. Nagle *Nemorenzis* potroiła swoją wagę i pociągnęła dziewczynę na ziemię. Agetta potknęła się w progu, uderzyła o drewniane drzwi i wpadła do holu.

– Zbój! – krzyknęła i próbowała wstać, ale nie mogła unieść księgi. – Ojcze, pomóż mi!

Nikt się nie zjawił. W domu panowała cisza.

Agetta zostawiła księgę przy kominku i pobiegła do kuchni. Cadmus Lamian drzemał w fotelu przy dogasającym ogniu. Agetta podbiegła do niego i chwyciła go za ramiona, żeby wytrząsnąć z niego resztki snu.

– Obudź się, ojcze. Chcę ci coś pokazać – zawołała nagląco.

Cadmus prychnął, burknął coś w odpowiedzi i odgonił od twarzy jej rękę jak natrętną muchę. Agetta zobaczyła przy jego pasku klucze od strychu. Namyślała się przez chwilę, potem nachyliła się, odczepiła klucze i szybko wsunęła do własnej kieszeni.

– Niech ktoś mi pomoże! – krzyknęła głośno.

Drzwi kuchni zatrzasnęły się i Agetta zrozumiała, że nie jest sama. Obejrzała się i zobaczyła, że w mroku na bujanym fotelu siedzi Dagda Sarapuk.

– Nikt ci nie pomoże, bo nikt nie może ci pomóc. Zaczarowałem wszystkich. Cały dom śpi pod moim zaklęciem i Ręką Chwały.

Sarapuk wskazał nawoskowaną rękę stojącą na gzymsie kominka. Każdy palec płonął słabym niebieskim płomykiem.

– Jest bardzo stara, odcięta od ciała wisielca. Kiedyś miałem parę, prawą i lewą, ale zostawiłem prawą serdecznemu przyjacielowi. Zawsze mnie zdumiewa jej moc; nigdy mnie nie zawiodła. Wszyscy będą spać, dopóki nie zdmuchnę płomyków, a potem obudzą się jakby nigdy nic.

Sarapuk zakołysał się na piętach z cichym chichotem.

– Więc dlaczego ja nie uległam twoim czarom? – zapytała Agetta, rozglądając się za drogą ucieczki.

– Nie było cię tutaj, kiedy rzucałem zaklęcie. Nie sprawdziłem twojego pokoju, bo byliśmy z twoim ojcem zajęci gościem na górze.

– Tegatus! Co mu zrobiliście? – krzyknęła Agetta.

– Więc wiesz o aniele? Nie martw się, na razie jeszcze żyje. – Sarapuk kopnął duży czarny worek, na oko miękki i lekki. – Pióra. Został oskubany, ogolony, goluteńki jak świąteczny indyk, a ja sprzedam wszystko, każde piórko i lotkę, każdy lok jego złotych włosów. Zrobią z nich eliksiry, dekokty i wywary. Pigułki dla młodych, maści dla starych, lekarstwa na wszystko. – Sarapuk uśmiechnął się do dziewczyny. – Potem zmielę jego kości na anielski pył i poszukam duszy w jego wnętrznościach, a jeśli nie znajdę jej w aniele, jaka jest nadzieja dla zwykłych śmiertelników?

– Zabiłbyś go dla czegoś takiego? – zapytała Agetta i poszukała wzrokiem jakiejś broni.

– Zabiłbym. Przez wszystkie lata rabowania grobów i krojenia trupów, kiedy szukałem ludzkiej duszy, tęskniłem… nie, płakałem za taką istotą. –

Sarapuk przerwał, szczękając zębami, i nieznaczny uśmiech przeciął jego długą, chudą, bladą twarz. – Może zechcesz przyłączyć się do mnie w tej pracy? Zawsze potrzebuję asystentki, a na ciebie tak miło patrzeć.

– Co zyskam na takim związku? – zapytała ostrożnie Agetta.

– Zatrzymam cię jako panią i nigdy nie będziesz musiała pracować. Możesz mieć własną służbę, żeby jej rozkazywać. Doktor i pani Sarapuk przyjmują... – Sarapuk rozpromienił się, porwany tym pomysłem. – Możemy zamieszkać w nowym Londynie. Mam wysoko postawionych przyjaciół, którzy niedługo zajdą jeszcze wyżej.

– Na szubienicach Tyburn ze sznurem na szyi, tak wysoko zajdą twoi przyjaciele. Twoje wspaniałe pomysły nie są warte funta kłaków.

– Nie zawsze będzie tak samo. Nadlatuje gwiazda, która podaruje nam wszystkim nową przyszłość. Londyn zostanie zniszczony, moi przyjaciele uprzedzili mnie wczorajszej nocy. Zamierzają zbudować nowe złote miasto, wielkie, potężne, wolne od szczurów i ignorantów. – Sarapuk zatarł ręce. – Należę do ich planów. Wyobraź sobie, stary doktor Sarapuk przy jednym stole z takimi jak oni!

– Twoi przyjaciele mają fatalny gust. Ja nie pozwoliłabym ci jeść z tej samej miski co mój pies – odparła zgryźliwie Agetta.

Sarapuk potarł podbródek.

– A właśnie, gdzie jest ten zwierzak?

– Uciekł. Czasami ucieka, ale zawsze wraca – odparła z przymusem, ale jej twarz zdradziła prawdziwe uczucia.

– No, w takim razie nie mam się czego obawiać. Twój ojciec śpi zaczarowany, pies uciekł i mam cię tylko dla siebie... nic nam nie przeszkodzi.

Sarapuk wstał z fotela i podszedł do niej.

Nagle Agetta dźwignęła stół z jednej strony i mocno przechyliła. Wielka chmura bieli wzbiła się w powietrze, kiedy mąka z worka wysypała się na podłogę. Sarapuk skoczył do dziewczyny przez przewrócony stół, ale Agetta schowała się za ojca, a potem pchnęła jego fotel na napastnika, który próbował ją ścigać. Bezwładne ciało Cadmusa Lamiana upadło na Sarapuka rozpłaszczonego na podłodze i przygniotło go swoim ciężarem do zimnych kamieni. Lecz kiedy Agetta skoczyła do drzwi, Sarapuk wyciągnął rękę i złapał ją za kostkę. Ściskał tak mocno, że czuła jego lodowate palce zagłębiające się w ciele.

Jedną ręką zdołała dosięgnąć kościanej klamki i próbowała się wyrwać z uścisku. Sarapuk trzymał z całej siły i zgrzytając zębami, próbował oswobodzić drugą rękę, uwięzioną pod sapiącym ciałem Cadmusa Laniana.

– Nie puszczę cię – wydyszał, zaciskając chwyt. – Poddaj się, dziewczyno. Poddaj mi się wreszcie!

Podciągnął się do niej, wlokąc ciało Lamiana po kamiennej podłodze. Agetta musiała puścić klamkę, kiedy Sarapuk uwolnił drugą rękę i zamknął ją na jej nodze. Podwójny chwyt miażdżył jej ciało. Złapała małą brązową butelkę z gzymsu kominka i chlusnęła mu płynem w twarz. Sarapuk wrzasnął, bo oczy go zapiekły od mocnego octu. Wypuścił Agettę i próbował wytrzeć twarz, a ona pobiegła do drzwi.

– A żebyś zdechł, Sarapuk, żebyś się smażył w piekle za karę! – wrzasnęła.

Zatrzasnęła drzwi i dysząc, przystanęła w holu. Sięgnęła do nadproża, zdjęła z gzymsu gruby żelazny klucz i przekręciła go w zamku.

Nemorenzis leżała na podłodze, wchłaniając resztki ciepła z kominka. W dwóch krokach Agetta podeszła do księgi i próbowała ją podnieść. Ale żar buchający z *Nemorenzis* parzył ją tak, że nie mogła wytrzymać. Słyszała, jak za kuchennymi drzwiami Sarapuk szarpie się z uśpionym ciałem jej ojca. Zajrzała do jadalni. Wszystkie krzesła zajmowali śpiący goście, niektórzy z głowami w talerzach, bo zasnęli, jedząc kolację, inni zwinięci na podłodze niczym obżarte myszami koty przy kominku. Pan Manpurdi siedział przy długim stole – bandaże zakrywające jego stygmaty odwinęły się i spadły na podłogę jak kupka brudnych szmat. Agetta widziała, jak gruba czerwona kropla krwi wypływa przez dziurę na grzbiecie dłoni, ścieka po skórze i skapuje z palca.

W złości kopnęła *Nemorenzis*, a potem pobiegła na górę. Otwierając drzwi sypialni, usłyszała chrapanie matki – pijanej lub zaczarowanej. Odwróciła się w stronę schodów na strych i nagle poczuła gwałtowny spadek temperatury, aż ciarki ją przeszły. Rozejrzała się za Sinoskórym Danbym. Pod ścianą leżał lokator zakuty w płaszcz, spod którego wystawały brudne buty. Agetta podeszła do schodów i wspinała się powoli, aż stanęła pod drzwiami. Wyjęła klucz, szybko obróciła go w zamku i weszła do pokoju.

Tegatus siedział w łańcuchach, z ogoloną głową, w zakrwawionej tunice. Ręce miał skute razem, krew kapała mu na podołek. Agetta nie mogła uwierzyć w to, co zrobili jej ojciec i Sarapuk.

Anioł podniósł wzrok i spróbował się do niej uśmiechnąć.

– Słyszałem, że wzywałaś pomocy, ale jakoś nie mogłem się podnieść. Myślałem, że nie zechcesz mnie widzieć w takim stanie.

– Widziałam Sarapuka, powiedział mi, co zrobi z twoimi włosami i piórami z twoich skrzydeł – powiedziała cicho Agetta.

– Obciął mi paznokcie tak głęboko, że krwawią. Śmiali się, kiedy mi to robili. – Przerwał i żałośnie spojrzał na Agettę. – Wypadłem z łaski, upadły anioł. Jestem tutaj, bo tego chciałem. Zakochałem się w kobiecie, której życie miałem ocalić. Zatraciłem się w jej oczach i zapomniałem, kim jestem. Nie zdawałem sobie sprawy, że ona należy na zawsze do potwora, który pragnie zniszczyć nas wszystkich. – Zabrzęczał łańcuchem o drewnianą podłogę. – Myślałem, że anioły nie podlegają jego mocy, lecz nawet my wpadamy w jego sidła.

Agetta mówiła szybko.

– Musisz być silny, Tegatus. Znalazłam księgę. Zabieram ją do mojego przyjaciela na Most Londyński. Potrzebuję twojej pomocy.

– Nie mogę pomóc nawet sobie – odparł anioł. Przerwał i nasłuchiwał. – Pan Sarapuk próbuje się wydostać z kuchni, słyszę, jak wali w drzwi.

Agetta go nie słuchała.

– Chcę, żebyś poszedł ze mną do mojego przyjaciela Thaddeusa, on pomoże nam obojgu. – Wyjęła klucze z kieszeni i pokazała Tegatusowi. – Na pewno któryś otwiera te łańcuchy.

Znalazła mały klucz z brązu z wyrytymi maleńkimi literkami w języku, którego nie rozumiała. Wyjęła z kieszeni szkło Ormuza, spojrzała na litery i przeczytała na głos:

– „Anioły, które oddały swą chwałę, zostaną uwięzione w ciemnościach, skute wiecznymi łańcuchami aż do Dnia Sądu". – Popatrzyła na Tegatusa. – Co to znaczy?

– To ostrzeżenie dla mnie... że nawet jeśli mnie uwolnisz z tych śmiertelnych łańcuchów, nigdy nie ucieknę. Pozostanę uwięziony aż do Dnia Sądu. Oddałem wszystko, a to jest moja nagroda.

– Czy nie ma dla ciebie wyjścia? – zapytała.

– Tylko jeśli wrócę i otrzymam błogosławieństwo uniewinnienia, a na to już dla mnie za późno. – Przerwał i spojrzał na Agettę, na kryształ błyszczący w jej dłoni. – Skąd wzięłaś szkło Ormuza?

– Od Thaddeusa – odparła z dumą. – Powiedział, że to specjalny prezent tylko dla mnie.

– Thaddeus to mądry człowiek i bardzo chciałbym go poznać.

– Poprosił mnie, żebym przyniosła księgę, a ja ją znalazłam – oświadczyła Agetta. – „Przynieś mi *Nemorenzis*, a uczynisz Thaddeusa szczęśliwym człowiekiem". Tak powiedział i tak chcę zrobić, uczynić go szczęśliwym.

– Lubisz Thaddeusa, bo jest dla ciebie dobry?

– Jest dobry, miły i troskliwy. Obiecał, że zrobi kolację, bankiet, tak to nazwał, i oboje razem doczekamy świtu.

Agetta włożyła klucz do zamka i nacisnęła zapadki, które ustąpiły jedna po drugiej. Kajdany opadły z przegubów anioła. Tegatus był wolny.

Anioł wstał i rozłożył ramiona.

– Sarapuk wyłamuje drzwi – oznajmił, jakby widział, co się dzieje w kuchni. – Jeśli chcesz stąd uciekać, lepiej już chodźmy.

– Szybko – zawołała Agetta i chwyciła go za rękę. – Musisz pożyczyć ubranie z pokoju mojego ojca, bo jeśli tak wyjdziesz na ulicę, wezmą cię za zbiega z domu wariatów i odstawią tam, zanim dojdziemy do rogu.

Nie bała się Sinoskórego Danby'ego, kiedy zbiegała ze schodów, ciągnąc za sobą Tegatusa. Wydawał się nic nie ważyć, jakby ziemskie przyciąganie nie miało nad nim władzy.

Dotarli do pokoju ojca i Agetta znalazła dla anioła najlepsze buty Cadmusa, surdut i grubą zimową koszulę.

Tegatus przebrał się szybko i wyszedł z pokoju jako angielski dżentelmen w każdym calu, w eleganckim surducie i marszczonej koszuli, francuskich butach i wełnianych bryczesach. Agetta aż się uśmiechnęła.

Kiedy weszli do holu, Tegatus zobaczył na podłodze przy kominku *Nemorenzis*, z kartkami parującymi od żaru. Bez wahania i bez wysiłku podniósł księgę i wsunął sobie pod ramię.

– Trzeba nad nią panować – powiedział. – *Nemorenzis* odczytuje twój umysł i gra na twoim strachu. Jeśli jej pozwolisz, opanuje twoją wyobraźnię.

– Skąd się bierze jej moc? – zapytała Agetta.

– *Nemorenzis* to serce magii, wykradzione z niebios i do niebios musi powrócić.

Tegatus wyglądał jak odmieniony. Szedł pewnym krokiem, jego szmaragdowe oczy lśniły pasją, jakiej Agetta przedtem nie widziała, a w głosie brzmiała nowo odnaleziona siła.

– Chcę, żebyś mnie zabrała do twojego przyjaciela – powiedział, idąc do kuchennych drzwi. – Spokojnie, bez hałasu, panie Sarapuk. Jeśli nie przestanie pan walić w drzwi, wejdę tam, oberwę panu uszy i wyrwę język. Proponuję, żeby pan usiadł i zaczekał, aż dom się uwolni od pańskiego zaklęcia. Zrozumiano?

Sarapuk przestał walić w drzwi.

Tegatus odwrócił się do Agetty.

– Na ulicę i niech gwiazdy ześlą nam błogosławieństwo!

Razem wyszli z domu i skręcili w stronę Fleet River. Mgła, wciąż gęsta, czepiała się domów i przesłaniała nocne niebo. Gdzieś za nimi turkotał powóz, zatrzymał się przed pensjonatem. Agetta i anioł schowali się w wejściu do sklepu bławatnego i patrzyli, jak Blake i Bonham wyskakują z powozu i biegną przez mgłę do drzwi.

Tegatus spojrzał w półmroku na Agettę.

– Obawiam się, że szukają ciebie i tej księgi. Czy ją ukradłaś?

Agetta odwróciła wzrok, przepełniona poczuciem winy. Po raz pierwszy w życiu czuła wstyd. Zupełnie jakby miała kłamstwo wypisane na twarzy i nic nie mogła ukryć. Wszystko, co chowała w ciemnościach, zostało teraz ujawnione w świetle bijącym z anielskiej twarzy.

– Kim oni są? – zapytał Tegatus, otulając ją surdutem, kiedy ruszyli szybko w stronę Mostu Londyńskiego.

– Dzisiaj wieczorem w domu mojego pana w Bloomsbury był potwór. Wyglądał jak człowiek z twarzą z dębowych liści i skórą jak mokra ziemia. Pachniał lasem, a jego oczy świeciły jak ogień. Chciał mnie powstrzymać, żebym nie zabrała *Nemorenzis*. Zastrzelili go, a ja uciekłam i wzięłam księgę, musiałam.

– Nie miałaś prawa jej zabierać, a on nie miał prawa jej zatrzymać. *Nemorenzis* to księga przepowiedni; nie jest przeznaczona dla ludzkich oczu, zawiera tajemnice przekraczające ludzką wyobraźnię.

– Wiem, że zapowiada nadejście komety. Słyszałam, jak Blake o tym mówił po trzęsieniu nieba. Ona tam jest, wysoko nad nami. – Agetta wskazała poprzez mgłę.

– Czy wymienił nazwę tej komety? – zapytał niespokojnie Tegatus.

– Piołun… powiedział, że nazywa się Piołun. – Wargi jej zadrżały przy tym słowie.

– Więc mamy bardzo mało czasu. Każda godzina pieczętuje nasz los. Niebiański smok się zbliża i ujrzymy, jak szaleństwo ogarnia ziemię i powietrze, i uwolnione zostaną moce, jakich świat nie widział od zarania czasów. Modlę się, żeby twój przyjaciel Thaddeus potrafił nam pomóc.

Timeo daemones et dona ferentes*

(Lękam się demonów, nawet kiedy przynoszą dary)

Sarapuk wepchnął Rękę Chwały do kieszeni surduta, po czym rzucił się na podłogę kuchni. Cadmus z trudem budził się z zaczarowanego snu. Donośne łomoty w holu szybko go ocuciły: drzwi trzaskały, lokatorzy podnosili się z miejsc. Pan Manpurdi ocknął się w kałuży krwi. W całym domu zaklęcie zostało zdjęte.

Blake uderzył urękawiczoną dłonią w drzwi kuchni i widząc, że są zamknięte na klucz, kopnął w drewno. Obserwował go tłumek znużonych, wymiętoszonych widzów, którzy wysypali się z jadalni.

– Powstrzymaj ich, Izaaku! – krzyknął Blake i znowu kopnął, próbując wyważyć drzwi. – Jeśli ktoś z tej menażerii się ruszy, zastrzel go jak psa.

– Na pomoc – zawołał Sarapuk umyślnie słabym głosem. – Ona oszalała, rzuciła się na własnego śpiącego ojca, a potem uciekła w noc!

Zatoczył się i jęknął z nadzieją, że przedstawienie zostanie docenione i nie będzie musiał go powtarzać, zanim ktoś wyłamie drzwi.

---

* Trawestacja słów Laokoona: *Timeo Danaos…* (lękam się Danajów) (Wergiliusz, *Eneida*) na widok konia trojańskiego.

Wysoki, tęgi mężczyzna porośnięty gęstym czarnym włosem, o wielkich rękach, długich, brudnych paznokciach i rozkołysanym chodzie, przepchnął się z jadalni do holu. Szybko ocenił sytuację i wysłuchawszy lamentów Sarapuka, przebiegł trzy kroki po kamiennej podłodze, odepchnął z drogi Bonhama i Blake'a i zaszarżował na drzwi niczym potężny byk.

Drzwi wygięły się we framudze i odskoczyły z powrotem. Mężczyzna popatrzył na nie, mrużąc oczy i marszcząc czoło. Wszyscy zebrani czekali, kiedy znowu zaatakuje. Był olbrzymem, Człowiekiem Niedźwiedziem, który zabawiał arystokrację w Vauxhall Gardens. Jako kilkudniowa zaledwie niemowlę został znaleziony w wiklinowym koszyku, wypełnionym kwiatami firletki. Dlatego nadano mi imię Firlet. Obecnie słynął z niezwykłych rozmiarów, obfitego owłosienia oraz zębów spiłowanych w rząd ostrych brązowych kłów.

– Jeszcze raz! – krzyknął Blake do Firleta.

Firlet zawarczał z głębi potężnego brzucha. Całe jego ciało zadrżało i przeciągły jęk odbił się echem od tynkowanych ścian. Olbrzym ponownie rzucił się na drzwi, skoczył z rozpędu i uderzył z hukiem o drewno. Drzwi wyleciały z zawiasów, wpadły do kuchni i rąbnęły w kuchenny stół.

Sarapuk leżał na podłodze, owinięty wokół Cadmusa niczym wielki pyton, który zamierza połknąć ofiarę. Jęczał i popiskiwał, wijąc się w udawanej męce.

– Patrzcie, co ona zrobiła – zawołał. – Oszalała, rzuciła się na ojca i próbowała mnie zabić. Uciekła z tym obcym ze strychu.

– Co? – wymamrotał Cadmus do siebie. – Że co?

– Uciekła! Zamknęła nas na klucz i uciekła z tym drabem ze strychu. Sarapuk kiwnął głową do zebranego tłumu. Manpurdi stał w kącie i słuchał uważnie.

– Z kim uciekła? – Blake przecisnął się przez tłum i dźwignął Sarapuka z podłogi za poły surduta. – Gadaj, człowieku, bo cię uduszę.

– Agetta uciekła z tym mężczyzną ze strychu, Tegatusem, lokatorem z… – urwał i obejrzał się na Cadmusa w nadziei, że tamten mu podpowie.

– Pochodził z… Włoch! – oznajmił Cadmus. – Tegatus… udawał, że ma skrzydła, należał do mojej menażerii. Nowy nabytek.

– Więc mówisz, Sarapuk, że ten Tegatus uciekł w nocy z Agettą? – naciskał Blake, mocno trzymając maga za kołnierz.

– Tak, panie Blake. To złodziej, naprawdę nic dobrego.

– Czy miała ze sobą księgę, kiedy ją widziałeś?

– Księgę?

– Tak, człowieku, księgę. Dużą, z grubymi stronicami, w wytłaczanej oprawie.

Blake puścił Sarapuka, który osunął się na podłogę.

– Ach, ta księga. Tak, miała. Mówiła, że chce ją sprzedać – skłamał Sarapuk z nadzieją, że wrobi Agettę w przestępstwo.

– Cadmusie Lamianie, twoja córka to złodziejka – oświadczył Blake, zagłuszając pomruki tłumu, który zdążył już wypełnić kuchnię. – Ukradła mi cenny przedmiot i chcę go odzyskać. Został mi powierzony i wart jest więcej niż cokolwiek na tym świecie. Każę powiesić ciebie i twoją córkę, jeśli go nie zwrócicie.

– Ja nie mam nad nią władzy, panie Blake. Ona jest już kobietą i wdała się w matkę. Nie może mnie pan winić za jej uczynki. Widzi pan przed sobą ofiarę bezwzględnego dziecka, niewinnie pokrzywdzoną przez zakręty losu. – Cadmus skulił ramiona i wymownie rozłożył ręce.

– Nawet nie próbujesz bronić własnego dziecka. Jesteś nieudolnym półgłówkiem, który myśli tylko o sobie – warknął Blake.

– Może i półgłówek ze mnie, panie Blake, ale ona wciąż mnie okradała i innych też. – Cadmus pogrzebał w głębokich kieszeniach surduta i wyciągnął garść srebrnych monet. – Niech pan popatrzy! Znalazłem to w jej pokoju. Niestety, myślę, że ukradła je panu. Widzi pan, pani Blake, kradnie nawet pański chleb.

Wsypał monety w dłoń Blake'a.

– Chcesz mnie przekupić, Lamian? Liczysz, że wykręcisz się od szubienicy w zamian za trzydzieści srebrników?

– Tylko oddaję pańską własność, panie Blake. Jestem uczciwym człowiekiem, którego ciężko zawiodła własna córka. – Cadmus zwiesił głowę i wbił wzrok w podłogę. – Jeśli pan ją schwyta, chętnie będę zeznawał dla pana w Bailey.

– Żeby potem zabierać jej chleb, kiedy będzie gniła w więzieniu Newgate, zanim kat zwiąże jej kciuki i zwolni zapadnię.

Blake odwrócił się i ruszył do drzwi.

– Będzie, co ma być, panie Blake... – powoli odpowiedział Cadmus. Nawiedziła go wizja Agetty zwisającej bezwładnie z Drzewa Wisielców.

Blake i Bonham przepchnęli się przez tłum i wyszli na mglistą ulicę. Lokatorzy stali w milczeniu, patrząc na gospodarza. Niedźwiedź jeszcze mocniej zmarszczył czoło, biorąc klucz od Manpurdiego. Sarapuk uśmiechnął się do siebie i jego oczy zabłysły czerwonym odbiciem żaru z paleniska.

– Wynocha, wynocha! – krzyknął Cadmus do gości.

Wyprosił z kuchni wszystkich oprócz Sarapuka. Sarapuk podniósł wyłamane drzwi i oparł o framugę dla ochrony przed ciekawskimi uszami.

– Coś ty zrobił, Sarapuk? – zaczął gniewnie Cadmus. – Jeśli Blake złapie Agettę, powiesi ją, a jeśli prawda wyjdzie na jaw, ty i ja zawiśniemy obok niej. Popełniłem zbyt wiele występków, które z pewnością mnie zgubią. Lubię moją szyję i nie chcę jej stracić. Zimno mi się robi, jak sobie pomyślę, że Erazmus Duvall zedrze ze mnie przyodziewek i sprzeda na dżin.

Kaszlnął nerwowo, krzywiąc twarz. Widział już brudne paluchy Duvalla, kata z Newgate, jak odpinają mu guziki koszuli i odcinają pukiel włosów, żeby sprzedać znachorkom wyrabiającym talizmany przeciwko ospie.

– Po śmierci przebijają ci serce kołkiem z ostrokrzewu, żebyś na pewno nie powrócił.

– Powinieneś to zrobić Sinoskóremu Danby'emu, wtedy nie miałbyś stracha, że cię będzie nawiedzał.

– Nie miałem nic wspólnego z jego śmiercią. Sam się powiesił.

– Dziwne, jak można się powiesić z raną od pałki na tyle głowy i związanymi rękami – zauważył Sarapuk.

– Plotki, same plotki – zaprotestował Cadmus.

– Potraktuj to jak przysługę wyrządzoną społeczeństwu, oczyszczenie świata z zakały, wycięcie wrzodu z palca życia. – Sarapuk ślinił się z podniecenia. – Był bezdusznym potworem, złodziejem i łotrem. Kto zapłacze po takim wyrzutku? Spłodzony przez diabła i zrodzony z oślicy.

– Nie pozwolę, żebyś źle mówił o Sinoskórym. Był dobrym przyjacielem, chociaż zdarzały się nam nieporozumienia.

– Nieporozumienia, na skutek których spotkał go nieszczęśliwy... wypadek – mruknął Sarapuk, gładząc się po wnętrzu dłoni. Nachylił się do Cadmusa i zniżył głos. – Tak sobie myślę, Cadmus… Przyjaźnimy się od dawna, ale teraz nasze przedsięwzięcie stanęło pod znakiem zapytania. Anioł odleciał i trudno będzie go złapać. Dopuszczono mnie do pewnych informacji, które zmieniły moje poglądy na życie i Londyn. Wkrótce wyjeżdżam, przenoszę się na północ. Powietrze jest tam lepsze dla ducha. – Rozejrzał się po kuchni, jakby słuchał innego głosu. – Nadszedł czas, żeby się rozstać, drogi przyjacielu, ale zawsze będę o tobie pamiętał.

– Mieliśmy plany – odparł gniewnie Cadmus. – Mieliśmy takie wielkie plany! Zbudować szpital, zbić fortunę na chorobach. Czy wszystko się zmieniło tylko dlatego, że coś ci powiedzieli?

Sarapuk namyślał się z twarzą wykrzywioną niezdecydowaniem. Ukrywał tajemnicę, która złamała mu serce i okaleczyła umysł, ale poprzysiągł nikomu jej nie zdradzić.

– Och, gdyby tylko kamienie umiały mówić – wykrzyknął. – Gdybym tylko mógł ci powiedzieć, co przyszłość przyniesie tobie i wszystkim innym mieszkańcom tego gnojowiska, byłoby mi lżej na sercu. – Popatrzył z powagą na Cadmusa. – Londyn ci nie służy, potrzebujesz zmiany powietrza. Wyjedź jak najprędzej, radzę ci jak przyjaciel. Nadchodzi czas, kiedy same kamienie przemówią śmiercią i cierpieniem.

– Laudanum przez ciebie przemawia, Sarapuk. Oszalałeś?

– Gdybym tylko oszalał – jęknął Sarapuk, kryjąc twarz w dłoniach. – Gdyby chodziło o kogoś innego, na kim mi nie zależy, ale ty i twoja córka…

Nagły huraganowy podmuch wzbił kłęby kurzu, które zawirowały po całej kuchni, przewracając meble. Fotel na biegunach, obracając się, przejechał od ściany do ściany. Cynowe talerze spadały z bocznego kredensu, niedopalone świece i dzbanuszki z octem roztrzaskiwały się na kamiennych płytach podłogi.

Cadmus odskoczył przestraszony, kiedy stół zadygotał i ruszył do drzwi jak popychany niewidzialnymi rękami. Sarapuk ustąpił mu z drogi. Stół przemknął obok niego i wpasował się w drzwi, odcinając drogę ucieczki. Z sufitu leciał grad rondli zrzuconych z haków, wiadro z pomyjami śmignęło przez kuchnię jak wystrzelone z francuskiej armaty.

– Co się dzieje, człowieku? – zapytał gorączkowo Sarapuk.

– To następne trzęsienie nieba, cały świat jęczy jak przywiązany do porodowego krzesła – odparł Cadmus.

Warząchew do zupy przefrunęła przez kuchnię i trafiła go w pierś. Szuflada z nożami zaczęła grzechotać, a potem cały przód został jakby brutalnie oderwany i ciśnięty w ogień, rozrzucając po podłodze rozżarzone, syczące, czerwone głownie. Ostre, płaskie klingi wyleciały z wyłożonej filcem skrzynki, o włos minęły Cadmusa i utkwiły w ścianie nad jego głową. Cadmus przypadł do podłogi i schował się za balią.

– To chce mnie zabić – krzyknął do Sarapuka skulonego przy drzwiach.
– To nie żadne trzęsienie, tylko diabeł z piekła.

Doskoczył do stołu i próbował go odsunąć. Wcisnął palce pomiędzy skrzydło drzwi a framugę i pociągnął z całej siły. Ustąpiły odrobinę i Cadmus zobaczył promyk światła wpadający z holu do mrocznej kuchni.

– Firlet, jesteśmy uwięzieni! – wezwał pomocy i wcisnął rękę w coraz szerszą szczelinę.

Nagle stół odskoczył z głośnym trzaskiem, a potem nieprawdopodobnie szybko runął do przodu. Cadmus wrzasnął z głębi duszy. Nogi ugięły się pod nim i zawisł na jednej ręce, przygnieciony do ściany przez drzwi i framugę.

Zapadło upiorne milczenie. Zimny przeciąg dmuchnął spod kuchennych drzwi i wzbił kurz z kamiennej podłogi. Cząsteczki ustawiały się jedna przy drugiej i powoli formowały sylwetkę człowieka. Najpierw pojawiły się kontury płaszcza, potem stopy, na końcu zamazana twarz i głowa. Sarapuk zobaczył zjawę i przywarł do ściany. Wyjął z kieszeni mały sztylecik, a w drugiej ręce ścisnął wysuszoną gałązkę lulka czarnego. Zaczął mamrotać modlitwę za zmarłych, wzywając świętych, żeby go chronili.

Stół odpadł od drzwi i Cadmus osunął się bezwładnie na podłogę. Podniósł głowę i zagapił się z niedowierzaniem na zjawę.

Sarapuk wyciągnął nóż i machnął gałązką lulka.

– Odejdź, istoto, wróć do świata ciemności, opuść to miejsce – krzyknął, przeskakując nerwowo z nogi na nogę. – Rozkazuję ci w imię świętego Weneriusza, odejdź!

Zjawa wessała wszystkie cząsteczki światła w pomieszczeniu, nabierając formy i substancji. Duch stał przed nimi z twarzą zasnutą ciemnym oparem wiszącym w powietrzu. Dygotał i drżał w ostatnim etapie materializacji. Wreszcie rysy twarzy stały się wyraźne.

Cadmus rozpoznał upiora po sinej skórze i żywym tatuażu pełzającym po twarzy. Serce mu waliło, kiedy czekał, aż duch przemówi. Wiedział, że to Sinoskóry Danby, i sama myśl o jego zmartwychwstaniu zmroziła go do szpiku kości. Czuł, jak siła wypływa z jego ciała pod spojrzeniem martwych oczu upiora. Danby chyba jeszcze go nie zobaczył, jakby widział kuchnię w innym czasie.

Sarapuk, skulony przy stole, przerwał ciszę.

– To nie mnie szukasz, tylko jego – zawołał do zjawy, która teraz rozglądała się gorliwie. Wąż ślizgał się po skórze, rozdzielał martwe włosy i wpełzał pomiędzy cienkie lawendowe wargi, wędrował tam i z powrotem po całej głowie.

– Słyszę cię, plugawy piekielniku, ale nie widzę – powiedział Danby, spoglądając w ciemność. – Znam twój głos, ale nie pamiętam, z jakiego czasu i miejsca.

– To Sarapuk, doktor Sarapuk. Byłem twoim lekarzem.

– Sarapuk... Tak, pamiętam Sarapuka. Zawsze pijany, nigdy grosza przy duszy, zabiłeś więcej ludzi, niż wyleczyłeś. Arszenik i laudanum z kapustą w cieście, funt rtęci na pintę piwa odpędzi zimowy chłód. Taki był Sarapuk.

– Tak, i odpędził chłód – bronił się Sarapuk.

– I zabił biedną kobietę, która to wypiła. Pamiętam ją dobrze, Helena Fury, Pod Czarnym Lwem, Drudy Lane, wigilia świętego Michała. Patrzyłem, jak krztusi się na śmierć następnego dnia, a ty byłeś zbyt pijany, żeby jej pomóc.

– To nie mnie nawiedzasz, Sinoskóry, ja nigdy nie zrobiłem ci krzywdy – zaskomlał Sarapuk.

– Patrzyłem, jak robisz mi sekcję. Trzymałem się życia i nie chciałem odejść. Zostałem zaczarowany, schwytany przez maga w styksowym świecie. Jak za życia, tak i po śmierci zawisłem pomiędzy zbawieniem a potępieniem.

– To mnie szukasz, Sinoskóry. – Cadmus podniósł się i stanął przed duchem. – Nie będę ci mydlił oczu. Nigdy nie chowałem się przed tobą za życia, więc czemu mam się ciebie bać po śmierci?

– Jak słodko brzmi twój głos. Śmierć zasłoniła cię przede mną, ale teraz znowu cię słyszę.

– Czego chcesz ode mnie, Sinoskóry? Bez żartów.

– Przyniosłem ci prezent. Chociaż ręce mam za słabe, żeby go unieść, powiem ci, gdzie on leży. Zabiłeś mnie dla tej rzeczy, ale nigdy jej nie znalazłeś. Widzisz, Cadmus, podejrzewałem, że zastawiłeś pułapkę, więc wykopałem złoto i ukryłem w księgarni. Schowane pod górną półką i przywalone tomem *Mikrografika*, tam je znajdziesz. Mnie złoto się nie przyda, ten całun nie ma kieszeni. – Sinoskóry wydał głębokie, żałosne westchnienie.

– Przynosisz dar zamiast zemsty… dlaczego? – zapytał Cadmus.

– Śmierć sprowadza na drogę cnoty. Nie mogę trwać w rozgoryczeniu. W moim sercu nie ma miejsca na ludzkie intrygi. Oddałbym wszystko za rok i dzień w ludzkiej postaci, żeby poczuć dotyk słońca na skórze i smak dżinu na wargach. To byłby raj odzyskany. Tylko rozkosze ciała znałem, ale mi je ukradziono. – Popatrzył w stronę, gdzie stał Cadmus. – Lata obeszły się z tobą łaskawie, Cadmusie. Weź mój dar i używaj go, ponieważ wkrótce spotka cię to samo, co mnie.

Ze wszystkich stron dobiegły stłumione głosy dzieci krzyczących w oddali, jakby dręczonych podczas zabawy. Głosy się zbliżyły.

– Moi strażnicy po mnie przyszli – powiedział Sinoskóry i zaczął się rozsypywać w pył. – Rozważ moje słowa, Cadmusie. Chciałeś pieniędzy za życia, teraz weź je z mojej śmierci.

Trzy małe ciemne figurki przeszły na wylot przez drewniane drzwi jak przez powietrze. Otoczyły Danby'ego, chwyciły się za ręce i zatańczyły wokół niego. Nie miały twarzy, tylko niewyraźne sylwetki małych dzieci, zatraconych w śmierci jak umykające cienie. Szare, zwinne duchy tańczyły coraz szybciej i szybciej, w kółko i w kółko, do wtóru bezgłośnego bębna. Danby zaczął zanikać i spirala wiatru ponownie przemknęła przez mroczną kuchnię, zabrzęczała talerzami na podłodze, z hurgotem przesunęła stół.

Sarapuk zadrżał ze strachu, kiedy istoty połączyły się w jedno i urosły w kulę czystego białego blasku, która iskrzyła i syczała na środku kuchni. Oślepiające światło wyrzeźbiło jego twarz w długie czarne cienie, zanim zakrył głowę rękami. Cadmus wytrzymał jeszcze chwilę, a potem osłonił oczy. W jednej chwili światło zgasło i kuchnia pogrążyła się w gęstym mroku, rozjaśnionym tylko przez żar w palenisku i miękki poblask świec wpadający przez szparę w drzwiach.

– Jesteś tam, Sarapuk? – zapytał słabym głosem Cadmus, zataczając się jak ślepiec. – Nie widzę cię, duchy wypaliły mi oczy.

Dagda Sarapuk ukradkiem prześliznął się przez kuchnię do drzwi, po cichu odsunął drewniane skrzydło i wymknął się do holu, a stamtąd na ulicę.

– Dagda, nie widzę cię, gdzie jesteś? – wołał Cadmus kuśtykając po kuchni. Wpadł na stół i przewrócił się na podłogę. – Pomóż mi, człowieku. Pomóż mi!

W najciemniejszym kącie, przyklejony do ściany, cień czekał, żeby Cadmus podszedł bliżej.

Herba sacra

(Święte ziele)

Agetta i Tegatus szli szybko w stronę Mostu Londyńskiego. Na rogu Bishopsgate siedziała obdarta kobieta, ściskając zawiniątko z ziołami. Gruba świeca w szklanym kloszu, otwartym od góry, oświetlała nocny stragan. Światło migotało i syczało we mgle, rzucając odblask pomarańczowy jak lisie ślepa, a kobieta zachwalała towar piskliwym głosem.

– Werbena! Ruta! *Herba sacra!* Ziele łaski! Odpędzajcie plagę śmierci, pokosztujcie chleba skruchy... Wszystko po pensie – wołała w noc, podnosząc długą gałązkę werbeny o zdrewniałej łodydze zakończonej drobnymi błękitnymi kwiatuszkami. – Zanurz kwiaty w szronie nocy, przepłosz ducha o północy.

Tegatus spuścił oczy, unikając wzroku kobiety. Ze znużeniem powłóczył nogami w butach Cadmusa, jakby nie przywykł do chodzenia piechotą.

– Dla młodej damy, sir? Ochroni ją przed wieloma rzeczami – namawiała kobieta, gorączkowo wymachując łodygą. – Mam gałązkę, którą może nosić jako girlandę i będzie bezpieczna, żaden czar jej nie dosięgnie, ani wąż, ani wściekły pies, nawet zaraza ją ominie.

Agetta pociągnęła go za ramię.

– Proszę, Tegatus, zawsze chciałam nosić girlandę z werbeny – powiedziała, szukając pensa w kieszeni.

Tegatus mocno ścisnął księgę i odwrócił wzrok w obawie, że twarz go zdradzi.

– Tylko jedna gałązka – powiedziała Agetta do kobiety, podając jej pieniążek.

– Żaden z niego dżentelmen, skoro każe ci płacić – oświadczyła kobieta i wręczyła Agetcie girlandę z wysuszonych niebieskich kwiatków.

– Nawet nie spojrzał mi w oczy – szepnęła. – Z takim nie warto wychodzić.

– Więc jakie ziele mi dasz? – warknął Tegatus. – Szałwię, żeby zabarwić moją żółć? Albo nagietek, żeby pozbyć się brodawek? Nie patrzę na ciebie, bo troszczę się o moje oczy.

Kobieta nie odpowiedziała. Wzruszyła ramionami pod adresem Agetty i wsunęła pensa do kieszeni. Agetta uśmiechnęła się i wzięła Tegatusa pod ramię, żeby go poprowadzić dalej.

– On nie jest stąd, nie zna Londynu.

– Ale zna piekło, zapamiętaj moje słowa, dziewczyno. Ten człowiek ma śmierć na karku i zabierze cię ze sobą, jeśli tylko dasz mu okazję.

Duży czarny powóz nadjechał z turkotem ulicą i stangret smagnął cztery konie długim batem. Koła zagrzechotały wściekle na kocich łbach bruku. Tegatus odciągnął Agettę z drogi.

– On tak jechał naumyślnie! – zawołał i przyspieszył kroku. Agetta dogoniła go biegiem.

– Mówiłem ci, że szaleństwo się zbliża – podjął Tegatus, kiedy wreszcie przeszli pod wielkim łukiem Mostu Londyńskiego. – Magia i zabobony wypełniają serca i nikomu się nie chce szukać prawdy.

Zatrzymał się i odwrócił. Przez kilka chwil czekał w wejściu do kawiarni, żeby sprawdzić, czy nikt ich nie śledzi.

– Czuję, że coś nas obserwuje – oznajmił. – Coś nieludzkiego, gdzieś we mgle przy łuku, czuję, że tam jest... i czeka.

– Nikt nie wie, gdzie jesteśmy, więc jak mogą nas śledzić? – zapytała Agetta, przywierając do drzwi.

– Ta księga wypowiada ciemność, krzyczy do nocy, ale twoje ludzkie uszy tego nie słyszą. Każdy duch w Londynie leci do niej jak ćma do świecy. Przybędą, żeby napawać się twoim losem i kraść ci energię.

Agetta mocniej ścisnęła w ręku werbenę.

– To ci nie pomoże, to tylko zeschły kwiat – oświadczył Tegatus, jakby odczytywał jej najtajniejsze myśli. – Te listki odpędzą melancholię i uśmierzą ból, ale nie powstrzymają diabła, który ściga twoją duszę.

– O co chodziło tej kobiecie, kiedy mówiła, że masz śmierć na karku? Myślisz, że coś zobaczyła? – zapytała cicho Agetta.

– To księga przez nią przemawiała, kazała jej to powiedzieć. Złośliwa księga, napisana w podłości. *Nemorenzis* posiada moc, żeby zmienić nasze myśli, zapanować nad naszymi umysłami i omamić nasz rozum. Kłamie samym swoim atramentem – szepnął. – Wielu ludzi uwiodła niezwykłym pięknem i uwierzyli we wszystko, co w niej przeczytali, ale w każdej przepowiedni tkwi kłamstwo. Ona przekręca prawdę, dodaje trochę tu, trochę tam. Ostrzega człowieka przed zagrożeniem w nocy, a potem zaskakuje go, nadchodząc jak złodziej o świcie. Myślę, że usłyszysz więcej, zanim ta noc się skończy…

– Powiedziała Blake'owi, że upłynie dwadzieścia jeden dni od trzęsienia nieba, zanim kometa doleci do ziemi – powiedziała Agetta i zerknęła przez most w stronę księgarni Kaganek. – Słyszałam, jak powiedział Bonhamowi, zanim przyłapali mnie w kredensie.

– Obawiam się, że Piołun jest bliżej. Doktor Blake chyba nie zdaje sobie sprawy, z jakimi siłami igra. – Tegatus rozejrzał się po moście. – Wiem, że tu jest, czuję to, ale nie mogę zobaczyć. – Spojrzał na księgarnię oświetloną świecami. – Powiedz mi, Agetto, czy twój przyjaciel spodziewa się ciebie?

– Mówiłam, że wrócę wieczorem.

– Sama?

– Tak. Nie myślałam, że pójdziesz ze mną. – Przerwała na chwilę. – Ty i Thaddeus jesteście pierwsi, których nazywam przyjaciółmi. Obaj jesteście tacy dobrzy. Właściwie los mi zesłał was obu. Ciebie znalazłam na strychu, a gdyby Yerzinia nie kazała mi iść do księgarni, nigdy bym nie spotkała Thaddeusa.

Owinęła się szczelniej szalem.

– Więc Yerzinia jest twoją przyjaciółką? – Tegatus wydawał się wstrząśnięty tym imieniem.

– Najlepszą przyjaciółką pod słońcem, taką piękną i wytworną, z własnym powozem – uśmiechnęła się Agetta. – Wiesz, ona mnie znalazła. Los tak chciał. I powiedziała, że będę taka jak ona.

– Obiecała, że zostaniecie siostrami i że nigdy już niczego ci nie zabraknie?

Agetta nie odpowiedziała, tylko wbiła wzrok w ziemię. Doznawała przemożnego wrażenia, że jej umysł jest jak otwarta księga, że każdemu wystarczy na nią spojrzeć, żeby odczytać jej myśli i poznać najgłębiej skrywane tajemnice.

– Co przypieczętowało waszą przyjaźń? Puchar ognistego trunku czy może znak księżyca, który płonie krwawą czerwienią na twojej dłoni?

– Jedno i drugie – wyznała.

– Więc jesteś podwójnie przeklęta. Yerzinia chce więcej niż twojej przyjaźni.

– Wiem – przerwała Agetta. – Powiedziała mi, że mogę porzucić dawne życie i...

– Wtedy wyssie z ciebie każdą kroplę twojego życia, a potem wrzuci do tego otwartego ścieku, który nazywacie Tamizą, żeby woda cię zaniosła na odległy brzeg, i nikt nawet się nie dowie. – Tegatus gwałtownie wciągnął powietrze, jakby spadł na niego ostry cios. – Chodźmy do tego twojego przyjaciela.

Rozkazywał tak stanowczo, że Agetta poczuła się przy nim nieswojo. Nawet zaczęła żałować, że pomogła mu w ucieczce i wyjawiła mu wszystkie sekrety o nowych przyjaciołach. Tegatus rzucił na nie swoje światło, zniszczył to, co dla niej było piękne, dobre i prawdziwe, zbrukał kłamstwem i zdradą. Narastał w niej gorzki żal do anioła. Pożałowała, że nie zostawiła go, żeby zgnił na strychu. Próbowała pokryć tę urazę tysiącami innych myśli, żeby nie odczytał jej uczuć. Pomyślała o matce, o zmywaniu naczyń i pływaniu w Tamizie. Pozwoliła myślom wędrować swobodnie od jednej wizji do drugiej, żeby anioł nie spostrzegł, jak wielką niechęć w niej wzbudza.

Tegatus wydawał się nieobecny, kiedy potykając się, szedł po kocich łbach do księgarni Kaganek. Przyciskał rękę do piersi, jakby jakieś mroczne, bolesne wspomnienie kłuło go w żebra. Agetta trzymała się z tyłu.

Drzwi księgarni były uchylone, zaklinowane złożoną kartką papieru. Agetta nachyliła się, wyciągnęła podarty pergamin i odruchowo włożyła go do kieszeni. Tegatus znowu przystanął i spojrzał przez mgłę w stronę Bishopsgate. Mgła zawirowała i dwie kawki zaskrzeczały nad nimi w ciemnościach. Most był pusty. Z oddali dobiegał żałosny, znużony głos handlarki ziół, wzywającej wiernych, żeby kupowali *herba sacra*.

Anioł wyciągnął rękę, chwycił dzwoneczek i ściągnął go z metalowej sprężyny.

Agetta pozwoliła, żeby gniew kipiący w jej sercu odbił się na twarzy.

– Dlaczego... – szepnęła.

Tegatus brutalnie zakrył jej usta ręką, żeby ją uciszyć. Powoli otworzył drzwi i wciągnął ją do sklepu. W środku pchnął ją na ścianę, a sam rozejrzał się po długich, mrocznych szeregach książek. Widziała, że jego oczy przeszukują każdy centymetr księgarni, przeskakują z chropowatej drewnianej podłogi na ozdobny stiukowy sufit. Bardzo powoli zdjął rękę z jej ust i gestem nakazał całkowite milczenie.

Na końcu każdego przejścia pomiędzy wysokimi regałami płonęła świeca, oświetlając labirynt zapchanych półek. W przeciągach, dmuchających przez szpary w podłodze od Tamizy płynącej w dole, nieustannie kurz wirował. Huk wzbierającego przypływu wypełniał księgarnię, odbijał się echem od ścian i płynął jękliwie przez wąskie pasaże wśród rzędów książek.

Agetta nie lubiła tego dźwięku. Przypominał jej pewne Boże Narodzenie dawno temu, kiedy widziała, jak flisacy z Tamizy usiłują wyłowić chłopca, który wpadł do szczeliny w lodzie i bystry prąd wciągnął go pod śnieżnobiałą skorupę skuwającą rzekę. W końcu wytaszczyli go z wody i złożyli posiniałe ciało na lodzie. Przysadzisty przewoźnik położył się wtedy na chłopcu i próbował go rozgrzać, a dzieciak krztusił się i wykaszliwał lodowatą breję wypełniającą płuca. Najbardziej jednak wstrząsnęła Agettą nieczułość tłumu, który zebrał się opodal przy ognisku na Zimowym Targu i oglądał niedźwiedzia szczutego na śmierć przez dwa wielkie mastiffy. Patrzyła z zaciśniętymi ustami, jak ludzie śmiali się ze zdychającego niedźwiedzia, podczas gdy za ich plecami chłopiec walczył o życie i nikt się o niego nie zatroszczył prócz grubego przewoźnika, który oddał mu swój płaszcz.

Rzeka szumiała głośniej niż poprzednio, jakby opływała ich dookoła. Tegatus skradał się wzdłuż półek, a Agetta trzymała się tuż za nim. Czuła, że coś się zmieniło. Księgarnia straciła swój urok. Teraz wszystko tu krzyczało ostrzegawczo.

– Słyszę dzieci – szepnął Tegatus, wyglądając zza regału na końcu przejścia. Agetta słyszała tylko ryk wody, przelewającej się przez wąskie przęsła pod księgarnią. – Mówią o Thaddeusie... nie ma go tutaj!

Agetta wpadła w panikę – obiecał na nią czekać. Myślała, że tylko dzięki niemu ucieknie, że z pomocą Thaddeusa rozpocznie nowe życie. Bez namysłu wyprzedziła anioła i pobiegła w stronę wysokiego biurka na środku księgarni. Zapamiętała drogę, najpierw w lewo, potem w prawo przez labirynt drewna i papieru. Biegła, aż dotarła do biurka, wskoczyła na podest i rozejrzała się po sklepie. Po raz pierwszy spostrzegła, jak ogromna jest księgarnia. Ze sklepionym sufitem i grubymi kolumnami wyrastającymi z dębowych regałów, zwieńczonymi baranimi rogami i girlandami żołędzi, wyglądała jak kościół.

Anioł wydawał się bardzo mały, kiedy spojrzała na niego z wysoka. Przypomniała sobie, jak się zmienił, odkąd Sarapuk oberwał mu pióra i ostrzygł włosy. Miała ochotę go sprowokować, żeby jej pokazał anielskie skrzydła, wyszydzić bezpiórą skórę i kości, zadrwić, że jest jak wielkanocna gęś oskubana żywcem. Rozgoryczenie wezbrało w niej niczym wiosenna powódź i im bliżej podchodził, tym mocniej nim gardziła.

– Musimy ukryć księgę – powiedział, rozglądając się dookoła – a gdzie jest lepsze miejsce niż w księgarni? – Zaśmiał się. – Czy widzisz te dzieci? Może bawią się z nami. Wyjdą, kiedy przestaną się bać.

– Były tu przedtem, kiedy przyszedł ten obcy. Słyszał je tak jak ty, chociaż ja nie słyszałam – rzuciła obojętnie; chciała, żeby odszedł i pozwolił jej samej poszukać Thaddeusa.

– Ten obcy, jak on wyglądał?

– Jak ty... ale starszy. Takie same oczy. Wyglądał jak jastrząb i chciał poznać moje sprawy. – Rozejrzała się po księgarni. – Thaddeusowi się nie spodobał i myślę, że ty też mu się nie spodobasz.

– Czy ten człowiek mówił, czego chciał?

– Szukał książki, napisanej przez brata czy kogoś tam, kto odwrócił się plecami do rodziny.

– Czy wymienił jego nazwisko? – zagadnął Tegatus, stawiając *Nemorenzis* na dolnej półce długiego regału, obok zakurzonego starego tomu z zaskorupiałą okładką inkrustowaną zieloną pleśnią. Spojrzała na wyblakły tytuł wydrukowany złotymi literami: MIKROGRAFIKA.

– Nie, nie wymienił jego nazwiska. A powinien? – zapytała Agetta.

Nagle rozległ się huk. Sterta książek zwaliła się z najwyższej półki w odległym kącie sklepu. Agetta zeskoczyła z podestu i pobiegła między regałami, a Tegatus pospieszył za nią. Pod frontowym oknem księgarni, oświetlona wysoką zieloną świecą i skąpana w tym łagodnym blasku, leżała nieporządna kupa książek.

Tegatus chwycił Agettę za płaszcz i przyciągnął do siebie.

141

– Słuchaj – rzucił ostro. – One są blisko.

Stali w milczeniu. Spoza regałów wyraźnie dochodziło dziecięce łkanie. Anioł ostrożnie przesunął się na koniec przejścia i skręcił za róg. Agetta poszła za nim, bo nie chciała zostać sama – na samą myśl przeszedł ją mróz. Teraz jakoś zrozumiała, że myliła się co do Tegatusa. Czuła, że jej gniew odpływa. Wyciągnęła rękę i dotknęła jego ubrania.

Tegatus zatrzymał się nagle, ujrzawszy małego chłopca, obdartego i bosego. Dziecko mogło mieć najwyżej jedenaście lat, pod oczami głębokie czarne sińce, twarz bladą i zapadniętą a. Chłopiec przyciskał do twarzy długie szare palce i próbował zetrzeć z oczu słoną rosę. Spojrzał na kałużę gęstej czerwonej krwi na drewnianej podłodze i powoli pokręcił głową, nieświadom ich obecności.

– Panie Thaddeus – szepnął, kiedy przeciągły grzmot wypełnił nocne niebo.

– Czy Thaddeus zostawił cię samego? – zapytał anioł tak cicho, że ledwie dało się go słyszeć…

Chłopiec odwrócił się i spojrzał w jego stronę, mrużąc ciemnobłękitne oczy, jakby nie widział wyraźnie istoty, która do niego przemówiła.

– Kto tam? – zapytał. – Czego chcesz? Prawie cię nie widzę.

Popatrzył na migotliwą sylwetkę anioła i wyciągnął rękę, jakby chciał zetrzeć miraż.

– Ja cię widzę, dziecko, i słyszę – odparł Tegatus i podszedł bliżej. – Co się stało z Thaddeusem?

– Do kogo mówisz? – zapytała Agetta, która nie widziała chłopca.

Dzieciak zawahał się i odsunął o krok.

– To nie ja – powiedział do Tegatusa, który patrzył na krew rozbryźniętą na podłodze. – Przyszli po niego, dwa stwory z mojej strony, podobne do gargulców z londyńskiej Tower, i dwaj mężczyźni, którzy znali rymy. – Przerwał i zerknął na Agettę, która wyglądała zza pleców Tegatusa, wciąż trzymając go za skraj surduta. – Widziałem ją przedtem, kiedy przyszła do księgarni. Czy ona mnie widzi?

– Nie, jeszcze nie. Za mocno tkwi we własnym świecie – odpowiedział Tegatus, patrząc na zjawę. – Co się stało z Thaddeusem?

– Zabrali go, wywlekli ze sklepu do powozu. – Znowu spojrzał na krew. – Szedłem za nimi aż do łuku, ale dalej nie mogę iść, tam jest koniec mojego świata. Tam opuściłem ziemskie życie… Pod tym sklepem piłem wodę, która wciągała mnie coraz głębiej. Mieszkam na Gemarze, to miejsce prawie-zakończenia, jest nas dużo.

– Dlaczego nie przeszedłeś do następnego życia? – zapytał Tegatus.

Chłopiec zawahał się i jego obraz zadrżał, jakby miał zniknąć.

– Pan Thaddeus dał mi dom. To dobry człowiek. Teraz jest moją rodziną. – Chłopiec uważniej przyjrzał się Tegatusowi. – Tak dobrze cię widzę... Nie jesteś z jej strony, prawda?

– Nie jestem z żadnej strony, jestem z innego miejsca.

– Nie jesteś człowiekiem i nie jesteś diakka jak te stwory, które zabrały pana Thaddeusa – stwierdził chłopiec.

– Słyszę głos, Tegatus – powiedziała Agetta. – Jak on ma na imię?

– Masz jakieś imię? – zapytał Tegatus. – Ona chce wiedzieć.

– Miałem imię – odparł chłopiec – ale zbyt szybko po przejściu do Gemary wymknęło mi się z głowy i nie wróciło. Ukradziono mi je. Gdybym tylko znał swoje imię, to może...

Na bruku przed księgarnią zahurgotały koła. Przez zamglone okno i maleńkie kropelki deszczu, które upstrzyły szybę, Agetta zobaczyła duży czarny powóz. Z otwartego okna pojazdu, pod osłoną ciemności, zaglądały do księgarni dwa małe czerwone oczka.

– Wrócili – powiedział chłopiec i cień strachu przemknął mu przez twarz. – To diakka zabrali Thaddeusa. Musicie się schować.

Skinął na Tegatusa, żeby poszedł za nim. Anioł chwycił Agettę za rękę i oboje pobiegli przez księgarnię za duchem chłopca. Lawirowali w przejściach pomiędzy ogromnymi szafami, które prawie dotykały sufitu, aż dotarli do dużego kominka przy oknie wychodzącym na rzekę.

– Tam jest kryjówka – powiedział chłopiec. – Słyszałem, jak Thaddeus nazywał ją księżą dziurą. Dziewczyna może się tam schować, a my przejdziemy do Gemary, tam nas nie zobaczą. Naciśnij kamień w podstawie kolumny.

– Nie mogę przejść do twojego świata. Ja też jestem przykuty do miejsca, gdzie nie chcę być.

Drzwi księgarni się otworzyły i ciężki oddech wypełnił przestrzeń między regałami. Długie, ostre pazury skrobały po podłodze. Mgła z ulicy wpłynęła do sklepu i stopniowo zaćmiła blask świec. W drzwiach stanął wysoki długowłosy mężczyzna, ubrany w gruby wiejski płaszcz. W ręku trzymał smycz krępego czarnego stworzenia, pół małpy, pół psa, które

143

węszyło, dyszało w uprzęży i wpatrywało się we wnętrze sklepu krwawoczerwonymi ślepiami.

– Jeśli tu są, diakka ich znajdzie – powiedział mężczyzna, oglądając się na powóz.

Tegatus nacisnął długi, płaski kamień w podstawie kominka i wepchnął Agettę w szparę pomiędzy kamienną kolumną a paleniskiem, na którym syczało w płomieniach świeże polano ostrokrzewu. Ściana za paleniskiem uchyliła się i oboje weszli przez otwór do małego pokoiku, wypełnionego drzewnym dymem. Wąskie stopnie w rogu prowadziły w górę, w ciemność. Chłopiec przeszedł przez ścianę i stanął pomiędzy nimi, a Agetta po raz pierwszy zobaczyła jego sylwetkę, zarysowaną w dymie.

Słyszeli, jak na zewnątrz diakka skrobie po drewnianej podłodze i podchodzi coraz bliżej.

Aurora sanguinea

(Krwawy świt)

*G*ęste czarne błoto uliczne z Holborn oblepiło buty Bonhama, więc oskrobywał je o żelazną płytkę przed domem numer 6 przy Bloomsbury Square. Blake przemknął obok niego i wpadł do domu, ściskając pozłacaną rękojeść swojego miecza i przeklinając pod nosem. Nie czekał na Bonhama, tylko z łomotem wbiegł po schodach, pozostawiając czarne ślady na kosztownym tureckim dywanie, pokrywającym drewnianą podłogę długiego holu. Pienił się ze złości, że nie znalazł Agetty ani księgi.

Zwrócił swój gniew na Bonhama, który wciąż oczyszczał brudne podeszwy jeździeckich butów. Blake znał go od wielu lat, lecz ich przyjaźń mąciły liczne nieporozumienia, na które dotąd przymykał oko. Niczym święty przenosił Bonhama przez głębię i pozwalał mu kraść własne pomysły. Teraz, patrząc na niego, widział człowieka, któremu nigdy w życiu nie zaświtała żadna oryginalna myśl, człowieka, dla którego żywił tylko pogardę.

Blake wyjął miecz zza pasa i dźgał w każdy stopień schodów, wspinając się do obserwatorium. Długi korytarz nosił ślady przemocy z poprzedniego wieczoru. Odłamki drewna sterczały z tynkowanych ścian niczym kolce jeża. W obserwatorium Blake popatrzył na pustą półkę, gdzie przedtem trzymał bezcenną *Nemorenzis*. Stracił już wszelką nadzieję. Teraz w dążeniu do zrozumienia opierał się jedynie na własnej wyobraźni. Nie mógł już liczyć, że *Nemorenzis* pokieruje nim i wskaże drogę.

Sekaris leżał na stole, czerwona chustka wciąż przykrywała jego zieloną liściastą twarz. Blake przeszedł przez pokój i szturchnął stwora czubkiem miecza. Twarda, mocna skóra nie ustąpiła pod ostrzem. Teraz muszą mu uwierzyć te wszystkie wymuskane pudełki pozujące na naukowców. Towarzystwo Królewskie nie może się dłużej z niego śmiać, rozmyślał Blake i zastanowił się, czy nie pokroić stwora w plastry jak peklowanej szynki i nie podać im z kapustą na zimno. Nachylił się i ujął duży liść tworzący ucho. Wyrwał go mocnym szarpnięciem, podniósł do światła i potarł woskowatą powierzchnię między palcami. W dotyku przypominała czekoladę, a pachniała jak ordynarny tytoń.

– Moje podeszwy są do niczego – oznajmił Bonham, wchodząc bez uprzedzenia do pokoju. – Zapłaciłem za te buty fortunę i po godzinie błoto przesiąkło przez nie jak przez papier.

– To znak czasów – mruknął Blake.

Bonham stanął nieprzyjemnie blisko Blake'a i zaglądał mu przez ramię.

– Skąd on się wziął? – zagadnął niedbale, szturchając palcem stwora.

Blake nie odpowiedział, licząc, że rozmowa sama wygaśnie.

– Pewnie to jakieś nowe dziwo z Afryki – ciągnął Bonham. – Widziałem kiedyś zwierzę z taką długą szyją, że mogło objadać wierzchołki drzew. Miało na głowie rogi jak diabeł i sięgało sobie językiem aż na czoło.

– Interesujące – szepnął Blake.

Bonham powędrował przez pokój do teleskopu i spojrzał w niebo przez mosiężny okular.

– Ile jeszcze dni, zanim nieszczęście spadnie na Londyn? – zapytał.

– Piętnaście, szesnaście. Zostało mnóstwo czasu, żeby wyjechać w bezpieczne miejsce.

– Twoja kometa jest bliżej, niż myślałem – stwierdził Bonham, odwracając się od teleskopu.

– Więc zostałeś astronomem, Izaaku? – zadrwił Blake. – Daj mi zobaczyć.

Tupiąc przeszedł przez pokój i odepchnął Bonhama z drogi.

Spojrzał przez okular na kometę. Tkwiła pośrodku soczewki, duża jak pięść i tak jasna, że widoczna gołym okiem. Smoczy ogon zniknął i Blake po raz pierwszy zauważył, że kometa zmieniła kurs i znajduje się kilka dni bliżej Ziemi, niż zapowiadała księga.

– Izaaku, mamy kłopot – powiedział, wpatrując się w kosmos. – Niebiański smok nadlatuje z innej części nieba i o świcie pojawi się w blasku dnia. *Nemorenzis* się pomyliła... albo ja się pomyliłem. – Wyraz paniki przemknął mu przez twarz. – Mamy najwyżej dwa dni, zanim nadejdzie dla nas sądny dzień.

Odstąpił od teleskopu i przetarł oczy, żeby pozbyć się obrazu smoka. Drżał, kiedy podchodził do okna i wyglądał na plac.

Na zewnątrz Londyn budził się ze snu. W blaskach wstającego dnia ludzie wypełniali ulice powszednim zgiełkiem. Już o tak wczesnej porze dorożki turkotały po bruku. Bosonogie dzieciaki zebrały się na rogu, zaczepiając przechodniów i żebrząc, a mleczarki zataczały się pod ciężarem wielkich konwi dźwiganych na koromysłach, które wrzynały im się w ramiona. Nikt nie zwracał uwagi na nieuchronnie zbliżającą się kometę, która wisiała na niebie nad ich głowami.

– Nic nie wiedzą – szepnął Blake ze skruchą, patrząc na przechodniów w dole. – Nie możemy nic zrobić. Jeśli im powiemy, zginie jeszcze więcej ludzi. – Przerwał i spojrzał na Bonhama. – Flamberg jednak ma rację, lepsza jest dla nich nagła śmierć w ignorancji niż powolna ze świadomością, że niebo spadnie im na głowy.

Bonham nie odpowiedział. Spoglądał w lustro nad kominkiem, przy którym ogrzewał stopy.

Blake zamknął oczy. Doznawał wrażenia, że umysł ma rozdarty na dwie części i obce ręce wyrywają mu mózg. Ścisnął głowę obiema rękami.

– Czuję, że toczy się walka o moją duszę, Izaaku. Z jednym oddechem chcę im pomóc, z następnym nie obchodzi mnie, czy wszyscy zginą. Powinienem powiedzieć Yeatsowi, co się dzieje... on napisze to w swojej gazecie i wtedy mogę odejść z tego świata z czystym sumieniem.

– To pochopna decyzja. Temu człowiekowi nie można ufać, on nie należy do nas. Powinieneś raczej powiedzieć Flambergowi i pozwolić, żeby ogłosił tę nowinę – rzucił szybko Bonham, przeskakując oczami od Blake'a do otwartego okna.

Potem rzucił się do Blake'a z wyciągniętymi ramionami, jakby chciał go wypchnąć przez okno na ulicę.

– Przyniosłam panom małe śniadanie – ogłosiła pani Malakin, wchodząc do pokoju z kawą i gorącym mięsem na tacy. – Nie! – krzyknęła widząc, że Bonham zamierza wypchnąć Blake'a.

147

Bonham złapał Blake'a i odciągnął go od okna.

– Na Hermesa, człowieku, myślałem, że wypadniesz – zawołał, spojrzawszy ostro na panią Malakin. – Chwiałeś się od szaleństwa, które opętało twój umysł, za wiele ostatnio wycierpiałeś.

Ponownie obejrzał się na panią Malakin.

– Proszę mu posłać łóżko, on potrzebuje odpoczynku – polecił, wyprowadzając ją z obserwatorium. – Chodź, Sabianie, musisz się przespać. Masz jeszcze mnóstwo czasu na spotkanie z Yeatsem, jeśli tak postanowiłeś. Idź do siebie i połóż się na chwilę. Zajmę się tobą.

Szybko zaprowadził Blake'a korytarzem do sypialni, gdzie pani Malakin już mu ścieliła łóżko. Blake usiadł na pościeli, a Bonham ściągnął mu zabłocone buty i przykrył szlafrokiem. Potem dorzucił kilka małych polan do ognia.

– Śpij, mój drogi Sabianie, wkrótce światło dnia rozproszy twoje troski.

– Co z kometą? – zapytał Blake znużonym głosem, ogarnięty falą niepokoju tak silnego, jakiego dotąd nie zaznał.

– Kometa do jutra nie ucieknie, a jutro ułożymy plan dla miasta.

– Drogi Izaaku, jakoś przestaję ci ufać – mruknął Blake. Próbował uporządkować zamęt w myślach. – Zdaje mi się, że zaraz oszaleję.

– Czasami szaleństwo wkrada się nawet do najcenniejszego skarbca – odparł Bonham.

Wyprowadził panią Malakin z pokoju i pociągnął korytarzem do schodów dla służby.

– Nie wolno mu przeszkadzać, zrozumiano, pani Malakin? Żadnych pielęgniarek. Doktor musi się wyspać.

Pani Malakin znalazła się na ciemnych, krętych schodach, drzwi zatrzasnęły się za nią i zamknęły na klucz. Bonham pospieszył z powrotem do obserwatorium, zamknął okno i mocno dopchnął czarną metalową zasuwkę. Odwrócił się do lustra, zaczął przygładzać włosy i wycierać z twarzy ciemne plamy błota. W rtęciowej tafli zobaczył sekarisa na stole za swoimi plecami, martwą rękę zwieszoną na podłogę. Uśmiechnął się do swojego odbicia.

Lewą rękę wsunął do kieszeni i namacał małą szklaną buteleczkę z drewnianym korkiem. Sięgnął głębiej i wyciągnął buteleczkę z kieszeni. Grube ciemnoniebieskie szkło zalśniło w blasku ognia. Bonham delikatnie wyciągnął drewniany korek i spojrzał na mętny płyn wypełniający buteleczkę. Wciąż trzymając korek, zanurzył mały palec w płynie, dotknął nim języka i posmakował słonawy roztwór.

Przeszedł przez pokój i ściągnął chustkę z twarzy stwora. Spojrzał niżej i zobaczył ranę po kuli.

Zaczął przeszukiwać pokój z nadzieją, że gdzieś wśród szafek i papierów znajdzie coś, żeby obudzić stwora. Widział kiedyś, jak Blake podłączył elektrometr do martwej żaby. Patrzył wtedy z podziwem, jak wszystkie mięśnie małego ciałka kurczyły się i drgały, kiedy Blake przekręcał rączkę oscylatora i wysyłał z urządzenia jaskrawe iskierki błyskawic po cienkich przewodach z miedzianego drutu połączonego z żabą.

Razem podróżowali do granic nauki, magii i rozumu. Mieli więcej wspólnych tajemnic niż bracia. Zdarzyło się nawet, że kiedyś on i Blake wywołali ducha dawno zmarłego żołnierza, recytując rymy z Księgi Nebukatozis. Pojawił się jak cień i rozmawiał z nimi przez kilka minut. Opowiedział, jak został zamordowany w Dwóch Mostach i nikt jeszcze nie znalazł jego zwłok, pochowanych pod warstwą cegieł w pokoju na górze.

Bonham gorączkowo przeszukiwał wszystkie szafy, aż znalazł elektrometr. Rozwinął miedziany drut ze szpuli i przeciągnął przez pokój do stołu. Omotał drutem oba nadgarstki sekarisa, potem wrócił do maszyny i szybko zakręcił korbką. Rozszedł się zapach spieczonego błota, gryzący jak siarkowe wyziewy piekła. Bonham podniósł wzrok i zobaczył, że zwęglone nadgarstki bestii płoną jak suchy chrust. Elektrowstrząsy zawiodły; po nieudanej próbie pozostał tylko smród.

Bonham posprzątał, precyzyjnie nawinął drut z powrotem na szpulę i starannie odstawił instrument na miejsce, żeby nie zostawić żadnych śladów. A potem wpadł na pomysł, żeby tchnąć własne życie w stwora.

Popatrzył na liściastą twarz sekarisa, zapadnięte oczy i spieczone czerwone usta, z których przez poczerniałe zęby wydostawał się bagienny gaz, świecąc niczym błędne ogniki. Wiedział, co musi zrobić, i nie zostały w nim żadne wątpliwości. Pocałował stwora i wdmuchnął w niego swój oddech jak najgłębiej, niemal dławiąc się smrodem, który buchnął mu prosto w twarz. Ohydna woń przywarła do skóry i oblepiła podbródek jak pomyje. Bonham podbiegł do okna i mocował się z zasuwką, żeby odetchnąć świeżym porannym powietrzem i oczyścić płuca z wyziewów.

Nic się nie stało. Stwór nie dawał znaku życia. Patrzył w kasetonowy sufit, na którym wymalowano wizerunki greckich bogów. Bonham podniósł miecz z kominka, żeby odciąć głowę sekarisowi i złożyć u stóp lady Flamberg.

W pokoju na dole pani Malakin hałasowała przy rozpalaniu ognia i polerowaniu kraty kominka. Bonham włożył miecz do stojaka przy kominku i wyszedł z obserwatorium. Szybko zbiegł po schodach i przemknął przez hol do frontowych drzwi. Zatrzasnął je za sobą tak mocno, że cały dom zadygotał. Wyszedł na Bloomsbury Square. Przed nim zatrzymał się powóz czarny jak smoła, z dużym złotym słońcem na drzwiach.

Bonham sięgnął do kieszeni i wyjął białą fajeczkę.

– Czy twoja lampa dobrze się pali? – zapytał woźnicę, który bez słowa kiwnął głową. – Więc pojedziemy razem. Powiadają, że Most Londyński to dobre miejsce, żeby odkryć swoją przyszłość.

Wysoko na piętrze Blake wciąż leżał w łożu z czterema kolumienkami, ciemnozielonymi kotarami, czerwonym baldachimem i grubym materacem z końskiego włosia. Spał niespokojnie, dręczony wizjami potworów.

W swoich koszmarach był uwięziony w długiej, zimnej piwnicy i wiedział, że gdzieś w ciemnościach czyha obcy. Słyszał jego oddech, ale nie widział twarzy. Znowu był dzieckiem, samotnym i przerażonym, nikt mu nie pomógł, nikt nie odpędził trwogi. Potem rozległo się stuk-stuk-stukanie laski ślepca na mokrej kamiennej podłodze. Blake czuł, jak przytłaczająca obecność obcego wypełnia piwnicę.

Zlany potem, w nagłej panice postanowił uciekać. Ale nie mógł się ruszyć, bo jego stopy wypuściły dębowe korzenie, które przebiły buty i wwierciły się w ceglaną podłogę. Próbował podnieść nogi, ale tylko jeszcze głębiej zapadał się w ziemię.

Postukiwanie laski zbliżało się coraz bardziej i Blake wiedział, że zaraz zostanie odkryty i jego hańba wyjdzie na jaw. Ale wiedział też, że jedno wypowiedziane słowo może odpędzić obcego, który go szukał. Gorączkowo usiłował sobie przypomnieć, co powinien powiedzieć, lecz w tej samej chwili poczuł, że na stopach wyrasta mu gruba kora, pełznie w górę po nogach i zamyka go w dębowej trumnie.

Próbował wyrwać się ze snu i wyrzucić z umysłu nękające go koszmary. Wreszcie ocknął się i rozejrzał po ciemnej sypialni. Sam nie wiedział, czy jeszcze śni, czy przeniósł się do innego świata, który dziwnym sposobem wyglądał jak jego własny. Na tle kotary po drugiej stronie pokoju widział sylwetkę mężczyzny.

– Bonham, czy to ty?

– Nie – odpowiedział mroczny głos. – To strażnik twojej rodziny.

Rumskin Aszmodai

W głębokiej ciemności, gdzie nic nie było widać, Tegatus otrząsnął się jak wielki ptak. Nie słyszeli żadnych dźwięków, tylko niski grzmot Tamizy, przelewającej się przez zwężenie pomiędzy kamiennymi łukami.

Agetta wierciła się na niskiej kamiennej ławie, która biegła przez całą długość ściany w księżej dziurze.

– Więc dlaczego wszystkim tak zależy na tej księdze? – zapytała jak najciszej.

– Pożądają *Nemorenzis*, bo zdradza im sekrety. To największa ludzka wada: zawsze chcecie poznać to, co zakryte. Napisała ją osoba, która miała więcej mocy, niż powinna.

– A co z tym chłopcem, zawsze będzie duchem?

– Pytania... Zadajesz wiele pytań komuś, do kogo żywisz tyle nienawiści. – Tegatus odczekał długą chwilę w milczeniu, żeby te słowa zapadły w jej umysł. – Czuję, co robisz. Aniołowie są jak ryby, wyczuwamy wibracje w powietrzu. Twoja dusza przemawia znacznie głośniej niż usta. Twój gniew powie każdemu duchowi w mieście, gdzie jesteś.

– Zmieniłeś moje życie – warknęła w odpowiedzi. – Gdybyś się nie zjawił, dalej mieszkałabym z ojcem i nie ukradłabym księgi.

– Zapominasz o Yerzinii, Thaddeusie, Blake'u i wszystkich innych, którzy wpłynęli na twoje poczynania. Nie jesteś taka niewinna, wiedziałaś, co robisz.

– Więc jakim sposobem anioł z oskubanymi skrzydłami trafił do ludzkiej menażerii?

– Ponieważ wypadłem z łaski. Temu nie mogę zaprzeczyć. Byłem głupcem, bo pozwoliłem, żeby uczucie oderwało mnie od doskonałości. Miłość to potęga, a kochać niekochającego to najgorsza rzecz na świecie.

– Czy możemy zapytać księgi, co się z nami stanie?

– Pewnie cię okłamie, ponieważ została napisana przez największego kłamcę wszech czasów. Ojciec wszelkich kłamstw zabazgrał każdą stronę i od tamtej pory prowadzi świat do tańca. – Tegatus przycisnął dłonie do kamiennej ściany. – Widzisz, dziecko, twój gatunek ma obsesję na punkcie sekretnej wiedzy, ponieważ wierzycie, że ona posiada moc kształtowania waszego życia. Daj człowiekowi tajemnicę zapisaną w starożytnym języku i oprawioną w starą księgę. Potem powiedz mu, że księga pochodzi nie z tego świata i odpowiednio użyta przyniesie mu bogactwo i moc, i oto masz *Nemorenzis*. Ta księga uwielbia być kochana, ta księga uważa się za boga. Dlatego tak wielu oddało życie, żeby ją znaleźć i posiąść. Za każdą przewróconą stronicę ona żąda ofiary, za każde przeczytane słowo wymaga zapłaty, a ceną jest śmierć. Dotknij jej, a spalisz sobie rękę, przeczytaj ją, a wypalisz sobie mózg. Kto raz ją przeczyta, na zawsze pozostanie w jej mocy.

– Więc co z Blake'em? – zapytała Agetta.

– Skończony. Zatruty przez oczy, człowiek z duszą w ogniu.

– Thaddeus mówił, że księga kiedyś należała do niego.

– Stała się jego pasją, wzywała go w każdej chwili niczym głos zagubionego dziecka. Oddałby wszystko, co posiadał, i wszystkich, których znał, żeby zdobyć tę jedną księgę. – Tegatus zamilkł nasłuchując. – Wszystko by dla niej poświęcił – dodał po chwili, a potem nagłym ruchem zasłonił Agetcie usta. Z księgarni dobiegł czysty, wyraźny odgłos pazurów diakki skrobiących podłogę obok kominka.

– Zdechły szczur – odezwał się donośny głos. – Chodź, mój śliczny, tam nie ma śniadania. – Słowa wypełniły księżą dziurę i odbiły się echem w kominie. – Nic dla ciebie nie ma – dodał głośno mężczyzna i odciągnął bestię od kominka.

Huk zatrzaskiwanych drzwi rozbrzmiał echem w sklepie, a potem zapadła cisza. Tegatus pociągnął za tylną ścianę komina. Odsunęła się w jednym kawałku i ciepły blask płonącego ostrokrzewu zalał pokoik.

Duch chłopca nagle zjawił się aniołowi i uśmiechnął się do niego.

– Odeszli – powiedział. – Jesteśmy sami.

Agetta usłyszała lekkie drżenie jego głosu i na mgnienie w wirującym dymie dostrzegła jego twarz.

– Czy to bezpiecznie wyjść? – zapytała.

Pomarańczowy odblask płomieni zabarwił jej twarz. Tegatus uważnie nadsłuchiwał odgłosów z zewnątrz.

– Nie jestem pewien, coś jest nie w porządku... ale nie poznaję, co to jest.

– Odeszli, wszyscy odeszli, nie ma ich – powtórzył chłopiec, jakby nalegał, żeby Tegatus poszedł za nim.

Agetta usłyszała go wyraźnie i z każdym słowem stawał się jaśniejszy, jakby gniew czynił go widocznym.

– Musimy z nim pójść – powiedziała, ciągnąc anioła za rękaw. – Chcę stąd wyjść, żeby znaleźć Thadeusa, musimy go znaleźć.

Agetta przepchnęła się obok Tegatusa i przecisnęła się przez wąską szczelinę do dużego kominka. Rozpalone kamienie piekły ją w plecy, a żar szybko wysuszył jej twarz na pergamin. Wytoczyła się do pokoju razem z chłopcem, który przeszedł przez płomienie jakby nigdy nic.

– Nie chcę wychodzić – oświadczył Tegatus. – Ty idź, jeśli chcesz, ale ja tutaj zostanę.

– Musisz zaraz wyjść – nalegał chłopiec.

– Pozwól mu zostać, skoro tak woli – powiedział mężczyzna, kiedy diakka wepchnął się przez drzwi piwnicy. – Zawsze mogę posłać mojego małego przyjaciela, żeby go wyciągnął. Anielskie mięso jest dużo bardziej soczyste niż kości małego dziecka.

– Tegatus! – wrzasnęła Agetta.

Diakka czołgał się ku niej, zgrzytając długimi pazurami po podłodze. Mężczyzna puścił stwora, który podbiegł do Agetty, małpimi rękami chwycił ją za kołnierz i przyciągnął do swojej twarzy. Tchnął na nią ciepłym, cuchnącym oddechem, przyglądając jej się jednym mętnym zielonym okiem. Obwąchał ją płaskim nosem, potem wysunął długi sinawy jęzor i starannie zlizał jej z czoła krople potu. Twarz mu się zmarszczyła w krzywym uśmiechu. Obejrzał się na pana, który mocno trzymał jego długą skórzaną smycz.

– Jeszcze nie – powiedział mężczyzna ze znużeniem.

Strzepnął kurz z surduta i jedną ręką poprawił maskę zasłaniającą twarz. Stwór westchnął i ponownie obwąchał Agettę, zanurzając twarz w jej włosach. Mężczyzna pociągnął za smycz.

– Dosyć, Rumskin. Ona nie jest dla ciebie. Mam rozkaz, żeby ją zabrać do Mistrza Świątyni, może potem dostaniesz jej kości. – Spojrzał na kominek. – Chłopiec mi mówi, że tam jeszcze ktoś jest w księżej dziurze, anioł, jeśli dobrze pamiętam.

– Duch ci powiedział? – zapytała Agetta.

– Musiał, nie mógł się oprzeć pokusie poznania swojego imienia. Jak tylko weszliśmy do księgarni, czekał, żeby nam powiedzieć. Mamy Thaddeusa i mamy też jego gromadkę duchów. Mój piesek tropiciel dobrze łapie duchy – zaśmiał się.

– Ale dlaczego nas wydał? Tylko po to, żeby poznać swoje imię?

– Drogie dziecko, dla niego to najcenniejsza rzecz. Z imieniem związane są wszystkie wspomnienia jego prawdziwego życia. Teraz stoi pomiędzy życiem a śmiercią i nie ma dokąd pójść. Odebrano mu imię, kiedy po raz pierwszy został przywabiony. Posiadając imię, może się wyzwolić z tego półżycia i znaleźć to, co go czeka w następnym.

– Trzymasz go w śmierci bez imienia? – zapytała.

– Nie ja, ale ten, kto go schwytał w chwili śmierci. Wystarczy człowieka zaczarować, kiedy dusza opuszcza ciało, albo zdobyć kawałek kości czy pukiel włosów, i dzięki właściwym słowom można go tak trzymać przez wieczność.

Agetta odwróciła wzrok od diakki, który wciąż przyciskał do niej zimną, lepką twarz. Rozejrzała się po pokoju za duchem chłopca, który ich zdradził.

– Rumskin cię lubi – zadrwił mężczyzna i szarpnął za smycz. – Potrzebujemy tylko księdza i możemy was pożenić.

– Mój ojciec mówi, że trzeba dobrze zapłacić, żeby ktoś się ze mną ożenił. – Agetta próbowała odsunąć się od bestii.

– Och, on dostaje dobrą zapłatę, zjada wszystko i wszystkich, ile tylko może. Ma wielkie apetyty, niektórych żaden pokarm nie zaspokoi. – Mężczyzna znowu spojrzał na kominek. – Aniele! – krzyknął. – Wyłaź ze swojego grobu, bo zostaniesz tam na wieczny spoczynek.

– Czy można zabić anioła? – zapytała Agetta.

– Można go przemienić, nawrócić od chwały do… – Przerwał i spojrzał na diakkę. – No, popatrz choćby na Rumskina. Nie zawsze był taki piękny.

Rumskin zadygotał i otrząsnął mokrą sierść. Trzymał Agettę w mocnym uścisku.

– Cały kłopot z aniołami, że szybko zaczynają kochać samych siebie. Zabierz je z niebios, daleko od wścibskich oczu ich władcy, a zaraz się okazuje, że podobnie jak reszta z nas nie potrafią się oprzeć żądzy. – Popatrzył na diakkę. – Rumskin był kiedyś taką istotą, równie wspaniałą, ale uległ namiętności i przemienił się w mojego pięknego diakkę.

Rumskin poderwał się na tylne łapy, rzucił Agettę na podłogę i wydał przeraźliwy wrzask, który zatrząsł budynkiem. Skręcał się i szarpał na smyczy, szczerzył białe kły i pluł kroplami czerwonej krwi przez cały pokój. Mężczyzna wyciągnął z buta cisową różdżkę i smagnął bestię po grzbiecie. Przy każdym uderzeniu sypały się błękitne iskry, a diakka skowyczał i wił się z bólu. Potem przypadł do podłogi z wibrującym warczeniem, przypominającym mruczenie wielkiego kota.

– Dosyć! – krzyknął mężczyzna. – Mamy robotę. Musimy wyciągnąć ślimaka ze skorupy.

Odwrócił się do paleniska.

– Wyjdź, mój cherubinku – zaszydził.

Tegatus wyszedł z księżej dziury. Twarz miał posępną i zapadniętą, oczy pełne smutku. Agetta spostrzegła, jak niewygodnie czuł się w ubraniu jej ojca. Żałobny surdut oblepiał go jak warstwa błota.

– Anioł… jaki piękny! – zawołał mężczyzna, a diakka nerwowo podskoczył jak gorliwy pies. – Zrobisz dla mnie jedno? – poprosił. – Pokaż mi skrzydła.

Tegatus spojrzał na Agettę. Widziała rozpacz w jego twarzy, kiedy podniósł zmrużone oczy do sufitu.

– On nie ma skrzydeł – wyjaśniła. – Podcięli je, żeby nie mógł latać. Mój ojciec potrzebował go do menażerii, więc wyrwał mu wszystkie pióra.

– Twój ojciec zostanie bogatym człowiekiem. Anielskie pióra są prawie tak rzadkie jak anielskie zęby. Tak chciałbym zobaczyć Rumskina w naszyjniku ze świeżo wyrwanych anielskich zębów. – Diakka warknął na Tegatusa, naciągając smycz. – On chyba chce, żebyś poszedł z nami. Na ulicy stoi powóz i ludzie czekają, żeby cię poznać.

Nagle z dębowej ściany regału wyszedł chłopiec, po raz pierwszy wyraźnie widoczny w blasku ognia i wstającego poranka, który zaglądał przez grube okienne szyby.

– Co ze mną? – zapytał. – Obiecałeś mi moje imię.

– Kłamałem – odparł zimno mężczyzna i uśmiechnął się złośliwie do chłopca. – Zostaniesz tutaj jeszcze przez kilka stuleci i możesz straszyć wszystkich, którzy tu przyjdą. Baw się wesoło, dzieciaku, ale nie wchodź nam w drogę.

Diakka zamachnął się ramieniem na chłopca i uderzył w duchową substancję jak w prawdziwe, materialne ciało. Chłopiec prześliznął się po podłodze, przeleciał na wylot przez kilka regałów i znikł. Rumskin popatrzył z uciechą na swojego pana i chrząknął.

– Teraz wychodzimy – powiedział mężczyzna. – Myślę, że nie sprawicie mi żadnych kłopotów, ale jeśli spróbujecie, pozwolę Rumskinowi obgryźć wasze kości i wypluć tłuszcz, zrozumiano?

Kiwnął głową w kierunku drzwi. Tegatus wyciągnął rękę do Agetty. Popatrzyła na niego, a potem spuściła wzrok, odwróciła się i ruszyła za mężczyzną. Diakka kłapnął na anioła, a potem podreptał za nim pomiędzy regałami do drzwi księgarni.

Przez uchylone drzwi Agetta widziała czarny powóz, który na nich czekał, i słyszała postukiwanie końskich kopyt na bruku. Przez jej głowę przemknęła myśl o ucieczce. Rumskin, węsząc, pociągnął ją za płaszcz. Tegatus szedł za nią powoli niczym samotny żałobnik na pogrzebie, znużony i przybity. Na przedzie procesji kroczył śmiało mężczyzna, z długą smyczą przerzuconą niedbale przez ramię.

– Czy mój porywacz powie mi, jak się nazywa, czy też ignorancja należy do jego cnót? – zagadnął Tegatus.

Mężczyzna przystanął, odwrócił się, wyciągnął cisową różdżkę z buta i lekko poklepał nią anioła po twarzy.

– Moje imię nie ma dla ciebie znaczenia, ale możesz mnie nazywać... Komos. To nie moje prawdziwe imię, ale wystarczająco dobre dla anioła.

– Człowiek z tak odświętnym imieniem i maską kruka ukrywającą kłamstwa. Dziwne zajęcie, porywanie dzieci i tresowanie diakki. Widocznie podróżujesz po wielu światach. – Tegatus podniósł wzrok na rząd książek, które chwiały się wysoko nad jego głową.

– Poskramianie takich stworzeń staje się naszą drugą naturą. Londyn pełen jest podobnych bestii, a kiedy pozbędziemy się waszej dwójki i załatwimy tutaj sprawy, Rumskin i ja pojedziemy na wieś łapać owce. I zjadać je.

Przy ostatnich słowach drzwi księgarni się zatrzasnęły. Z górnej półki runął na mężczyznę stos grubych tomów, które wytrąciły mu smycz z ręki i stoczyły się kaskadą po plecach. Osłonił głowę rękami, bo książki leciały na niego ze wszystkich stron. Rumskin wściekle rzucał się na regały, jakby próbował złapać niewidzialnego psotnika. Każda półka po kolei wyrzucała swoją zawartość na Komosa, który musiał się cofnąć od drzwi. Agetta i Tegatus skulili się przy drzwiach. Patrzyli, jak ciężki grad zadrukowanego papieru wali się z regałów. Spod sklepionego sufitu nadleciała duża czarna książka, uderzyła Komosa w pierś i zwaliła z nóg. Rozbrzmiał dziecięcy chichot. Komos rozejrzał się z twarzą zesztywniałą pod maską.

– Rumskin! – krzyknął głośno. – Przyprowadź go do mnie!

Po raz pierwszy spuścił stwora ze smyczy. Rumskin rozejrzał się po najwyższych półkach i suficie, wypatrując chłopca. Uszy mu drgały, łowiąc niedosłyszalne odgłosy, oczy śledziły niewidoczny kształt, który przeszedł po górnej półce na samym końcu sklepu, tuż pod łukowym sklepieniem. Diakka wbił wzrok w jeden punkt i oblizał wargi, prężąc wszystkie mięśnie. Nagle skoczył i wdrapał się na regał.

W kilku susach przeciął pomieszczenie i przycupnął wysoko na wierzchołku regału. Rozejrzał się, śledząc niewidzialną ofiarę. Potem zeskoczył na podłogę, wpadł na regał i strącił wszystkie książki. Zaczął ścigać ducha chłopca, który umykał, lawirując wśród korytarzy. Komos zerwał się i krzykiem popędził bestię. Z każdego przejścia słyszeli sapanie i podniecony warkot diakki.

Chłopiec-duch przebiegł przez regał, pojawił się przed Agettą, a potem zniknął w ścianie. Ku jej przerażeniu diakka zrobił to samo, depcząc dziecku po piętach: również przeszedł na wylot przez półki i przez kamienną ścianę.

Z piwnicy dobiegły odgłosy szamotaniny, na dole wybuchły dziecięce krzyki. Chłopiec wyskoczył przez deski podłogi jak wystrzelony z armaty. Przez chwilę wisiał w powietrzu, nim spadł na podłogę. Przez drzwi do księgarni wtargnął diakka, z białymi obnażonymi kłami. Skoczył w stronę chłopca, on jednak przetoczył się i wtopił w drewniany regał, zniknął, a potem pojawił się po drugiej stronie.

Komos chlasnął chłopca cisową różdżką i trafił w twarz. Oślepiająca błyskawica przecięła pokój. Chłopiec zastygł, zamrożony w czasie.

– Zostaw go! – krzyknęła Agetta. – Nie dość się nacierpiał? Co jeszcze chcesz mu zrobić?

– Zostanie wchłonięty jak jego przyjaciele – odparł Komos i wziął Rumskina z powrotem na smycz. – Tylko do tego się nadają.

Popatrzył na nią.

– Może tego nie zrozumiesz, ale jego życie się nie wypełni. Nie będzie raju dla tego łobuza, żadnego życia wiecznego. Skończył się jego czas, jego dusza zasługuje tylko na unicestwienie.

Odwrócił się do Tegatusa.

– Zabierz dziewczynę do powozu. Zaraz do was dołączę. Rumskin dopilnuje, żebyście nie uciekli. Przecież nie chcemy nastraszyć mieszkańców Mostu Londyńskiego. Kto uwierzy, jeśli zobaczy anioła ściganego przez demona?

19

Powozy i komety

Abram Rickards zbudził Blake'a ze snu pełnego ciemności i śmierci, jednym machnięciem ręki przegnał koszmary z jego umysłu i rozsunął grube kotary, żeby wpuścić światło.

– Długo mnie chronisz? – zapytał Blake.

– Pamiętasz, kiedy wpadłeś do rzeki jako chłopiec? Nie mogłeś krzyczeć, woda cię wciągnęła. Potem, kiedy słońce przebiło powierzchnię, zobaczyłeś samego siebie, jak opadasz w dół i w dół. Czy zdawałeś sobie sprawę, że umarłeś, że przechodziłeś do tamtego świata?

Blake usiadł na łóżku.

– Skąd wiesz? Byłem sam i nikomu nie mówiłem. Zaczekałem, aż wyschnę, zanim wróciłem do domu. Mieszasz mi w głowie.

– Nic nie mieszam – krzyknął Abram i walnął pięścią w ścianę, aż tynk posypał się z sufitu. – To ja wyciągnąłem cię z głębiny. Czy człowiek potrafi sam się wydostać z grobu? – Abram wyciągnął do niego ręce. – Widzisz je? One ocaliły cię przed utonięciem i wydźwignęły z mrocznej głębi. To moje ręce przywróciły życie twojemu martwemu ciału, mój oddech napełnił twoje zamarłe płuca. Patrzyłem, jak rośniesz. Płakałem nad tobą, przemawiałem za tobą na najwyższych szczeblach, broniłem twojej sprawy w razie kłopotów. Pamiętasz, jak próbowałeś przemienić ołów w złoto i wysadziłeś w powietrze dach domu? Kto cię osłonił przed ogniem? Jaki duch przepłoszył stwory, które wywołałeś swoją ułomną magią, a potem nie mogłeś się ich pozbyć?

– Wszystko mieszasz – odkrzyknął Blake. – To, co wiesz o mnie, wykradłeś z mojego umysłu, zrabowałeś mi we śnie. – Wyskoczył z łóżka. –

160

Teraz przychodzisz do mnie i dręczysz mnie niczym upiorzyca, która wyciska życie z kości. Jesteś czarownikiem, demonem...

– Jestem aniołem. Twoim aniołem – oświadczył cicho Abram.

Blake popatrzył na swoje odbicie w lustrze w złoconych ramach, wiszącym nad kominkiem. Jego twarz zaczęła się zmieniać, jakby wypływała spod niej inna. Usta powoli rozciągnęły się w uśmiechu, coraz szerszym, a potem śmiech wybuchnął z głębi brzucha.

– A... a... anioł! Ten człowiek mówi, że jest aniołem! Szarlatanem, włóczęgą, hugenockim zbirem, który przyszedł mnie okraść. Tym tak, ale aniołem? Nie.

– Więc skąd wiem, że wciąż jeszcze opłakujesz śmierć matki? – Abram jedną ręką chwycił Blake'a, podniósł z podłogi i trzymał nad swoją głową. – Myślisz, że kiedy uzdrowiłem tamtego dandysa po pojedynku, to była sztuczka?

– Tak – szepnął potulnie Blake, dyndając bezwładnie w powietrzu jak marionetka na sznurku.

– Wiedziałem – wykrzyknął Abram i opuścił Blake'a na podłogę. – Nawet jeśli ktoś powstanie z martwych, ty nie uwierzysz. Czy już nie wierzysz własnym oczom? Czy nie umiesz dostrzec prawdy, czy może bóg tego wieku zaślepił cię niewiarą? – Abram odwrócił się i podszedł do okna. – Twoje życie zostało zaplanowane, żeby zapewnić ci powodzenie, dać nadzieję i przyszłość. To nie moje słowa, tylko tego, kto mnie przysłał, ale musisz wysłuchać. Minęły dni buntu, kiedy kroczyłeś własną drogą.

Abram odwrócił się do Blake'a.

– Więc mam cię zostawić twemu losowi? Komecie, która zatruje wasze morze i zniszczy miasto?

– Co wiesz o komecie? – zapytał Blake, podchodząc do okna.

– Wiem, że przeczytałeś Księgę *Nemorenzis* i zwiodły cię jej kłamstwa, i wiem, że nawet ty nie chcesz patrzeć na zniszczenie, które musi nadejść. – Abram spojrzał Blake'owi prosto w oczy. – I wciąż nie mogę ci pomóc?

Blake wpatrywał się w niego, badał rysy jego twarzy.

– Nie wiem, co myśleć – wyznał, wracając do łóżka. – Stawka jest tak wysoka, tyle jest do stracenia.

Abram puścił te słowa mimo uszu. Podszedł do drzwi sypialni, otworzył je i wyjrzał na długi korytarz. Potem zamknął drzwi i przekręcił klucz w zamku.

– Nigdy za wiele ostrożności. Śledzi cię stwór wysłany, żeby odnaleźć *Nemorenzis*.

– Spotkałem już tę bestię, kiedy chciała mnie zabić ubiegłej nocy.

– Dunamez próbował cię zabić? – spytał Abram.

– Gdzie wtedy byłeś, o strażniku mojej krwi? Na szczęście Bonham zastrzelił potwora, który leży teraz martwy w obserwatorium.

– Dunameza nie można zastrzelić, to są duchy pozbawione substancji.

– Ten miał substancję, i to całkiem sporo. Zieloną błotnistą substancję, która cuchnie jak pełna wygódka. Wiedział, kim jestem, i zamierzał mnie zabić. Nazywa się sekaris.

Abram wydawał się zaskoczony tą nazwą.

– Pokaż mi rękę – zażądał, przytrzymał dłoń Blake'a i obejrzał paznokcie. – Obcinałeś je? – zapytał.

Blake nie odpowiedział. To przypominało początek koszmaru. Pokręcił głową i spuścił wzrok jak obsztorcowane dziecko, stojące przed rozgniewanym ojcem.

– Kiedy to się stało? – zapytał anioł, wypuścił rękę i zaczął rozgarniać włosy Blake'a. – Czy masz jakiś znak? W kształcie księżyca. Jakieś oparzenie?

Blake wyciągnął rękę.

– Tego szukasz?

Abram spojrzał na ranę i uśmiechnął się do siebie.

– Bolało? – zapytał. Blake przytaknął. – To dobrze! Następnym razem namyślisz się dwa razy, zanim podasz rękę kobiecie.

– Nie miałem wyboru, lady Flamberg jest bardzo przekonująca.

– Więc tak się nazwała. Znam ją pod innym imieniem, chociaż ma ich wiele. Igrat... Kettevmiria... Lilith... Yerzinia... Przybiega na każde, jak pies.

– Mówisz tak, jakbyś dobrze ją znał – zauważył Blake.

– Ona kolekcjonuje anioły i wszelkie inne ozdóbki, które jej wpadną w oko. Znam ją przez wieczność, od wielu stuleci, z Paryża i Rzymu, Konstantynopola i Babilonu. Rzecz w tym, że Igrat nigdy się nie zmienia, zawsze ma te same głębokie, piękne oczy, które usidlają duszę... Ma też piękne dłonie, które wydzierają serce.

Zapadła długa cisza. Abram rozejrzał się po pokoju, poruszając nozdrzami i obejrzał z bliska listwę przy podłodze.

– Ona nie jest człowiekiem, bynajmniej – oświadczył. – Lady Flamberg opijała się szlachetną krwią od początku czasów, a ty będziesz następny, jeśli dasz jej się oczarować.

– Skąd mam wiedzieć, czy mówisz prawdę? – zapytał Blake, chodząc za Abramem po pokoju.

– Popatrz tylko na swoją rękę. To oparzenie świadczy o jej zdradzie. To znak dla całego piekła, że należysz do niej. Przyjrzyj mu się, człowieku, bliżej.

Blake spojrzał na cienką czarną linię, otaczającą oparzenie we wnętrzu dłoni. Wśród głębokiej czerni widział płatki bieli i czerwieni tworzące linearne zawijasy, które przypominały pismo.

– Nie mylisz się w swoich przypuszczeniach. To jest tekst. W języku rzadko używanym przez ludzi lub anioły. – Abram odpowiedział na następne pytanie, zanim Blake je zadał. – Przekonasz się, że to słowa z *Nemorenzis*. Przywiązują cię do niej, dają jej dostęp do twojego serca.

Blake wpatrywał się w ranę i próbował odczytać miniaturową inskrypcję, otaczającą czerwony księżyc na jego dłoni.

– Ona chce twojej śmierci. Stwór cuchnący ziemią to sekaris. Ona go przysłała, żeby cię zabił. Twoje paznokcie przyprowadziły go do ciebie.

Błoto, kość i krew.
Oddech potępieńca życie w kamień tchnie.
Imię wyśpiewane pod kopułą nieba,
Sekaris, sekaris, zrób, co zrobić trzeba...

– Słyszę tylko rymy i magię – odparł Blake. – Sekaris został wysłany, żeby mnie zabić, ale nie uwierzę, że wysłała go lady Flamberg. Może jesteś moim strażnikiem, wiesz wszystko o mojej przyszłości i o komecie, ale czuję się oszukany, wiedząc, że niańczyłeś mnie przez całe życie. Jakbyś nosił mnie na ręku, żebym nigdy nawet nie uderzył się o kamień. Kiedy wpadłem do rzeki, myślałem, że sam się uratowałem, a teraz wiem, że to zasługa anioła. Nie bardziej wbijasz mnie w dumę niż zmętniałe lustro.

– Doskonale, dopóki nie poprosisz, zostawię cię samego. – Anioł przekręcił klucz w zamku i otworzył drzwi. – Ale najpierw chciałbym zobaczyć tego sekarisa, za pozwoleniem. Minęło wiele czasu, odkąd ostatniego widziałem... chyba w Pradze w 1662. Tam też była lady Flamberg. Czy nie nazwała się baronessą Manrique de Moya?

Blake poszedł z Abramem do obserwatorium. Stół był pusty; ani śladu stwora.

– Był tutaj! – zawołał Blake.

Przesunął palcem po zabłoconym blacie. Cienka zielona warstewka alg przywarła do drewna.

– On nie żył, naprawdę nie żył – powtarzał Blake, nie wierząc własnym oczom. Szukał jakiejś wskazówki, jakiejś przyczyny nieobecności stwora. – Widziałem, jak Bonham go zastrzelił. Sekaris upadł na podłogę i skóra mu poszarzała jak wyschnięta glina. Wiem, że nie żył.

– Teraz znowu żyje albo Bonham go zabrał dla siebie – stwierdził Abram. Podszedł do dużego okna i wyjrzał na miasto. – Sekaris odszedł, ale kometa przybyła...

Wysoko na wschodnim niebie wisiała kometa, widoczna gołym okiem. Jaśniała jak mały księżyc, brylant w oprawie z kilku mniejszych świateł, migoczących w promieniach słońca. Blake pospieszył do okna.

– Wpędzi wszystkich w szaleństwo. Przestraszą się o swoje życie i pomyślą, że to znak z niebios. Muszę przekazać prawdę do „Chronicle" – powiedział, gorączkowo pocierając twarz. – Yeats powie światu i ludzie będą mogli uciec.

– Kometa nadleci już za dwa dni. Uderzy w noc pełni księżyca. Nie bój się, Blake. Nie bój się.

– Czy nie to zawsze mówisz: „Nie bój się"? Może to wystarczy dla pastuchów i małych dziewczynek, ale ja jestem naukowcem. Mój strach jest oparty na faktach, wyliczony przez rozum i bardzo mało tam miejsca na wiarę w anioły. – Blake wyjrzał przez okno. – Dzisiaj spotkam się z Yeatsem, a rano on ostrzeże ludzi.

– W grę wchodzi nie tylko kometa. Yerzinia ma plan, a ty jesteś kluczem do tego planu. Ma przyjaciół, którzy knują i intrygują... – Abram przerwał i spojrzał na Blake'a. – Znajdź Księgę *Nemorenzis* i przynieś mi, możesz to zrobić sam. Dam ci jedną radę: zrób to sam, nie ufaj nikomu.

– Gdzie ją znajdę? I gdzie znajdę ciebie? Na główce szpilki? Schowanego w spiżarni?

– Wymów moje prawdziwe imię.

Nagle rozległ się szum powietrza i drzwi obserwatorium zatrzasnęły się z hukiem. Kawałki roztrzaskanych paneli wypadły na podłogę i została tylko pusta rama na mosiężnych zawiasach.

– Masz gościa, doktorze Blake, który wreszcie się pokazał.

Abram pobiegł w kąt pokoju i przycisnął się do ściany. Blake stał w snopie światła wpadającego przez okno, otoczony rojem wirujących pyłków, które unosiły się w słońcu jak chmara pszczół.

– Nic nie widzę, co tam jest? – zapytał, rozglądając się po pokoju.

Usłyszał szybki tupot i szmer, jakby coś przebiegło pod ścianą. Abram puścił się w pogoń, przewracając wszystko na swojej drodze. Wymachiwał rękami nad podłogą, jakby chwytał jakieś małe, niewidzialne stworzenie. W wirującym kurzu Blake dostrzegł niewielkie zwierzątko, które przemykało wśród mebli jak pies. Abram gonił je ze śmiechem, nie zważając na żadne przeszkody.

– One potrafią się ścigać – wołał, biegając po pokoju i przewracając meble. Blake przytrzymał mosiężny teleskop, żeby się nie rozbił. – Dołącz do mnie, Blake, świetna zabawa!

Wskoczył na krzesło pod oknem i uwiesił się na zasłonie, po czym runął na podłogę, szamocząc się z czymś niewidzialnym.

– Nigdy w całej wieczności nie było nic lepszego niż pościg za dunamezem – oznajmił radośnie, przytrzymując ruchliwą masę, która powoli zaczęła materializować się przed Blake'em.

– Co to jest? – zapytał Blake.

– To jest dowód. Dowód, że nie kłamię. To jest dunamez. Stwór wysłany, żeby wtargnąć do twojego umysłu, zamieszkać w twoim ciele i ukraść księgę. Poczekałby na odpowiednią chwilę, a potem wskoczył do twojej głowy i zepchnął twoją duszę do najdalszego zakątka umysłu. Potem sprowadziłby twoje ciało po schodach i pojechałby twoim powozem do swojej pani, twojej przyjaciółki lady Flamberg. A znając dunameza, przedtem wypiłby ci do dna najlepsze wino.

Stwór rósł, nabierając kształtu. Stękał i szarpał się w uścisku Abrama. Warknął i prychnął przez cienki nos i małe usta pełne długich, ostrych zębów.

– Co mam ci dać, żebyś mnie puścił? – zapytał i próbował obejrzeć się na Abrama.

– Nic od ciebie nie chcę – odparł szorstko Abram i mocniej ścisnął szyję stwora. – Zamierzam cię odesłać do miejsca, gdzie już nikomu nie zaszkodzisz.

– Nie… nie mnie. Nie chciałem nic złego, ona mnie zaczarowała i kazała tu przyjść po tego człowieka, obiecała jego ciepło i jego ciało jako grobowiec – zaskomlił stwór.

– Kto ci rozkazuje? – zapytał Abram i jeszcze mocniej wykręcił mu szyję.

– Nie mogę powiedzieć, ona dosięgnie mnie w piekle i skrzywdzi dużo gorzej niż twoje ręce. – Dunamez skrzywił się, kiedy anioł zacieśnił chwyt.

Na widok bestii Blake'owi zrobiło się słabo. Przypomniał sobie, że już ją widział, wyrzeźbioną w kamieniu. Wyglądała dokładnie jak gargulce ustawione szeregiem przy krawędziach dachów na Newman's Row. Każdego dnia spoglądały na niego ślepymi wyłupiastymi oczami znad długich nosów, a on nie zwracał na nie uwagi. Teraz miał przed sobą jednego z nich – żywego, oddychającego. Serce łomotało mu jak szalone, krew pulsowała panicznie w żyłach na szyi.

– Co jeszcze człowiek może zobaczyć? Czy niebo kryje więcej niespodzianek dla moich oczu? – zapytał Blake, patrząc na schwytanego dunameza. – A co z sekarisem? Gdzie on się podział?

– Twój przyjaciel go zabrał, widziałem – pochwalił się stwór hałaśliwie, śliniąc się przy każdym słowie. – Wyniósł go stąd, kiedy spałeś. Mówił do siebie, schodząc po schodach… Poszedłem za nim i słuchałem. Zaniósł stwora do Towarzystwa, mówił, że stanie się sławny, że dzięki „Chronicle" będzie bogaty…

– One kłamią, Blake. Nie wierz w ani jedno słowo – ostrzegł Abram, podnosząc dunameza jedną ręką.

– To prawda – wrzasnął stwór, coraz wyraźniej widoczny. – Tamten człowiek przeszukał pokój, zanim wyszedł, wyjął jakiś instrument i próbował przepuścić błyskawicę przez potwora.

Blake spojrzał na Abrama i potwierdził wzrokiem, że miał takie urządzenie.

– Twój przyjaciel nie zasługuje na zaufanie, jakim go zawsze darzyłeś – stwierdził Abram. – Wrócę później, mam ci tyle do powiedzenia i tak mało czasu! Najpierw muszę zabrać to stworzenie do wyznaczonego mu miejsca, skąd już nigdy nie wyjdzie.

Ścisnął stwora jeszcze mocniej, niemal wydusił z niego resztki życia.

– Nie, nie, nie! – wrzeszczał dunamez.

Abram zaczął się rozpływać na oczach Blake'a. Zrobił się jakby matowy i promienie słońca stopniowo wchłaniały jego ciało. Coraz bardziej blaknął, ciągnąc za sobą stwora, aż całkiem zniknął.

Blake rozejrzał się po obserwatorium. Wydawało się zimne i złowrogie. Poranne słońce kładło ostre cienie na drewnianej podłodze. Dopiero wtedy spostrzegł grudkę błota zaklinowaną w drzwiach. Po raz pierwszy zobaczył pokryte żywą grzybnią ślady stóp, prowadzące z pokoju w ciemność spiralnej klatki schodowej.

Morbus Gallicus

(Francuska choroba, kiła)

Drewniane okna powozu przepuszczały tylko mały promyczek światła, metalowe obręcze kół klekotały po bruku i błotnistych koleinach londyńskiej ulicy. Agetta siedziała skulona, przyciśnięta do ściany przez Rumskina, którego zimna sierść drażniła jej skórę. Smród diakki wypełniał ciemne wnętrze i wisiał w powietrzu niczym plugawe piętno śmierci. Komos pykał z długiej białej fajki, bursztynowy odblask tytoniu z konopi rozświetlał mu oczy i czoło.

– Dokąd nas zabierasz? – zapytał Tegatus, wciśnięty w drzwi.

– Do pałacu... rozkoszy i radości... ponad wasze wyobrażenie – odpowiedział Komos pomiędzy pyknięciami. – To niedaleko i widok jest zadziwiający. Was jednak zakwaterują gdzieś w poślednim, podlejszym miejscu.

Zaśmiał się i zakrztusił dymem. Diakka zachichotał jak małe gulgocące dziecko, pojone ciepłym mlekiem.

Przytłaczająca ciemność cofnęła Agettę w czasie. Pewnego razu wielki czarny żuk pełzał jej po twarzy, więc zdjęła go po ciemku, chociaż trzymał się mocno kolczastymi kleszczami. Zostawił jedną nogę, zaczepioną w nosie jak czarny haczyk na ryby. Trzymała owada zamkniętego w małym czarnym pudełeczku i czasami patrzyła, jak kulawo pomyka po podłodze sypialni. Teraz, uwięziona w dudniącym powozie, zabijała czas, nawijając włosy na palce i zerkając na rozżarzone konopie w fajce porywacza. Przy każdym jego wdechu głęboki czerwony poblask roz-

168

świetlał maskę. Agetta wiedziała, że gdzieś już słyszała jego głos, i chociaż coś nie pozwalało jej poznać jego tożsamości, w głębi duszy przeczuwała, że należy do jej przeszłości i stanowi klucz do przyszłości.

Powóz nagle się zatrzymał. Agetta słyszała krzyki z ulicy. Diakka ścisnął ją za ramię, żeby udaremnić wszelkie próby ucieczki. Tegatus upadł do przodu, na kolana bestii, twarzą prosto w jej tłusty brzuch. Diakka kopniakiem odesłał go z powrotem na miejsce.

Komos roześmiał się obojętnie, widząc upokorzenie anioła. Wepchnął do fajki więcej pasków grubego zielonego tytoniu i gorączkowo ssał cybuch, żeby żar nie zgasł.

– Morbus Gallicus! – krzyknął. – Nie stój tak, ruszaj na Fish Hill Street, szybko. – Zabębnił pięścią w dach.

Z ulicy dobiegło w odpowiedzi mamrotanie. Powóz szarpnął do przodu i znowu potoczył się po nierównej drodze.

– Ten człowiek jest w połowie ślepy, w połowie głuchy i kompletnie szalony – oświadczył Komos, chichocząc pod nosem jak ze świetnego dowcipu, którego pointy jeszcze nie zdradził. – Ma też tylko połowę... nosa! – wykrztusił wśród piskliwego śmiechu.

Pozostali siedzieli w mroku, nie rozumiejąc, z czego się śmiał. Diakka stęknął i potarł twarz o kark Agetty, głośno puszczając gazy i bekając rybim fetorem. Wstrzymała oddech, żeby nie wdychać smrodu bestii i oparów konopi.

– Jak daleko jeszcze? – zapytała.

– Niedaleko – odparł Komos. – Nie popędzaj czasu, jaki ci został. Ciesz się każdą chwilą, rozkoszuj się każdym oddechem, jakby był ostatni...

Powóz chwiał się i przechylał na wyboistej drodze, podskakiwał na trupach bydła pozostawionego tam, gdzie padło.

– Dokąd nas zabierasz? – zapytał Tegatus.

– Nie wolno mi powiedzieć – roześmiał się Komos. – To boski eksperyment, *gamma draconis*, spotkanie czasu, przybycie smoka. Nazywaj to jak chcesz, ale wkrótce sam zobaczysz. Więcej, weźmiesz w tym udział.

Kilka minut później powóz się zatrzymał. Komos odsunął klapkę małego judasza i przyłożył oko do otworu.

– Tutaj – powiedział z wyraźną ulgą w głosie. – Teraz trzeba ich zabrać do środka...

Agetta usłyszała, że ktoś złazi z dachu powozu i ląduje z pluskiem w kałuży. Pechowy woźnica wydał długi, niski jęk i wygramolił się z błota, wyrzekając gorzko.

– Niech to szlag – wrzasnął, po czym rozległ się trzask bata. – Nie gap się na mnie, ty durna kobyło. Jak cię zdzielę przez łeb, nie będziesz taka wesoła, co? – Ponownie trzasnął bat.

– Morbus Gallicus – zawołał Komos, przekrzykując przekupniów na rynku. – Otwórz klapę i wypuść nas stąd.

Człowiek na zewnątrz zanurkował pod powóz i słychać było, jak szpera po omacku, podważa wielki płaski kamień i wlecze po bruku. Znowu wlazł pod powóz, szczęknął dwukrotnie zatrzaskami i odsunął płytę w podłodze.

Agetta spojrzała w głęboką czarną dziurę. Na samym dnie dostrzegła migotanie małej lampki. Drewniana drabina przymocowana do ściany wydawała się zwężać, opadając w otchłań mroku.

– Kto pierwszy? – zapytał Komos; wystukał fajkę o but i patrzył, jak czerwone iskierki spadają w ciemność niczym gasnące gwiazdy. – To droga przez ciemność, ale na dole czekają nas wielkie cu-cu-cuda.

Rumskin dzikim skokiem rzucił się do dziury i chwycił drabinę. Zniknął w ciemnościach, przesłaniając światło lampy w wąskim tunelu.

– Chy-chy-chyba teraz wasza kolej – zająknął się Komos, z trudem powstrzymując śmiech. – Morbus czeka z batem i kapturem, jeśli planujecie ucieczkę. On się nie pokazuje w świetle dnia, bo twarz ma stworzoną dla ciemności.

Kiwnął na Agettę, żeby weszła pierwsza, i wyciągnął do niej rękę, kiedy wysunęła stopy z powozu i oparła na pierwszym szczeblu drabiny.

– Teraz ty – powiedział do Tegatusa – i nie próbuj latać. Morbus ściągnie cię z nieba jak muchę w pajęczynie.

Tegatus opadł na podłogę i przytrzymując się siedzenia powozu, opuścił się do dziury. Zanim chwycił drabinę i zanurzył się głębiej, zerknął na ulicę. Dostrzegł cokół jakiegoś dużego pomnika, stojącego na niewielkim wzgórzu i otoczonego przez drewniane stragany. W oddali, błyszczała rzeka w snopach jasnego światła. Obok powozu widział skórzane buty Morbusa, czarne i zabłocone. Brzeg długiego nieprzemakalnego płaszcza sięgał do ziemi, a wokół stóp wił się podwójny rzemień długiego końskiego bata.

Tegatus zamrugał w świetle i zszedł po drabinie, opadającej w czarną sztolnię. Komos ruszył za nim i prawie deptał mu po rękach, żeby go zmusić do szybszego schodzenia. Wysoko w górze światło przygasło i rozległ się głuchy łomot, kiedy Morbus przetoczył głaz z powrotem na miejsce. W dole szumiała płynąca woda. Tegatus zadrżał na myśl o swojej przyszłości. Gniewało go, że pozwolił się schwytać, że tak łatwo się poddał. Schodząc coraz głębiej, z każdym krokiem rozpamiętywał, jak bardzo zmieniło się jego życie. Niegdyś nosił sztandar Najwyższego w Wojnie Niebios; teraz skradał się w starym ścieku niczym zapchlony szczur. Wstyd palił mu twarz, na szczęście ukrytą w ciemnościach lochu.

Daleko w dole słyszał stękanie diakki, który chlapał wesoło w płytkiej wodzie. Wkrótce stanął obok Agetty w świetle łojowej lampy, umieszczonej na małej półeczce. Czysta źródlana woda opływała mu stopy. Po lewej tunel opadał stromo w kierunku rzeki, a kamienne stopnie prowadziły do drewnianych drzwi z dużym mosiężnym zamkiem.

Komos wyjął z kieszeni klucz, przekręcił go w zamku i powoli uchylił drzwi.

– Możecie wejść do swojej komnaty – oznajmił, ponownie nabijając fajkę, z oczami wybałuszonymi jak dwie czerwone rany. – Jest tam już jeden gość, którego chyba dobrze znasz, moja droga.

Zaśmiał się i popchnął oboje do drzwi, a Rumskin ochlapał ich wodą.

Agetta wyciągnęła przemoczone nogi z zimnego strumienia. Szybki nurt spłukał uliczne błoto, a zimno ukoiło jej zmysły. Weszła do pokoju, spoglądając na białe marmurowe ściany i duże, szare, kamienne płyty podłogi, dopasowane niczym kawałki dziwnej układanki. Nie widziała żadnych mebli, tylko wzdłuż ściany naprzeciwko biegła gruba marmurowa półka tworząca długą ławę, a z sufitu zwisał wielki siedmioramienny kandelabr, kapiący gorącym woskiem na kamienną podłogę. Na końcu ławy siedział jakiś człowiek, nieprzytomny, przechylony w bok, z głową zakrytą konopnym workiem i mocno skrępowanymi rękami.

Komos pociągnął z glinianej fajki.

– Możecie się rozgościć. Morbus przyniesie wam jedzenie, a później zacznie się zabawa.

Kiwnął na Rumskina, który wsunął dwa mosiężne rygle w obejmy i przeszedł na wylot przez drewniane drzwi do tunelu. Agetta zachłysnęła się na widok znikającego diakki.

– On może przychodzić i odchodzić, jak mu się podoba, nieskrępowany fizyką ani filozofią. Moim pieszczoszkiem nie rządzą prawa tego świata, tylko głos jego prawdziwego pana.

– I co teraz robi twój piesek? – zagadnęła Agetta, siadając na długiej marmurowej półce.

– Czeka i pilnuje tunelu przed intruzami i głupcami, którzy chcą spróbować ucieczki.

– Gdzie jesteśmy? – spytała.

– Właściwie to nie ma znaczenia w twoim krótkim życiu. Jesteś kilkanaście metrów pod Fish Street, u podstawy Wielkiej Kolumny. Zbudowaliśmy ją na pamiątkę Wielkiego Pożaru, który sami wznieciliśmy. Pożaru przedwcześnie ugaszonego, zanim wypełnił swoje zadanie. Teraz nadszedł czas, kiedy do końca wypełni się prawo, a wasza dwójka pomoże nam w tym zadaniu. Dzieweczka nieskalana… anielskie skrzydło… oko ropuchy… i wszystkie te rzeczy, które zwykle wymieniamy w naszych rymowankach na użytek ślepych durniów. – Komos zachichotał do siebie, wychodząc z pokoju. – Zostawię was ze starym przyjacielem. Nie próbujcie ucieczki, Rumskin nie był karmiony.

Zatrzasnął za sobą drzwi i zostali sami.

Z tunelu dobiegło głośne, przeciągłe warczenie, budzące echo w oddali. Rumskin wsunął głowę przez środek drzwi; wisiała przez chwilę wśród mrocznych cieni jak odcięta od ciała, po czym znikła.

– Ten stwór bawi się z tobą – powiedział Tegatus, człapiąc przez komnatę w mokrych butach.

– Agetta, to ty? – odezwał się bełkotliwie człowiek w worku na głowie.

To był Thaddeus… żywy. Agetta podbiegła do niego i ściągnęła mu worek. Wierzch głowy miał umazany krwią, na szyi krótką jedwabną pętlę, a stopy owinięte w niebieskie płócienne ochronne pantofle zawiązane żółtymi sznurowadłami.

– Co oni ci zrobili? – zawołała Agetta.

Posadziła go prosto pod ścianą i próbowała rozplątać jego więzy.

– Przyszli po Nemorenzis. Myśleli, że ją mam. Wiesz, gdzie ona jest? – zapytał niespokojnie Thaddeus. – Nie mogę myśleć o niczym innym.

Przerwał i spojrzał na Tegatusa.

– Kto to jest? – spytał podejrzliwie.

172

– Nazywa się Tegatus. Znalazłam go na strychu w domu mojego ojca. – Agetta uśmiechnęła się do Thaddeusa. – To anioł.

– Więc dlaczego tu jest? Nie może uciec i odlecieć?

– Sarapuk się tym zajął – odparła. – Wyrwał mu wszystkie pióra, co mu odebrało moc. On zrobił coś złego, dlatego teraz prawie nie różni się od nas. – Mówiła o nim jak o nieobecnym. – Mam dla ciebie księgę, ale wolę ci tutaj nie mówić. Rumskin pewnie podsłuchuje.

– Nigdy jeszcze ciemność nie wydała podobnego plugastwa. Właśnie ta bestia przywlokła mnie tutaj. Wróciła dzisiaj rano, żeby mnie dręczyć, razem ze swoim cuchnącym panem, Morbusem.

– Co oni z nami zrobią? – zapytała Agetta.

– Nie chcą powiedzieć, ale ty musisz mi przekazać wszystko, co wiesz. Ciężkie kroki zadudniły na schodach i ktoś załomotał do drzwi. Mroczna, zakapturzona postać zajrzała przez zakratowane okienko pod górną framugą.

– Morbus – wykrzyknął Thaddeus i próbował się podnieść. – Trzymajcie się z tyłu, on ma temperament wybuchowy jak wulkan. Agetta, stań za mną, on nienawidzi dzieci.

Thaddeus zachowywał się tak, jakby dobrze znał tego stwora.

Drzwi zostały otwarte kopniakiem i do środka wszedł mężczyzna ubrany w gruby dorożkarski płaszcz, sięgający do ziemi.

– Jedzenie – oznajmił głębokim, chrapliwym głosem, zgrzytającym jak miażdżony krzemień. – Nie wiem, po co was karmią, tylko marnują dobre jedzenie. To jak śniadanie dla skazańca przed egzekucją.

Wszedł w światło kandelabru, niosąc brudny lniany worek, wypchany chlebem i serem. Agetta wyjrzała zza ramienia Thaddeusa i stłumiła okrzyk na widok twarzy przybysza. Wargi miał spuchnięte i pokryte pęcherzami, powieka mu opadała od wielkich czarnych wrzodów, a pośrodku dziobatej twarzy otwierała się niewielka czarna szczelina zakryta skórnym płatem, który wydymał się i wiotczał w rytmie oddechu. Agetta jeszcze nigdy nie widziała niczego równie groteskowego. Morbus wyglądał jak żywy trup, ktoś powoli zżerany przez fetor śmierci. Zobaczył wyraz jej twarzy.

– Jeszcze nigdy nie widziałaś takiego jak Morbus, dziewczyno? Czy śmierdzę tak paskudnie, jak wyglądam? – Sięgnął ku niej, wypluwając słowa. – Bracegirdle nie zawsze będzie cię bronił... Przyjdę do ciebie w nocy i skradnę całusa z twojej ślicznej buzi, a ty pocieszysz mnie w nieszczęściu i uleczysz moją chorobę.

Morbus cofnął się i spojrzał na Tegatusa.

– No, no, no – rzucił i podszedł do niego powoli. – Jeśli się nie mylę, jesteś aniołem, naznaczonym krwią baranka na prawym uchu. Dawno już nie widziałem takiego znaku... dawno i w innym miejscu, nie w tej śmierdzącej dziurze. Pewnie cię zaprosili na dzisiejsze przyjęcie. To będzie pamiętny wieczór – zarechotał.

Ściągnął kaptur z głowy. Długi, gruby pukiel włosów upadł na podłogę, jakby wyrwany z korzeniami. Czaszkę pokrywały duże, gnijące wrzody, które przebijały się przez skórę niczym kratery wydzielające żółtą ropę. Agetta próbowała się wcisnąć w plecy Thaddeusa, odwracając głowę od tego ohydnego widoku.

– Nie schowasz się przed takimi jak ja, nie tutaj, córko Lamiana.

– Wiesz, kim jestem? – zapytała nerwowo Agetta.

Morbus przeniósł wzrok na Thaddeusa i obdarzył go skąpym uśmiechem. Strużka gęstego śluzu spłynęła mu po policzku.

– Nic nie podejrzewasz, co, dziewczyno? Tyle się stało, a ty wciąż nie wiesz, co się dzieje. – Chrząknął, żeby przeczyścić zapchane gardło. – Czekaliśmy na ciebie od wielu lat, pilnowaliśmy cię w dzieciństwie i trzymaliśmy twojego stróża jak najdalej. Wszystko w swoim czasie. Zapominasz, dziewczyno, że jutro twoje urodziny, osiągniesz wiek, kiedy wiara cię opuści i zwątpienie dorosłości zmąci twój umysł. Toteż odbędzie się rytuał i zostaniesz przemieniona na naszych oczach... z niewielką pomocą anioła.

Morbus zaśmiał się, cisnął worek z chlebem na podłogę i odwrócił się, żeby wyjść z zimnej marmurowej komnaty. Zatrzymał się przy drewnianych drzwiach.

– Zostało ci dwanaście godzin dzieciństwa. Wykorzystaj je dobrze, dziecko. – Spojrzał na anioła. – A ty... wymyśl sobie imię, ponieważ dzisiaj zostaniesz bratem Rumskina.

Zatrzasnął drzwi i zasunął podwójne rygle na grubych dębowych belkach.

Agetta popatrzyła na Thaddeusa.

– Co oni mi zrobią? – zapytała, wpatrując się w węzeł na grubych sznurach, które ciasno krępowały jego dłonie.

– Myślę, że cię nie skrzywdzą. Co do anioła, no cóż, z jakiejś przyczyny nadszedł jego koniec. Przemienią go w diakkę... taki los spotyka istoty, które porzucają łaskę dla ziemskiej żądzy.

Tegatus powoli osunął się po białej marmurowej ścianie i skulił na zimnej kamiennej podłodze. Rozpacz odcisnęła piętno na jego twarzy.

– Wiedziałem, że pewnego dnia do tego dojdzie, ale że tak szybko...? – szepnął, kryjąc twarz w dłoniach. – Niebo wydawało mi się tak monotonne... Spojrzałem na świat w całej jego chwale i zapragnąłem do niego należeć. Potem znalazłem ją... nad wielką rzeką, na brzegach Eufratu, patrzyła na własne odbicie. Od tamtej chwili gotów byłem wszystko porzucić. – Tegatus podniósł na nich wzrok. – Najbardziej mnie zaskoczyło, że ona mnie widziała. Pamiętam jej pierwsze słowa: „Widok własnego odbicia nigdy nie dorówna temu, co widać w oczach serafina".

Nagły, niski, przeciągły warkot przerwał jego opowieść. Tegatus zerwał się na nogi i podbiegł do drzwi, żeby wyjrzeć przez zakratowane okienko.

Nie było ostrzeżenia – bestia zaatakowała jak kobra, wbiła dwa długie, ostre szpony w policzek anioła, głęboko aż do kości. Potrząsnęła Tegatusem jak zabawką, a potem cisnęła go na podłogę. Odpełznął do tyłu, kiedy stwór przecisnął pysk przez żelazne kraty.

Zlizując anielską krew z długich kościstych palców, Rumskin zaglądał do komnaty, węszył i warczał.

Salve, Regina, Mater Misericordiae

(Witaj, królowo, matko miłosierdzia)

Grub Street cuchnęła gnijącymi wodorostami, wiatr przynosił tę gorzką woń znad błotnistych, wysychających brzegów Tamizy. Idąc z Bloomsbury Square, Blake przy każdym kroku mijał grupki ludzi wpatrzonych w niebo, w kometę w kształcie pięści wysoko nad ich głowami. Odczuwał swego rodzaju dumę, że przewidział jej nadejście, wiedział jednak, że nikt jej nie zobaczy jego oczami – większość spojrzy na nią ze strachem, bogacze zaś zatroszczą się tylko o siebie i swoje majątki. Osamotniony, postawił kołnierz płaszcza dla osłony przez wiatrem i słowami bliźnich. Postukiwał laską-mieczem o kocie łby, krzesząc iskry metalową końcówką.

Trzema szybkimi krokami wszedł z zaśmieconej ulicy, na której piętrzyły się sterty gazet, do biura „Chronicle". Drzwi były otwarte, sklep od frontu pusty. Zniknęła starucha, która zawsze siedziała za biurkiem, z jednym przednim zębem jak wierzchołek żółtej skały sterczący z pomarszczonych ust. Zwykle kręcili się tu bosonodzy gaziarze, obrzucając rynsztokowymi wyzwiskami przechodzących dżentelmenów. Teraz wszędzie panowała pustka i cisza.

Blake wziął wydanie „Chronicle" z tego ranka. Na pierwszej stronie, pod długą listą powieszonych wczoraj skazańców i statków zaginionych na morzu, znajdowała się wiadomość o jego komecie. Artykuł złożony niemal nieczytelnym drukiem podsumował pracę jego całego życia w jednej linijce: „Uczony odkrywa nową gwiazdę widoczną z ziemi, niezagrażającą miastu...".

Blake czytał dalej. Zdawało mu się, że słyszy głos lorda Flamberga, redukujący jego odkrycie do czegoś w rodzaju kolejnego szarlatańskiego leku czy eksponatu w menażerii. To, co czytelnicy zobaczą na niebie, nie będzie dla nich miało żadnych konsekwencji; po prostu następna gwiazda mijająca samotną planetę, sensacja tego samego kalibru co powieszony skazaniec.

„Bez żadnej obawy podziwiajcie ten przemijający spektakl". Blake spojrzał na ostatni wiersz, który jakby żywcem wyszedł z ust Flamberga.

Gniewnie zgniótł gazetę w dłoniach i odrzucił. Rozejrzał się za Yeatsem, pragnąc wyjaśnienia. Na piętrze usłyszał kroki, potem trzasnęły drzwi i wszystko ucichło. Blake ścisnął srebrną rączkę laski-miecza. Lwia głowa dobrze pasowała do dłoni i koiła ból oparzelizny. Nie chciał, żeby coś go zaskoczyło, kiedy wspinał się po wąskich schodach do pokoju na piętrze.

– Yeats, gdzie jesteś, człowieku? – zawołał, budząc echo w zamarłym pokoju.

Wszedł dalej i po lewej stronie zobaczył duże dębowe biurko ze skórzanym fotelem o wysokim oparciu. Na biurku spoczywał Yeats, jak śpiący niedźwiedź, z głową opartą na stosach papierów.

– Yeats, człowieku... obudź się! – Blake szturchnął go końcem laski.

Nie otrzymał odpowiedzi. Yeats spał dalej, głowa opadła mu bezwładnie na bok.

– Pobudka! – Blake dźgnął go mocniej.

Yeats powoli osunął się na podłogę i legł na szorstkich deskach z rozrzuconymi kończynami. Nie żył – świadczyły o tym posiniałe wargi i biała skóra. Twarz miał wykrzywioną w szoku, martwe oczy wpatrywały się w Blake'a. Na środku piersi widniał schludny otwór wielkości pięści, jakby ktoś rozpaloną chochlą precyzyjnie wyjął bijące serce. Coś przepaliło grubą kamizelkę i podwójny podkoszulek, skórę i mięśnie, po czym wtargnęło w głąb ciała, kauteryzując tkankę.

Blake zakrztusił się na widok trupa, którego znał tak dobrze za życia, a teraz lękał się po śmierci. Z pokoju obok usłyszał szuranie ciężkich stóp na drewnianej podłodze. Potem trzasnęły zamykane drzwi. Blake odwrócił się, wyciągnął miecz z pochwy i uniósł przed sobą lśniące ostrze. Pomyślał o Abramie – i przez chwilę pożałował, że nie ma przy sobie anioła. Szybko i cicho wyszedł z pokoju i skręcił w wąskie drzwi. To był gabinet Yeatsa; wszędzie walały się papiery i otwarte książki rzucone na podłogę. Duża sofa stała pod wysokim oknem, wychodzącym na ciemną alejkę. W kącie nakryto stół dla jednej osoby: niedojedzony posiłek wciąż czekał na półmisku, mała świeczka oświetlała wiktuały.

Blake'owi zrobiło się ciemno przez oczami. Nawiedziły go dziwne myśli o *Nemorenzis*, silne pragnienie, żeby znowu ujrzeć księgę, wydobyć ją z kryjówki. Zupełnie jakby księga wzywała go pieśnią spoza czasu. Przypomniał sobie Agettę i w wielkim gniewie ciachnął sofę mieczem. Grube obicie pękło jak skóra pieczonego prosiaka, sypnęło białymi piórami po gabinecie. Kłębiły się w powietrzu jak wiosenny śnieg i pokrywały podłogę warstwą lekkiego puchu. Blake kopał sofę raz po raz i śmiał się, kiedy obłoki gęsiego pierza wzbijały się coraz wyżej i oblepiały go śnieżną bielą.

Upadł na sofę ze śmiechem, lecz jego rozbawienie natychmiast znikło, kiedy usłyszał ciche stukanie dochodzące zza ściany, zaledwie dwa kroki dalej. Bębnienie nabrało tempa, palce szybko wybijały rytm. Cały pokój zaczął wibrować do taktu.

Blake zerwał się na nogi i podniósł miecz.

– Możesz wyjść, stworze – oznajmił łamiącym się głosem. – Nie boję się ciebie. Skończmy z tym tutaj i teraz – krzyknął.

Liczył, że Abram usłyszy jego słowa i zapomni o jego niewczesnym żądaniu, żeby chociaż raz w życiu zrobić coś bez strażnika.

Bębnienie trwało, coraz głośniejsze z każdym uderzeniem, coraz to w nowym miejscu, jakby regiment doboszów okrążał pokój.

– Przestań – krzyknął Blake poprzez narastający hałas. – Wyjdź i walcz twarzą w twarz...

Nagle łomotanie ucichło. W upiornej ciszy gęsi puch wirował w prądach powietrza. Blake chciał uciekać, ale coś go powstrzymało – wyczuwał, że przyjdzie mu się zmierzyć z czymś nieludzkim, toteż ogarnęła go ciekawość.

Długa, cienka płyta strzegąca przejścia do rzeki odsunęła się powoli i pojawił się sekaris, wgryzający się w krwawoczerwone serce Yeatsa jak w soczyste jabłko.

– Blake – powiedział sekaris głosem miękkim jak mruczenie kota. – Nareszcie się spotykamy sam na sam.

– Dlaczego go zabiłeś? – zapytał Blake, odsuwając się od stwora, który zastąpił mu drogę do drzwi.

– Kazano mi... I spodobało mi się. – Sekaris zrobił krok w stronę Blake'a.

Blake widział na jego piersi zagojoną ranę od kuli, pokrytą łatą ciemniejszej skóry.

– Szybko zdrowiejesz jak na potwora stworzonego z błota – zauważył, rozglądając się po pokoju w poszukiwaniu drogi ucieczki.

– Miałem dobrego uzdrowiciela, który przyszedł do mnie w nocy i pobłogosławił moje rany swoją serdeczną tęsknotą.

– Lekarstwo jakiegoś fałszywego magika, szarlatana i kłamcy.

– Dziwnie się wyrażasz o przyjacielu – wytknął sekaris i oczy mu zapłonęły jak słońca. – Możesz sobie ułatwić sprawę i poddać mi się bez walki. Mogę zrobić to szybko, jak z tamtym człowiekiem. Umarł tak chętnie, z takim wdziękiem, na mój widok mało się nie udławił własnym językiem. Bez słowa skargi, a teraz... bez serca. – Odgryzł niewielki kęs serca. – Obiecuję, że skończę z tobą bardzo szybko.

Stwór zachichotał szorstko i liście na jego twarzy zaszeleściły jak od wiatru.

– Jestem mężczyzną... wpojono mi, żeby nie poddawać się bez walki – odparł Blake. – Więc chodź i weź ode mnie, czego chcesz, ale musisz walczyć o moje ciało, a moja dusza nie ma ceny.

– Więc myślisz, że masz duszę? Że będziesz dalej żył po śmierci? Nie pochlebiaj sobie. Twój gatunek to skóra i kości, i umysł tworzący złudy. Nadajesz się tylko do zjedzenia, i to tylko częściowo. – Sekaris roześmiał się i rzucił w Blake'a resztką serca.

– Zatem moja stal przeciwko twojej – oświadczył Blake i zamachnął się mieczem, zatrzymując sekarisa.

Kilka czarnych piór zatrzepotało wśród białego puchu z rozciętej sofy. Opadały coraz gęściej niczym ciemna mgła wypełniająca pokój, a ze wszystkich zakątków domu dobiegło skrzeczenie kawek, które całą chmarą zawirowały wokół Blake'a.

Blake opędzał się mieczem od ptaków, które pikowały, celując w jego oczy. Trafił jednego, potem drugiego i trzeciego. Pod ciosami miecza rozsypywały się w czarny pył. Sekaris nie spieszył się, czekał, aż przeciwnik się zmęczy. Ptaki dziobały Blake'a i wyrywały mu włosy ostrymi szponami. Nadlatywały coraz liczniej, a on cofał się chwiejnie do najdalszego kąta pokoju. Sekaris nie spuszczał go z oczu.

Blake odwrócił się, wskoczył na sofę i rozbił szybę rękojeścią miecza. Uliczny hałas napłynął do pokoju, a skrzeczenie kawek rozniosło się po porannym Londynie.

Blake zeskoczył na podłogę.

– Ty i ja, sekaris… twarzą w twarz, i nie pomagaj sobie żadnymi wronami.

Sekaris wybuchnął śmiechem.

– Twoja brawura jest trochę spóźniona, Blake. Z prochu powstałeś, w proch się obrócisz.

Skoczył na niego z warknięciem. W okamgnieniu chwycił go za gardło, zacisnął na szyi długie, chude palce i wgryzł się w twarz. Blake zatoczył się do tyłu, upadł na kanapę i zleciał na podłogę. Sekaris wciąż trzymał ofiarę i wbijał jej ręce w pierś. Blake wrzasnął, czując palący ból pod surdutem.

– Poddaj się, Blake, oddaj mi serce, a ja ci pokażę prawdę o twojej duszy!

Ostatnim wściekłym zamachem miecza Blake przeciął glinę i cisowe drewno sekarisa, odrąbując mu rękę powyżej nadgarstka. Inkrustowana zielenią dłoń spadła na podłogę i drgające palce powoli, jak zdychający pająk, wlokły ją po deskach. Sekaris wypuścił Blake'a, który ponownie ciachnął go mieczem. Stwór zachwiał się od ciosu i upadł na kanapę. Blake skoczył do drzwi i zbiegł po spękanych stopniach w światło dnia i szum Tamizy.

Obejrzał się i zobaczył za sobą bestię, oślepioną blaskiem słońca. Kołysała się w przód i w tył, rana w piersi pulsowała zieloną krwią, spływającą na brzuch niczym welon z mchu. Zadał kolejny cios, mierząc w nogi, i rozciął ciało aż do cisowej kości. Sekaris zachwiał się, runął na plecy i ześliznął kilka metrów w głębinę starej rzeki. Blake pochylił się, nad wodą i ujrzał stwora podskakującego na fali twarzą w dół. Okręcił się, zawirował i powoli zatonął w gęstej brązowej zupie.

– Interesujące – odezwał się z cienia czyjś głos. – Zastanawiałem się, jak pokonasz sekarisa.

Abram Rickards wyszedł na słońce, wsadził na nos niebieskie okulary i założył za uszy cienkie druciki.

180

– Taki stwór wiele przetrwa i nigdy nie słyszałem, żeby któryś utonął. Żeby zabić sekarisa, najlepiej rozciąć mu pierś i znaleźć muszlę ostrygi zastępującą serce. Trzeba ją wyrwać i zmiażdżyć, wtedy stwór na pewno umrze.

– Więc byłeś tu przez cały czas, jak mamka czekająca w ciemności, aż dziecko zapłacze – stwierdził Blake.

Podniósł się i ruszył do wejścia tunelu.

– Powiem raczej, że byłem zaintrygowany – uśmiechnął się Abram. – Obiecałem ci, że się nie wtrącę, i dotrzymałem słowa. Dopiero kiedy zwyciężyłeś, pokazałem ci się na oczy.

– A co byś zrobił, gdyby ten stwór wygrał? – zapytał Blake.

– Zginąłbyś. Obiecałem się nie wtrącać, więc odprowadziłbym twoją duszę do przyszłości i wysłuchałbym twoich narzekań, że pozwoliłem ci umrzeć. – Anioł spojrzał w niebo. – Ale masz większy kłopot niż sekaris – oświadczył wskazując kometę, wyraźnie widoczną na niebie. – Gwiazda zbliża się do nas i nic jej już nie powstrzyma.

Blake podniósł wzrok i ze zgrozą ujrzał na niebie białe smugi kondensacji wytworzone przez odłamki kosmicznego lodu, które spadały na miasto. Całe niebieskie sklepienie rozbrzmiewało głębokim, jękliwym skowytem minimeteorytów, które parowały i wybuchały wysoko w górze. Po sekundzie na Londyn runął grad miliardów kamieni, które oderwały się od komety i pędziły przodem jako zwiastuny nieszczęścia. Przebiły atmosferę z sykiem i wrzeniem, żar wypalał tony zmrożonego błota i chalcedonu, które przemierzyły czas i przestrzeń, żeby zbombardować planetę. Niebo rozpękło się w tęczy kolorów i kryształy spadły na ziemię.

Blake pobiegł na szczyt schodów. Z nabrzeża widział wielką kopułę Świętego Pawła, błyszczącą od barw eksplodującego nieba.

Ogromna kula skwierczącego lodu i skał przecięła z grzmiącym rykiem atmosferę i uderzyła w kościół. Wrzaski rozległy się echem na ogłuszonych ulicach, placach i alejkach. Żywa ludzka fala zmiatała wszystko na swojej drodze i miażdżyła słabych, którzy nie nadążali. Zdawało się, że całe miasto ucieka w stronę rzeki. Coraz więcej kamieni leciało z nieba i coraz bardziej zbliżał się paniczny wrzask tłumu.

Blake spojrzał na anioła przygasłymi oczami, w których nie było nadziei.

– Do tunelu – powiedział spokojnie Abram. – Zaczyna się szaleństwo.

22

Gemara Ge-Hinnom

Głęboko pod Wielką Kolumną huk spadających niebiańskich kamieni wstrząsnął podziemną komnatą tak, że ściany zadrżały. Kandelabr się zakołysał, podłoga uniosła się i opadła, więźniowie spadli z ławy. Drzwi wyleciały z zawiasów. Rumskin wskoczył do komnaty, okręcił się i zamachnął na Tegatusa, po czym zniknął.

– Następne nieszczęście spadło na miasto – powiedział Thaddeus i wstał. – Może to zmieni ich plany wobec ciebie.

– Jakie plany, Thaddeusie? Kim oni są i dlaczego mnie wybrali? – zapytała Agetta.

– To budowniczowie nowej przyszłości, nowego społeczeństwa. Według tego, co mi powiedział Morbus Gallicus, coś się dzieje, w czym ty i ja odgrywamy kluczową rolę. Coś, czego nie pojmuje mój słaby umysł, ale wiem, że nie zrobią nam poważnej krzywdy.

– Nie chcę tu zostać, Thaddeusie. Musisz nam pomóc w ucieczce. Możemy im oddać księgę, nam się nie przyda. – Agetta chwyciła go za ramię.

– Powinniśmy zostać, dziecko, i zobaczyć, czego od nas chcą – odparł Thaddeus.

– To nie ciebie zmienią w towarzysza Rumskina – prychnął Tegatus. – Ja wolę zaryzykować ucieczkę niż czekać, żeby mnie wykończyli i przerobili na karmę.

– Jestem z Tegatusem – oświadczyła Agetta i puściła ramię Thaddeusa. – Widziałeś, co ten potwór mu zrobił. On nie zasłużył na śmierć, musimy stąd uciekać.

– Ja mówię, żeby zostać. Możemy z nimi porozmawiać, powiedzieć im, gdzie jest ukryta *Nemorenzis*, i przehandlować ją za naszą wolność. Nic nam nie zrobią, tylko anioł ucierpi.

Tegatus podszedł do drzwi, pociągnął zawiasy i wyważył je ze ściany. Zamek pękł i drzwi wypadły na zewnątrz. Zimne powietrze dmuchnęło z tunelu.

– Idę. Chodź ze mną, Agetto. Pobyt tutaj pomógł mi zrozumieć, gdzie naprawdę jest moje miejsce i co zostawiłem za sobą. Może jakoś ułagodzę mojego pana.

– Gdzie jest księga, Agetto? Powiedz mi, zanim odejdziesz! – zażądał Thaddeus gniewnym głosem. Wszelkie ślady czułości znikły z jego palącego spojrzenia. – Chcę wiedzieć teraz! Zawsze można zawołać Rumskina, żeby cię znalazł, jeśli mi nie powiesz.

Mówił głośno, jakby chciał, żeby go podsłuchano. Zmienił się w jednej chwili i teraz zachowywał się bardziej jak wróg niż przyjaciel, jakby chciał tylko wykorzystać Agettę, wyciągnąć od niej informacje i posłużyć się nią do swoich celów. Agetta cofnęła się i przysunęła do Tegatusa.

– Jeśli ci powiem, gdzie znaleźć księgę, pozwolisz mi odejść? – zapytała, wyciągając rękę do anioła.

– Rozważymy to – obiecał Thaddeus. – Mogę ich przekonać, żeby darowali ci życie.

– Czy naprawdę jesteś więźniem? – zapytała, podchodząc do drzwi.

– Uwięzionym gościem, spętanym przez sprytną sztuczkę, ale wciąż przyjacielem posiadającym przyjaciół w odpowiednich sferach – odparł łagodnie Thaddeus. Przechylił głowę na bok i uśmiechnął się, wiedząc, że zranił ją swoimi szorstkimi słowami. – Bezpieczniej dla ciebie, żebyś została tu ze mną. Niech anioł odejdzie, a my urządzimy sobie ucztę, którą ci obiecałem.

– Pójdę z aniołem – oświadczyła Agetta i podeszła tyłem do drzwi. – Nie chcę mieć nic wspólnego z tymi ludźmi. Życie to coś więcej niż napychanie brzucha i piękne suknie dam na Fleet Street.

Odwróciła się i spojrzała na Tegatusa. Wyjął z kandelabru dwie największe świece i wskazał na otwarte drzwi. Szybko wyszli z komnaty i wstąpili w ciemność tunelu.

– Czekajcie, idę z wami – zawołał Thaddeus, zsunął więzy z rąk i pobiegł za nimi. – Nie mogę tu zostać sam. Jestem więźniem nie tylko Morbusa Gallicusa.

Agetta i anioł pobiegli przodem. Tegatus mocno trzymał rękę dziewczyny.

– Jeśli uciekniemy z tunelu, możemy wrócić do księgarni i zabrać *Nemorenzis* – szepnął jej do ucha. – Trzeba ją oddać z powrotem do nieba albo zniszczyć. Nie mogę jej zostawić w rękach twojego przyjaciela, jakoś mu nie ufam.

Agetta nie odpowiedziała, ale w duchu zgadzała się z aniołem. Tak bardzo wierzyła w tę przyjaźń, marzyła o niej, ale teraz zrozumiała, że Thaddeus ją oszukiwał.

– Zaczekajcie na mnie – zawołał słabo w oddali. – Macie światło, a ja idę po ciemku.

Zignorowali go i maszerowali dalej przez strumień. Gdzieś wysoko w górze wyczuwali narastającą panikę, ludzie uciekali ze stolicy. Koła wozów turkotały po bruku, krzyki rozbrzmiewały echem w labiryncie tuneli łączących wszystkie części miasta.

– Jak daleko jeszcze? – zapytała Agetta, kiedy brodzili w wodzie do kolan.

– Aż znajdziemy wyjście – odpowiedział anioł. – Wkrótce dojdziemy do rzeki, a tam znajdziemy most.

– Znam drogę – krzyknął Thaddeus daleko z tyłu. – Zaczekajcie, to was zaprowadzę.

Tegatus przystanął i nasłuchiwał odległego łoskotu, bo zdawało mu się, że daleko za Thaddeusem słyszy inne kroki.

– Lepiej niech on idzie z nami – powiedział do Agetty. – Przynajmniej będziemy wiedzieli, co knuje.

Thaddeus szedł szybko, żeby ich dogonić.

– Zawsze możemy wrócić, Agetto, mogę z nimi porozmawiać...

Blask świec podkreślał zmarszczki na jego pobrużdżonej twarzy, kiedy stali na skrzyżowaniu dwóch tuneli.

– Idziemy dalej – uciął anioł, wskazując tunel opadający stromo ku rzece. – Ty możesz tu zostać, jeśli chcesz, ale nie wciągaj dziewczyny w swoje matactwa.

Wrzaski nad ich głowami rozbrzmiały ze wzmożoną siłą. Agetta poczuła zimne ciarki wędrujące po kręgosłupie.

– Co się dzieje? – zapytała, kiedy ruszyli dalej w zamierającym świetle.

– Następne trzęsienie nieba albo coś jeszcze okropniejszego – powiedział żałośnie Thaddeus, biorąc ją za ramię. – Powinniśmy zawrócić, tak będzie dla nas bezpieczniej.

– Dla was, ale nie dla mnie – odparł Tegatus i odciągnął od niego Agettę. – Idziemy dalej, ale ty możesz zostać. Wyczuwam, że właściwie wcale nie chcesz iść z nami. Więc lepiej zostań i pobaw się z tym tłustym psem, z którym się zaprzyjaźniłeś... Rumskin, tak? – Potarł ślady pazurów na twarzy, potem pchnął Thaddeusa w pierś. – On nie przybiegł za tobą, żeby cię pilnować, prawda? Miło mieć przyjaciela, który cię broni, demonicznego pieska na każde zawołanie, panie Thaddeusie.

– O co ci chodzi, Tegatus? – zapytała Agetta.

– Zapytaj go... zapytaj, co się naprawdę dzieje. Jeśli powie ci prawdę, porządnie się zdziwisz.

– Nie słuchaj go, Agetto, on tylko chce nas rozdzielić. Aniołowie nie znają ludzkich zwyczajów. Potrafią tylko mącić i wystarczy im powąchać fartuszek kelnerki, żeby wypaść z łaski.

– Tutaj się rozstajemy – oświadczył anioł.

Chwycił Thaddeusa za gardło i wyciągnął z wody, chociaż grubas wyrywał się i kopał.

– Użyjesz magii? – zapytała Agetta, kiedy anioł posadził Thaddeusa na półce nawiedzanej przez szczury, która biegła przez całą długość tunelu.

– Nie, czegoś znacznie bardziej potężnego – odparł anioł.

Trzasnął Thaddeusa pięścią w twarz i przewrócił na zimne, mokre kamienie. Szczury natychmiast wpełzły na nieprzytomne ciało. Tegatus dostrzegł zdumienie na twarzy Agetty.

– On należy do nich, tylko udawał. Thaddeus był przynętą w pułapce, którą zastawili na ciebie.

– Powiedzieli, że cię przemienią.

– Taki mieli zamiar... to część mojej przyszłości. Tak się dzieje, kiedy anioł upada, kiedy przyjmuje rzeczy tego świata i pragnie być człowiekiem. Łudzimy się, że to przyszłość tak odległa, że nie ma znaczenia, próbujemy posmakować ludzkiego życia, lecz kiedy zrobimy pierwszy krok, jak przy każdym nałogu, wciąga nas bagno, i ciało, które wtedy zamieszkujemy, staje się symbolem naszego występku.

– Więc i tak się zmienisz? – zapytała Agetta.

185

Szybko maszerowali dalej, zostawiwszy Thaddeusa uśpionego wśród szczurów.

– W komnacie, kiedy ten stwór mnie schwytał, zobaczyłem, czym się stanę. W jednej chwili zrozumiałem, jak oddałem życie za pragnienia serca i zapomniałem o moim powołaniu. Usidliła mnie Królowa Ciemności, nie dzięki swojej mocy, tylko dlatego, że sam chciałem. Skosztowałem owocu i zobaczyłem, że jest dobry.

– W księgarni nienawidziłam cię, chciałam, żebyś umarł albo odszedł...

– To nie ty, ale księga... potrafi wpływać na twoje myśli i nie masz przed nią obrony. – Tegatus przystanął i zajrzał w twarz dziewczyny, podnosząc wysoko świece, których blask pełgał po niskim sklepieniu tunelu. – Wracam do księgarni. Zabiorę *Nemorenzis* i zniszczę. Zabrałbym ją do nieba, ale nie mam pojęcia, jak tam wrócić. Tak długo myślałem tylko o ziemskich rzeczach, że nawet zapomniałem, jak się lata. – Anioł wybuchnął śmiechem. – No, ale nie mam piór, więc nawet...

Urwał. Daleko z tyłu rozbrzmiało wycie, które dobrze znał. Donośny, przeciągły skowyt Rumskina goniły za nimi przez tunel.

Tegatus i Agetta rzucili się biegiem, rozchlapując wodę i o mało nie gasząc świec. Anioł osłonił płomyk dłonią, długie czarne cienie jego palców zdawały się pełzać po suficie. Daleko, daleko jaśniało światełko wyjścia.

Agetta pierwsza dotarła do drzwi. Były mniejsze od niej, wielkości dziecka. Zdołała się przecisnąć na jasne światło poranka. Tegatus wepchnął się w otwór, bo pospieszne chlupotanie zbliżało się z każdą sekundą.

– Szybko, wyciągnij mnie – zawołał do Agetty, podając jej świece, które wrzuciła do rzeki.

Agetta pociągnęła go za surdut, próbując wydobyć z ciasnego przejścia. Ale Tegatus utknął na dobre, zaklinował się we framudze.

– Musisz iść dalej sama – krzyknął. – Przynajmniej go zatrzymam, chyba że wygryzie sobie drogę.

Agetta chwyciła go za głowę, oparła stopę o ścianę i szarpnęła z całej siły.

– Teraz pchaj – krzyknęła.

Nagle wskoczył z otworu jak korek z butelki i upadł na ścieżkę.

Na nabrzeżu rozbrzmiewały krzyki i wrzaski. Ludzie ładowali dobytek na wozy i taczki, piętrzyli wysoko stosy rupieci. Panika rozpaliła umysły, instynkt przetrwania pozbawił wszystkich godności. Przez całą wieczność Agetta spoglądała na okropną scenę.

W oddali kopuła Świętego Pawła wyglądała jak olbrzymie stłuczone jajko, z rozbitym dachem i kłębami gęstego dymu buchającymi z dziury. Na rzece przewoźnicy wiosłowali wściekle do południowego brzegu, wlokąc za sobą śmiecie przyczepione do łodzi. Uciekali przed furią spadającą z nieba.

– Musimy szybko iść do księgarni – powiedział Tegatus.

W tej samej chwili łeb Rumskina uderzył w drzwi tunelu. Przebił drewno i spojrzał na Agettę, warcząc i plując krwią. Tegatus chwycił jakąś beczułkę i cisnął w potwora, który wycofał się w mrok korytarza.

– Nie będzie nas ścigał – zapewnił Tegatus i puścił się biegiem. – Już dzień, więc nie zaryzykuje wyjścia na słońce. Światło sprawia ból tym, których pochwyciła ciemność. Dopiero wieczorem zacznie nas tropić.

Agetta nie czuła się uspokojona. Biegnąc za aniołem wśród rozpętanego szaleństwa, myślała tylko o zagładzie miasta i straszliwych zmianach w swoim życiu. Nadeszła rozpacz, odezwał się głos sumienia. Wypomniał jej szorstko, jak dawniej narzekała na swój los. Szydził z jej marzeń o lepszym życiu, wyższych ideałach. Oto rezultat. Pragnęłaś czegoś więcej: bogactwa Yerzinii, pozycji wielkiej damy, szeptało sumienie, i oto twoje życzenia zostały wysłuchane. Ten koszmar to kara za dawne marzenia.

Biegnąc, nie dopuszczała do siebie widoku trupów, stratowanych przez rozszalałą tłuszczę. Przypomniała sobie, co Yerzinia mówiła o jej wywyższeniu. Powróciła wizja spotkania w alejce: dama w długim czarnym płaszczu, piękny powóz i jedwabiście czarne konie. Yerzinia odnajdzie ją znowu i dzisiaj wieczorem weźmie *Nemorenzis* jako dar, symbol służby i przyjaźni.

Na drodze do Mostu Londyńskiego nie mogli biec, ponieważ masa ludzi przesuwała się tamtędy jak powolna, brudna rzeka, wlewająca się pomiędzy kolumny bramy i na bruk mostu. Agetta mocno trzymała anioła z tyłu za surdut i razem przepychali się przez skłębione ciała. Po drugiej stronie mostu widziała wejście do księgarni, gdzie szyld skrzypiał i wzywał, kołysząc się na rześkim wietrze.

Przytrzymała się Tegatusa, ale porwał ją prąd i poniósł jak podskakujący spławik coraz bliżej do księgarni. Podniosła wzrok. Po raz pierwszy zauważyła, że dach budynku przypomina dziwaczny zamek, z wysokimi szańcami i wąskimi oknami jak otwory łucznicze. Wysoko na blankach szczerzyły się znajome mordy diakki wykute w kamieniu, gargulce strzegące zamku przed niewidzialnym wrogiem. Jeszcze wyżej kometa migotała w jasnym porannym słońcu, a niebo srebrzyło się od wybuchających kamieni z nieba.

Weszli do księgarni i zaryglowali drzwi przed tłumem, odcinając chaos i zgiełk. Rzędy ciemnych woluminów emanowały milczeniem i mądrością wieków.

Pod ścianą rozległo się spieszne dreptanie małych stópek i w kącie obok staroświeckiego kominka zgęstniał jakiś cień. Powoli zaczęła się formować niewielka postać, nabierając kształtu po kawałku, w miarę jak opadał kurz. Najpierw dwoje bystrych oczu, potem zarys ucha, usta i mały guziczek nosa – wszystko nakryte strzechą zmierzwionych jasnych włosów. Przed nimi zmaterializowała się mała dziewczynka.

– Musicie iść – powiedziała jękliwym głosem. – Tu nie jest dla was bezpiecznie.

23

Le Grand Dénouement

(Wielkie rozstrzygnięcie)

*P*rzedwczoraj spotkałem człowieka, który nie wierzy w anioły – powiedział Blake, patrząc na Tamizę niezmordowanie płynącą do morza. – Mówił, że anioły nie istnieją. To było w dzień przed trzęsieniem nieba i kometą. – Przerwał i popatrzył smętnie na Abrama. – Gdyby mógł tu teraz być i widzieć to, co ja widzę…

Spojrzał na przewróconą łódź, która okręcała się i wirowała wciągana pod Most Londyński, a jej pasażerowie unosili się na wodzie twarzami w dół jak wygrzewające się wydry.

– Moja wyobraźnia została naciągnięta do granic wytrzymałości i teraz nic mnie już nie zdziwi – oznajmił. – Wzrok mnie nie zmyli, bo umysł się rozpadł. Czuję, że moje życie już nigdy nie będzie takie samo. Powiedz mi jedno: po co to wszystko?

– Ty jesteś uczonym. Czytałeś *Nemorenzis*, jesteś mistrzem kabały… ty mi powiedz, o mądry.

– Myślałem, że wiem, że potrafię przepowiedzieć przyszłość, lecz odkąd dostałem tę księgę, stałem się innym człowiekiem, opętanym przez swoje obliczenia, niezdolnym dostrzec prawdy.

– Uczeni, kabaliści, zawsze szukają odpowiedzi i nigdy jej nie przyjmują – oświadczył anioł. – Zawsze mnie zdumiewa, że za każdym razem, kiedy dążysz do oświecenia, żarliwie czepiasz się jakiegoś starego zabobonu. Popatrz na siebie: jesteś naukowcem, człowiekiem poświęcającym całe życie faktom, a szukasz prawdy w jakichś mrzonkach. Im więcej odkrywasz, tym gorliwiej chowasz głowę w piasek przeszłości.

– Im więcej odkrywam, tym bardziej się chowam w magię – odparł Blake. – Zupełnie jakbym uciekał od nowoczesnego świata do jakiegoś lepszego miejsca w przeszłości. Zawsze bałem się żyć tu i teraz. W rezultacie albo wybiegam myślami ku przyszłości, albo zagłębiam się w spekulacje „co by było, gdyby…". Teraźniejszość jest zbyt trudna do zniesienia, stawia zbyt duże wymagania, nie umiem im sprostać.

– Żyć w ten sposób to zbrodnia wobec życia – powiedział Abram niemal szeptem. – Każdy oddech to sakrament chwili obecnej, cenny i niepowtarzalny, który trzeba smakować. Życie przeszłością prowadzi do rozgoryczenia, marzenia o przyszłości to marnowanie życia. Nie wolno ci strwonić ani sekundy, każda może być ostatnia… A ty myślisz tylko o stronicach księgi i tym, co tam odkryjesz.

– Przesłoniła mi wszystko – odparł Blake, jakby wreszcie ktoś go zrozumiał.

– Taka jest *Nemorenzis*. Odnajduje twoją słabość i każe jej rosnąć. Tych, którzy pożądają wiedzy, jej moc wodzi na manowce. Tych, którzy pragną władzy, upaja i otumania, a zgorzkniali więdną przez nią przedwcześnie. Zawoła do ciebie ze swojej kryjówki, zażąda, żebyś ponownie ją odkrył. *Nemorenzis* potrzebuje uwielbienia swoich niewolników, gdyż tym właśnie jesteś. Krzykiem obwieści swoją obecność i przyciągnie cię z końca świata. A ja musiałbym tylko pójść za tobą, żeby ją odzyskać.

– Odzyskać? – zapytał zdumiony Blake.

– Byłem jej strażnikiem. Ukradłem ją osobie, która ją napisała. Księga rozpoczęła życie jako historia naszej rodziny, a potem autorka zaczęła ją wypełniać pragnieniami własnego serca. Napełniła księgę opowieściami, jak nasz pan nas okłamał, podstępem wyzuł z naszego dziedzictwa. Twierdziła, że jesteśmy mu równi, nie stworzeni przez niego, ale tacy sami. Wszyscy z prochu powstali i w proch się obrócą.

Przerwał w nadziei, że Blake odgadnie całą prawdę.

– Hezrina była tak pięknym aniołem, tak wspaniałym, i na tym polegał jej fałsz. – Anioł spojrzał na niebo i kometę wiszącą wysoko w górze. – Ona wezwała tę kometę z kosmosu. W miarę jak rosła jej potęga, rosła też zachłanność. Ona chce rządzić dwoma królestwami: najpierw ziemią, potem niebem, razem ze swoim bratem Pyrateonem. Jedno dobre w tej księdze, że przepowiada jej następne uczynki. Księga nam powie, jak ją pokonać. Ona musi zrobić jedno. Co tysiąc lat musi się przemienić. Jeśli anioły zamieszkają na ziemi i przyciąganie świata zawładnie ich duszami, zmieniają się w warczące demony. Teraz znowu zbliża się jej czas; ona musi przybrać nową tożsamość. Jedyny sposób to ukraść komuś ciało. To musi nastąpić w dniu urodzin, który wypada podczas pełni księżyca. Jutro jest pełnia i bardzo blisko jest osoba, której ukradną życie.

– Skąd wiesz, kto to będzie? – zapytał Blake.

Na Cheapside krzyki trzepotały jak jesienne liście nad dachami domów i dzwony poruszane wiatrem dzwoniły bez pomocy ludzkich rąk.

– To musi być dziewczyna w rozkwicie, czysta i nieskazitelna. Hezrina zawsze wybiera te, które mają skłonność do przemocy. Wyszukuje je zaraz po urodzeniu i śledzi przez całe życie. Jej pomagierzy obserwują dziecko przez lata, a potem w odpowiedniej chwili porywają je i Hezrina przechodzi przemianę.

– Jutro są Zaduszki, urodziny mojej służącej Agetty Lamian. Zawsze daję jej wtedy wolny dzień. Ukradła *Nemorenzis* i wyniosła z domu.

– Więc to pewnie ona i z jej powodu dostałeś księgę. Nigdy się nie zastanawiałeś, dlaczego ktoś ci zrobił taki prezent? – zapytał anioł, nie wspominając o swoim spotkaniu z Agettą.

– Myślałem, że to dar bogów, oddany mi na przechowanie.

– Podarowano ci księgę, żeby dziewczyna dostała się pod jej wpływ, żeby otworzyć jej umysł na rzeczy nadprzyrodzone i ukraść jej młodość. Ty jesteś zwykłym pionkiem w tej grze, chwilową zachcianką lady Flamberg.

Na ulicach psy wyły coraz głośniej, jak oszalałe.

– Ona chce doprowadzić do zagłady miasta i wszystkich ludzi – podjął Abram. – Chce zacząć wszystko od początku.

Blake odpowiedział szybko, pośród narastającego wycia:

– Jej ojciec mówił, że uciekła z kimś z jego menażerii. Podobno to cudzoziemiec z Włoch, człowiek ze skrzydłami. – Blake zaśmiał się. – Chcieli mi wmówić, że uciekła ze skrzydlatym mężczyzną.

– Czy ten cudzoziemiec przypadkiem ma jakieś imię? – zapytał Abram.

Blake wytężył pamięć.

– Ma. Nazywali go… Tegatus. Tak, nazywa się Tegatus.

– Więc nie wszystko stracone, ponieważ on nie jest Włochem ani nawet człowiekiem... to anioł, niebiański emisariusz, wysłany, żeby odnaleźć Yerzinię i odzyskać słowo jej życia. Zwabiła go jak ćmę do płomienia świecy i opaliła mu skrzydła. Modlę się, żeby nie upadł zbyt nisko i nie unurzał stóp w ciemności. Co mu z tego, że zyska świat, jeśli straci życie wieczne? – Spojrzał na Blake'a. – Tegatus jest jak zbłąkana owca, która zeszła na złą drogę. Jeszcze jest szansa dla dziewczyny i dla nas wszystkich.

Abram podszedł do nabrzeża i spojrzał ponad wezbraną wodą na domy na Moście Londyńskim.

– Czy znasz księgarza nazwiskiem Thaddeus Bracegirdle? – zapytał, przysuwając się do Blake'a.

– Znam dobrze to nazwisko. Dziwny człowieczek z paciorkowatymi oczami i nosem jak prosiak.

– Czy ta dziewczyna, Agetta, odwiedzała jego księgarnię? – zapytał powoli.

– To bystra dziewczyna, samouk, ale nie chodzi po księgarniach – odparł stanowczo Blake.

– Byłem w tamtej księgarni i spotkałem twoją służącą. Zachowywała się tak, jakby znała Bracegirdle'a, traktowała go jak przyjaciela. W księgarni były też inne istoty... dzieci. – Przerwał i obejrzał się w obawie, żeby go nie podsłuchano. – Zmarłe dzieci, których dusze schwytano i uwięziono w budynku. Nigdy nie czułem podobnego natężenia złej woli, jakbym kroczył przez otchłań Hadesu. Czy znasz przyczynę?

Blake wydawał się zdziwiony i odpowiedział z wahaniem:

– Kiedyś tam był kościół, mała kaplica dla podróżnych wjeżdżających do miasta. Legenda mówi, że w pewien dzień roku, kiedy promienie słońca padną na wodę, pod mostem tworzy się wir. Kto w niego wskoczy, przejdzie przez bramę do innego świata. Kiedy miasto nawiedziła zaraza, wielu ludzi lękających się śmierci skoczyło z tego kościoła do rzeki i więcej ich nie widziano. Tym miejscem włada śmierć, nie życie. Ostatni wskoczył do rzeki ksiądz... zadzwonił na jutrznię, pozamykał drzwi i rzucił się do wody. Powiadają, że rzeka nigdy nie zamarza w tym miejscu pod mostem, bo ognie podziemnego świata podgrzewają wodę i para smoczego oddechu wznosi się z głębiny. – Blake próbował znaleźć związek. – Potem powstała tam księgarnia, a Thaddeus Bracegirdle ma wiele dziwnych znajomości.

– Lady Flamberg? – zapytał anioł.

– Wszyscy w mieście znają lady Flamberg – odparł Blake z uśmiechem. – Ona zawsze tu mieszkała.

– I nigdy się nie zmieniła, nie zestarzała. Podczas gdy jej mąż roztył się i pomarszczył, ona wciąż wygląda jak dziewczyna, którą poznał przed pięćdziesięciu laty. – Abram spojrzał w stronę mostu. – Ona się boi, że to będzie jej ostatnia ziemska transformacja, więc bardzo jej zależy, żeby się udała. Kometa to część jej planu, nowe życie i nowe miasto.

– Mówili, że wyjadą na północ, do domu na wsi, żeby stamtąd obserwować katastrofę – przypomniał sobie Blake.

– Yerzinia otoczyła się lojalnymi stronnikami. Jutro, kiedy Księżyc w pełni wzejdzie nad morzem, bezpiecznie obejrzą uderzenie komety i dokona się przemiana.

– A Londyn? – zapytał cicho Blake.

– Zostanie zniszczony i z podziemnego świata wypełzną upiory, żeby prześladować żywych... tych, którzy przeżyją.

– A co z dziewczyną?

– Zostanie obrabowana z własnego ciała i jej duch będzie się błąkał po pustkowiu. Hezrina przesiądzie się do niej jak do powozu, a zużyte ciało lady Flamberg ulegnie rozkładowi. Lord Flamberg się zbudzi i zamiast żony znajdzie gnijące zwłoki. Ona z nim skończyła – zaśmiał się anioł. – Ale chodzi o coś więcej niż przemianę. Miałeś rację... kometa to naprawdę znak nowego świata, mrocznego i zatrutego, rządzonego przez obcą siłę, która zmieni was wszystkich w niewolników. Ona zbuduje na miejscu Londynu nowe miasto zepsucia i strachu. Smok będzie jego heroldem i zasiądzie u jego bram.

– I co zrobisz? – zapytał anioła Blake.

– Co ja zrobię? – Anioł wydawał się ubawiony. – Mam coś robić? Zamierzałem usiąść wygodnie i napawać się przedstawieniem, oglądać zniszczenie całej rasy ludzkiej. A czego ode mnie oczekujesz?

Blake milczał, rozglądając się po mieście. Czarne wrony krążyły nad ulicami, na których leżały już trupy i szczątki rozbitych wozów. A kometa nawet jeszcze nie spadła.

Anioł przyjrzał mu się uważnie.

– Co widzisz, Blake?

– Widzę… że jesteśmy zgubieni. Wystarczyła kometa, żeby doprowadzić to miasto do zguby. Rozproszeni jak plewy na wietrze, jak źdźbła ściętej trawy. – Objął wzrokiem obraz zniszczenia. – To miejsce jest wszystkim, co znam, a teraz mi je ukradziono. Co mam robić?

– Z prochu stworzeni, przewracani byle podmuchem wiatru, słabi i bezradni jak stary pies czekający na hycla. W to wierzysz?

– Wierzę, że zostaliśmy porzuceni przez tę potęgę, która cię wysłała. Zniedołężniały Nieśmiertelny oddał nas we władzę upadłych aniołów – krzyknął Blake.

– Czy nie widzisz, że to wasza wina, bo odrzuciliście tego, kto mógł was ocalić? – odkrzyknął anioł i kopnął beczułkę solonych ryb, ustawioną na nabrzeżu. – Ludzkość zawsze polegała na własnych instynktach. Szukaliście władzy i bogactwa, zagłodziliście wasze dusze wymyślnymi filozofiami i żaden z was nie zauważył. Lepiej w nic nie wierzyć niż przyjmować wszystko za wiarę.

– Ale co… – próbował wtrącić Blake.

– A gdy tylko spada nieszczęście, wznosicie ręce do nieba i wołacie o pomoc. Liczycie, że wszystko zostanie przebaczone i dobro przybiegnie jak pokorny sługa spętany wykutymi przez was łańcuchami, kłaniając się uniżenie i szarpiąc swoją siwą brodę, wdzięczne za pamięć. No więc się mylicie!

Słowa Abrama, wykrzyczane z całej siły, rozległy się echem na pustych ulicach. Gorący anielski oddech oparzył skórę Blake'a i odepchnął go do tyłu. Z ust anioła wyskoczyły języki płomienia i spowiły go jasnopomarańczowym dymem.

– Najlepsze, do czego możecie aspirować na własną rękę, dla nas jest jak brudne łachmany. Ludzkość nie ma w sobie dobra… to złudzenie wiarołomców, ślepców prowadzących ślepców. Trzymacie nosy w błocie tak głęboko, że widzicie tylko wasz świat i trzęsiecie się ze strachu, kiedy go wam zabierają. Otwórz oczy, małpo z Edenu, i zobacz, co się dzieje naprawdę.

Anioł nagle wymierzył Blake'owi potężnego kopniaka w bok. Cios uniósł Blake'a z ziemi i wyrzucił w powietrze. Z nozdrzy anioła buchały kłęby dymu.

Blake usiadł na ziemi, oszołomiony płomiennymi wizjami, które wypełniły mu oczy. Oślepiły go, jakby patrzył w słońce.

– Robimy tylko to, co umiemy – bąknął żałośnie jak skarcone dziecko.

– Robicie to, co wam dyktuje zachłanność, i oczekujecie od Nieśmiertelnego, żeby sprzątał po was śmiecie – burknął Abram, podnosząc Blake'a. – Mogłeś ją znaleźć i powstrzymać, gdybyś chciał. Twój przyjaciel Bonham mógł ci pomóc, gdyby tak się nie tulił do jej łona razem z innymi.

Wycie psów rozległo się bliżej.

– Musimy iść – powiedział anioł i spojrzał w niebo.

Kiedy się odwrócili, gromada ludzi wbiegła na nabrzeże. Z oddali nadciągała duża sfora psów.

Blake podniósł laskę-miecz i przygotował się do walki.

– Więc walczymy z psami? – zagadnął anioł, szperając w kieszeni surduta.

– W tym kraju pomagamy bliźnim, nie dbając, ile nas to kosztuje – odparł wyzywająco Blake.

Zamachnął się mieczem i warknął gardłowo, niczym stary niedźwiedź poszczuty psami.

– To mi się podoba. Ale wybacz, jeśli zniknę przed zakończeniem, ponieważ nigdy nie przepadałem za psim towarzystwem.

– Jeśli tu zginę, umrę za coś ważnego – krzyknął Blake.

– Więc może powinienem zaczekać i odprowadzić twoją duszę tam, dokąd pójdzie – uśmiechnął się anioł.

Tłum przyspieszył, bo psy były tuż-tuż. Jakiś sędzia, wciąż w peruce i czerwonym płaszczu, został sporo z tyłu. Blake patrzył, jak sędzia przebiera krótkimi nóżkami w za dużych butach, jakby w panice chwycił buty kata.

Chart dopadł go pierwszy, przewrócił na ziemię mocnym szturchnięciem w plecy, zdarł mu z głowy długą perukę i potrząsnął nią jak schwytanym królikiem. Podczas gdy pies rozdzierał kłami perukę, przytrzymując ją łapą na ziemi, sędzia wstał, zrzucił z nóg za duże buciory i pobiegł boso w stronę Blake'a i anioła. Ludzie na przedzie rozproszyli się i wbiegli do budynków stojących przy Grub Street, zamykając drzwi przed psami. Wyglądali stamtąd, ale nie kwapili się z pomocą człowiekowi, który niegdyś ich osądzał.

– Biegnij, człowieku! – krzyknął Blake i ruszył w stronę sędziego, wywijając mieczem.

Sędzia biegł powoli i z wysiłkiem w stronę Blake'a, ostrożnie stawiając stopy, pokaleczone od szkła. Inny, większy pies, zwabiony wonią krwi, rzucił się w pościg. Jednym uderzeniem łapy przewrócił sędziego na ziemię.

Blake zadał bestii cios w głowę i pies upadł nieżywy. Sędzia wstał, z twarzą zalaną łzami, krztusząc się słowami, które gniotły go w gardle jak gorące kamienie, i znikł w budynku. Blake z mieczem w dłoni czekał na nadciągającą hordę psów. Wydał z siebie przejmujący wrzask, który brzmiał niczym wyzwanie i wstrząsnął całym jego ciałem.

Abram szybko sięgnął do kieszeni czarnego surduta i wyciągnął mały, okrągły przedmiot. Szybko wycelował kryształ i nagłym wymachem ramienia cisnął pulsującą kulę w stronę rozpędzonych zwierząt.

Coś błysnęło oślepiająco i poderwało Blake'a w powietrze. Wykręcił salto do tyłu i wylądował kilka kroków dalej, na stosie beczek. Grzmiący ryk wyssał mu powietrze z płuc, siła wybuchu powlokła go po ziemi.

Wszędzie zapadła cisza. Ogłuszony Blake podniósł się, ale nie słyszał nic prócz dzwonienia w uszach. Rozejrzał się dookoła. Psy leżały martwe, rozproszone wybuchem, poszarpane na strzępy. Abram Rickards siedział na niskim murku, uśmiechał się i strzepywał biały kurz z rękawa długiego czarnego surduta. Powoli powróciły do Blake'a odgłosy świata, echo wybuchu odbite od budynków, przetaczające się po polach Southwark i wokół wieży garbarni daleko za wodą.

– Musiałem się wtrącić, po prostu nie mogłem się powstrzymać. Te kryształy Abaris to świetna zabawa. Bardzo się przydają i nic się nie oprze ich mocy... – Abram się zaśmiał. – Powiedz mi, czy to magia, czy nauka, czy może coś silniejszego? – Anioł wstał. – Teraz, mój drogi, możemy poszukać *Nemorenzis*?

Optime Disputasti

(Najlepiej rozstrzygnąłeś)

Minęła czwarta po południu, ciemne macki nocy kradły już blask słońca i rzucały na miasto długie cienie. Agetta kuliła się przy ogniu w kącie księgarni i patrzyła, jak Tegatus spaceruje po pokoju, trzymając w rękach *Nemorenzis* i powoli przewracając grube pergaminowe stronice. Odkąd tu weszli, czuła w sobie rosnącą moc księgi. Każda drobinka goryczy wypływała na powierzchnię jej umysłu i zatruwała serce.

Dziewczynka siedziała przy ogniu i patrzyła na Agettę przez całe popołudnie.

– Czemu nie odejdziesz? – spytała gniewnie. Niewiele więcej powiedziała. – Tu nie jest dla ciebie bezpiecznie, oni wrócą i inni też chcą cię skrzywdzić.

Tegatus przerwał ostro:

– Zostaniemy do zmroku, a potem możesz nawiedzać to miejsce do woli w samotności.

Agetta nigdy jeszcze nie rozmawiała z duchem. Słyszała historie o duchach i wyśmiewała je pogardliwie jako wyssane z palca. Teraz siedziała przed nią zjawa o bladej twarzy i głębokich, żałośnie patrzących czarnych oczach.

– Musisz odejść, bo skończysz jako jedna z nas – powtórzyła zjawa zimnym, piskliwym głosem.

– Jak to jest umrzeć? – zapytała Agetta, przysuwając krzesło bliżej do ognia.

– Ja nie umarłam, żyję tak samo jak ty – odparła zjawa.

– Ale kiedyś żyłaś, a teraz jesteś duchem, więc musiałaś umrzeć. Jak to było?

– Zmiana była łatwa… wyskoczyłam ze skóry i zostawiłam ją. Znalazłam się tutaj i po prostu było inaczej.

– Jak się nazywasz? – zapytała Agetta.

– On ma moje imię – odparła dziewczynka z drżeniem, kuląc ramiona. – Zamknął je gdzieś na klucz, raz je widziałam, ale nie umiem czytać. Gdybym miała imię, odeszłabym stąd dalej. Nie chcę tu zostać na zawsze. – Zaśmiała się cicho, co zabrzmiało jak szczękanie zębami.

– Czy Thaddeus ukradł ci imię? – zapytała Agetta.

– Nie. Księgarz lubi nasze towarzystwo, jesteśmy jakby jego rodziną.

– Więc czemu nie pomoże wam odejść? – wtrącił szybko anioł. – Przecież spełniłby dobry uczynek.

– On ma tylko nas, nie ma własnej rodziny… – Zjawa nagle zesztywniała, oczy wyszły jej na wierzch. – Ktoś idzie – oznajmiła i szybko znikła.

Tegatus wepchnął *Nemorenzis* z powrotem na półkę, chwycił Agettę i wciągnął ją szybko przez kominek do księżej dziury. Sam porwał świecę ze stołu, zanim wpadł do małej komnatki. Wysoko na ścianie znajdowała się dziurka wycięta między kamieniami, dająca widok na całą księgarnię. Agetta przycisnęła oko do tej szpary i wśród półek zapełnionych książkami ujrzała Dagdę Sarapuka. Tegatus milczał, zupełnie jakby nie musiał patrzeć, co się dzieje, ponieważ widział rzeczy ukryte.

– Mój złodziej piór – szepnął do Agetty. – Przyszedł ukraść księgę.

Agetta patrzyła, jak dziewczynka przysuwa się do stosu książek spiętrzonych na najwyższej półce. Nagle półka zadrżała i Sarapuk zobaczył trzy grube czarne Biblie, lecące na niego z góry niczym kaskada prawdy. Uderzyły w niego i spadły na podłogę. Ostatni cios powalił go na kolana i piskliwe echo radości zatańczyło nad jego głową, kiedy mała szelma śmignęła pomiędzy regały.

Sarapuk zmrużył oczy i rozejrzał się po pomieszczeniu. Potem zanurzył rękę w kieszeni i wydobył złote okulary z ciemnoniebieskimi soczewkami. Agetta zachłysnęła się – takie same nosił człowiek, który ją śledził. Tegatus odepchnął ją i sam wyjrzał przez szczelinę.

– Moje szkła chezzed – szepnął i odstąpił od judasza. – Twój ojciec mi je zabrał, kiedy mnie kupił do swojej menażerii.

– Człowiek, który tu był tamtego dnia, który mnie śledził, miał takie same – powiedziała Agetta.

– Miał takie same okulary?

– Dokładnie takie same... grube niebieskie szkła, które zakrywały mu oczy i zwisały z nosa.

– Więc nie jestem jedynym aniołem w Londynie, a jeszcze bardziej mnie niepokoi, dlaczego tamten cię śledził – szepnął Tegatus. Potem kiwnął głową w stronę Sarapuka. – Przez szkła on widzi rzeczy, których ludzki wzrok nie powinien dostrzegać.

Sarapuk przesuwał dłonią po grzbietach książek na półce, gdzie wcześniej anioł ukrył *Nemorenzis*. Zamarł z palcem na okładce. Drgnął i zadygotał na całym ciele jak porażony elektrycznością. Okulary spadły mu z nosa i wylądowały na podłodze. Odskoczył od regału. Znowu wyciągnął rękę, żeby chwycić tom, i znowu szarpnęła nim niebieska błyskawica, która wyskoczyła z ciemności. Sarapuk zachichotał jak dziecko ucieszone nową zabawką. Wyciągał rękę i cofał, a niebieskie iskierki migotały w mroku.

– *Nemorenzis* go znalazła – powiedział anioł, wyglądając przez szparę.

Sarapuk bawił się dalej i dłoń mu podskakiwała od ukłuć kolejnych iskierek. Nagle jednak wzrok jego padł na złoty listek, zdobiący grzbiet sąsiedniego tomu na zapchanej półce.

– *Mikrografika!* – wykrzyknął i wyprostował się gwałtownie. – Sinoskóry Danby nie kłamał, oto przede mną leży jego prawda.

Chwycił mały prostokąt drewna pod książką, która ześliznęła się z półki i odsłoniła otwór ziejący czernią. Sarapuk próbował zajrzeć w głąb, ale nic nie widział. Rozczarowany, wepchnął rękę głęboko do dziury, przyciskając głowę do regału i rozpłaszczając o drewno długi, cienki nos. Czubkami palców musnął miękki aksamit sakiewki. Wytężył się, żeby sięgnąć głębiej.

– Nareszcie – odetchnął, kiedy w końcu chwycił sakiewkę i mocno pociągnął.

Sakiewka przesunęła się o kilka centymetrów, a potem utknęła, jakby natrafiła na niewidoczną przeszkodę albo zatrzymała ją widmowa dłoń.

– Co tam trzyma? – zawołał gniewnie Sarapuk. – Nie rób sobie żartów, Danby.

Echo w mrocznym pomieszczeniu powtórzyło jego słowa.

Sarapuk puścił ciężką sakiewkę i spróbował wcisnąć rękę jeszcze trochę głębiej. Na ślepo macał palcami po wnętrzu wyłożonym zimnym, gładkim marmurem. Pomyślał o złocie i wyobraził sobie, jak liczy grube żółte monety i wrzuca je jedną po drugiej do kieszeni. Zachichotał cicho, kiedy przypomniał sobie Cadmusa, który drżał jak spłoszona świnia na widok Sinoskórego. Po co człowiek ma przyjaciół, pomyślał, jeśli nie po to, żeby ich oszukiwać, kiedy się nadarzy sposobność?

Z tą myślą przesunął palcami po małym, ostrym haczyku przytrzymującym sakiewkę na dnie otworu. Pchnięciem małego palca uwolnił sakiewkę i w tej samej chwili poczuł, że jedna ścianka komory odskoczyła, jakby nacisnął przełącznik otwierający ukryty schowek. Oczy mu się rozszerzyły z zachwytu, gardło ścisnęło z pożądania.

– Co za radość! – wymamrotał, wsuwając dłoń w długą, wąską szczelinę, która otwarła się po jednej stronie. – Worek złota, a teraz niegdysiejsze skarby! Zaraz, zaraz, zaraz – zanucił.

Nagle zesztywniał. Wyciągnął rękę z dziury, odskoczył i spojrzał na swoją zaciśniętą pięść.

W jego dłoni wił się i skręcał skorpion, przeciskając się pomiędzy kciukiem a palcem wskazującym. Sarapuk obrócił rękę, żeby lepiej się przyjrzeć. Długi, kolczasty, drgający ogon stwora oplótł mu palce. Potem sprężył się, cofnął i kilkakrotnie mocno dźgnął wierzch dłoni.

Dłoń Sarapuka rozwarła się niczym sprężynowy potrzask i skorpion wyleciał w powietrze. Wylądował bez szwanku u stóp Sarapuka i natarł na niego, szczękając kleszczami. Sarapuk zaczął przeskakiwać z nogi na nogę, żeby rozdeptać skorpiona. Ścisnął prawą rękę w nadgarstku, bo trucizna torowała już sobie drogę przez żyły. Na czoło wystąpiły mu gęste krople białego potu. Skorpion biegał wokół niego, a Sarapuk wrzeszczał i skakał, usiłując zmiażdżyć twardą brązową skorupę. A potem trucizna dotarła do serca. Sarapuk wyprężył się jak struna i chwycił się za pierś. Wszystkie barwy odpłynęły z jego twarzy, skóra napięła się i rozciągnęła na ziemistych policzkach. Usiłował coś powiedzieć, ale tylko otwierał i zamykał usta jak ryba, wciągając powietrze w spienione płuca.

Na podłodze zawirował kurz. Pojawiło się widmo Sinoskórego Danby'ego. Wąż wypełznął z jego pustego oczodołu, skoczył na Sarapuka i owinął się wokół jego długiej, cienkiej, białej szyi. Zakotwiczył się ogonem wokół jego ramienia i powoli zaczął wyduszać oddech z nieszczęśnika.

25

Seidkona

We śnie Agetta stała przed okazałą rezydencją na szczycie długich marmurowych schodów. Zobaczyła tam otoczoną oślepiającym blaskiem postać dziewczyny, niewiele starszej od niej, odzianej w cienką purpurę. Dziewczyna wyciągała do Agetty chude białe ręce. Agetta z trwogą podała jej dłonie i spojrzała w głębokie zielone oczy. Potem huknął grom i dziewczyna znikła.

Niebo ciemniało. Dwie jasne lampy w kształcie gargulców, uwieńczone głowami węży w hełmach, strzegły drzwi do rezydencji. Lokaj ubrany w szkarłatną kurtkę ze złotym galonem stał z boku i spoglądał na plac. Agetta uśmiechnęła się do niego, myśląc, że może on wie, dlaczego się tutaj znalazła i co ją wezwało. Rozejrzała się. Znajomy pejzaż Conduit Fields rozciągał się na północy, a naprzeciwko nowo założonych ogrodów wznosiły się wysokie domy Queen's Square ze schludnymi żelaznymi poręczami i wypolerowanymi schodami. Lokaj odwrócił się nagle i Agetta chciała ustąpić mu z drogi – lecz ku jej zdumieniu przeszedł przez nią na wylot, jakby nie istniała albo była duchem. Wrzasnęła, lecz lokaj się nie obejrzał, tylko spiesznie zbiegł po schodach.

W słabym świetle pochodni Agetta spostrzegła, że znak na jej dłoni płonie krwawą czerwienią, a maleńkie literki otaczające bliznę przybrały nasyconą barwę złota. Zdawały się obracać w kierunku przeciwnym do ruchu słońca. Patrzyła oczarowana, jak słowa wirują i tańczą na jej dłoni, a potem nieruchomieją. Przed jej oczami słowa *Ga-al et ha-szamayim* drżały na krawędzi płonącej skóry.

Potem znowu zobaczyła dziewczynę o zielonych, świecących, wężowych oczach. Dziewczyna pociągnęła Agettę przez zamknięte drzwi do holu. Agetta zadygotała, kiedy przesuwała się przez drewno i maleńkie błękitne iskierki zabłysły na jej skórze. Jęknęła z dojmującej rozkoszy, przewyższającej wszelkie doznania, jakich dotąd doświadczyła.

– Mnie też to cieszy – powiedziała dziewczyna; oczy jej błyszczały w świetle lamp. – Nigdy nie zapomnisz tego pierwszego uczucia krańcowej radości, jaka wstrząsa twoim ciałem.

Mówiła zniżonym głosem i uśmiechała się.

Agetta zauważyła długą srebrną nić, która ciągnęła się za dziewczyną, wpełzała po wysokich schodach i znikała za drzwiami zdobionymi inkrustacją ze złotych liści.

– Nie wiesz, gdzie jesteś, prawda? – zapytała dziewczyna.

Przeprowadziła Agettę przez hol do dużego pokoju. Agetta nie mogła wykrztusić z siebie ani słowa. Daremnie próbowała pojąć, co się z nią dzieje. To było coś więcej niż sen – namacalna, klarowna obecność, jakby wszystko działo się naprawdę, jakby zmieniła się w ducha i oglądała rzeczywistość w innym aspekcie. Minęła duże lustro i zaskoczyło ją, że nie widzi swojego odbicia.

Dziewczyna parsknęła śmiechem.

– Nie odbijasz się w lustrach, ale to nie sen. Chodź i zobacz.

W jadalni wytwornie odziany mężczyzna szarpał zębami delikatne ścięgna małpiej łapy. Twarz miał umazaną gęstym tłuszczem i żarłocznie wysysał szpik z cienkiego uda. Ani na chwilę nie odrywał łakomego wzroku od długiej, wąskiej kości.

– Ogranicza nas tylko czas. Nie możemy zobaczyć przyszłości ani przenieść się w przeszłość, tutaj jednak możemy robić, co nam się podoba, a potem powracamy do naszych ciał i zabieramy ze sobą wspomnienia. – Dziewczyna wskazała długim białym palcem na mężczyznę. – On nas nie widzi ani nie słyszy. Ale czasami można nas zobaczyć kątem oka jako zjawy.

– Czy jestem duchem? – zapytała Agetta i spróbowała dotknąć fotela z wysokim oparciem, na którym siedział mężczyzna.

– Twój duch podróżuje, kiedy ty śpisz. Jesteś połączona z ciałem sznurem życia. Tylko śmierć przerywa ten sznur. Strzeż się jednak, jeśli zostanie przecięty przy kręgosłupie, nigdy nie wrócisz do swojego ciała.

– Jak to się może stać? – zapytała lękliwie Agetta.

– To nie jest miejsce, gdzie ludzie mogą przebywać. Jesteś tutaj dzięki pożądaniu. We śnie zostajemy w naszych ciałach, dzisiaj jednak uwolniłaś się ze śmiertelnych okowów i przybyłaś tutaj.

– Czy to twój dom? – zapytała Agetta. – Dlaczego nie wyjechałaś z Londynu, kiedy wszyscy uciekli?

– Służę lordowi i lady Flamberg. Ona pokazała mi ten sekret, odwiedza mnie w nocy i płata mi figle. Śpię w pokoju na piętrze, a nocami chodzę po korytarzach, kiedy czas się zatrzymuje, i słucham ich rozmów... Kiedy kamienie spadały z nieba, ukryliśmy się w piwnicy. Nic nam nie grozi – mówiła z błyskiem podniecenia w oku. – Tu są inni, którzy to potrafią, wiedzą, że przyszłaś, i czekają na górze.

Pociągnęła Agettę po długich schodach na podest na piętrze, gdzie wybiegł im na spotkanie mały piesek, machając ogonem w radosnym zapale.

– On nas widzi – stwierdziła Agetta, bo piesek zaczął szczekać i skakać.

– Nie tylko – odparła dziewczyna. – Jest z nami w tym świecie.

Agetta poczuła, że sznur życia nagłym szarpnięciem ciągnie ją z powrotem.

– Budzisz się ze snu, nic nie można zrobić, żeby cię tutaj zatrzymać – powiedziała nerwowo dziewczyna.

Agetta wyciągnęła do niej rękę, żeby zostać jeszcze przez chwilę w tej duchowej sferze.

– Nie pozwól mi wrócić, nawet nie znam twojego imienia.

– Ktoś cię budzi ze snu. Musisz odejść. Powiedz mi, gdzie śpisz, to przyjdę do ciebie.

– Jestem w księżej dziurze, za kominkiem w Księgarni Kaganek na Moście Londyńskim, tam mnie znajdziesz – powiedziała szybko Agetta, bo sznur napinał się mocniej, jakby ciągnięty niewidzialną ręką. – Przyjdź do mnie. Zabierz mnie znowu do tego miejsca. Muszę wiedzieć więcej.

Sznur przewrócił ją i pociągnął w dół po schodach. Piesek rzucił się w pościg, szczekając wesoło, jakby brał udział w zabawie w duchy. Agetta bez wysiłku przepłynęła w powietrzu i wydostała się na ulicę. Sznur życia coraz szybciej przyciągał ją z powrotem do ciała.

Potem poczuła ostatnie szarpnięcie, bezgłośnie i bezboleśnie przebiła grube kamienne mury księgarni i z dreszczem zanurzyła się we własne zimne ciało.

Tegatus potrząsnął nią, żeby się ocknęła. Ścisnęła głowę rękami i nie-mrawo potarła twarz.

– *Ga-al et ha-szamayim* – powtarzał anioł, jakby recytował zaklęcie.

– Mówiłaś przez sen. Gdzie byłaś?

– Nie wiem – powiedziała cicho Agetta i próbowała zebrać myśli. – Byłam w domu niedaleko Conduit Fields, w dużym domu z marmuro-wymi schodami. Spotkałam dziewczynę, służącą jak ja, mówiła, że po-trafi chodzić we śnie jak duch i ja też tak mogę. To nie był sen, prawda? A słowa, które wymawiasz, miałam wypisane na ręce.

– Masz kamień widzenia. Może powinnaś sama sprawdzić – zapropo-nował Tegatus i osunął się obok niej na podłogę.

Agetta wyjęła kryształ z kieszeni i ostrożnie przysunęła do blizny oto-czonej czarnymi literkami. Patrzyła, jak maleńkie czarne kształty zmie-niają się na jej oczach.

– „Niebiosa, które odkupił" – przeczytała cicho. – Więc to mówiłeś, kiedy się obudziłam. Co to znaczy?

– To znaczy, że jesteś bezpieczna i nic ci nie grozi. Jesteś ośrodkiem czegoś, co przekracza nawet moje zrozumienie. Jakby wszystko stało się ze względu na ciebie. Kiedy spałaś, Sarapuk został zabity i jego ducha uwięził demon z siną twarzą. Opuścili już to miejsce.

– Danby! – wykrzyknęła Agetta przerażona, że duch rozbójnika zna-lazł ich kryjówkę. – To był przyjaciel mojego ojca, oszust i morderca, a teraz po śmierci mnie prześladuje.

– Nie lękaj się, dziecko. Pomiędzy niebem a piekłem jest otchłań, któ-rej żaden upiór nie przekroczy, a ja znam imię tego, kto odeśle tego stwo-ra na zawsze do grobu.

– Groził, że mnie zabije, żeby ukarać mojego ojca, i zabije – rzuciła z rozpaczą. Wstała, zamierzając wyjść z księżej dziury.

– Nie. Muszę coś zrobić, zanim wyjdziesz. – Tegatus chwycił ją za ramię i wciągnął z powrotem do klitki. – Ja pójdę pierwszy i zrobię, co trzeba, dla Sarapuka. Chociaż to podły pies, nie można go tak zosta-wić.

Tegatus wyszedł z kryjówki do księgarni, gdzie dziewczynka wyciąg-nęła się na zwłokach, jakby odpoczywała na modnej francuskiej sofie.

– On już tego nie potrzebuje – oświadczyła na widok anioła. – Chcia-łam wejść do środka i zobaczyć, jak to jest znowu żyć w ciele, ale całe życie odeszło. Mój pan tak zrobił z nami wszystkimi, chwyta nasze dusze, a ciała strąca przez zapadnię do Tamizy.

– Księgarz zna się nie tylko na książkach – odparł Tegatus.

– Panuje nad wieloma rzeczami i ma wielu przyjaciół. Wiedział, że dziewczyna tu przyjdzie. Słyszałam, jak rozmawiał z kobietą w powozie ze słońcem namalowanym na drzwiach. Chcieli zdobyć księgę, którą przyniosłeś, razem z dziewczyną, dzisiaj wieczorem. Myślałeś, że pomagasz jej w ucieczce, ale przyprowadziłeś ją w odpowiednie miejsce w odpowiednim czasie. Może jednak nie jesteś taki mądry.

Duch zbladł tak bardzo, że pozostał tylko nikły zarys.

– Oni przeszukują cały Londyn. To najlepsze miejsce, bo tutaj się nas nie spodziewają.

– Ona latała we śnie. Byłam na dachu, widziałam ją. Powiedz mi, aniele... ona nie uczyła się latać, więc musieli wywołać ją zaklęciem z ciała. Jeśli to zrobili, wiedzą, gdzie ona jest...

– Więc odejdziemy, a ty powiesz swojemu panu, że uciekliśmy – odparł Tegatus. Podszedł do dziewczynki i zepchnął ją ze sztywniejącego ciała Sarapuka. – Powiedz mi teraz, gdzie jest ukryte przejście do rzeki.

Dziewczynka wskazała grube mosiężne kółko, wpasowane dokładnie w drewnianą podłogę obok kominka. Tegatus podniósł pierścień i dźwignął trzy deski, które tworzyły klapę. Pod spodem gęsta brązowa woda bulgotała pomiędzy wąskimi przęsłami mostu.

– Przywołuje wspomnienia – powiedziała dziewczynka, patrząc na wodę. – Pamiętam noc, kiedy to się ze mną stało. Widziałam, jak moje ciało tam wpada. Najlepsze, co się mogło stać. Nędzne życie, nędzna śmierć, co za różnica?

Tegatus jedną ręką dźwignął Sarapuka z podłogi i powlókł po deskach. Bez ceremonii wrzucił ciało do tworu i nasłuchiwał plusku. Nie usłyszał nic, tylko bulgotanie wody i świst wiatru ponad rzeką.

Dziewczynka zapadła się pod podłogę i po chwili pojawiła się ponownie obok Tegatusa, który zaglądał w otwór.

– On nie spadł – powiedziała swoim piskliwym głosem. – Utknął, zaczepił się na starej belce. Będzie tak wisiał do świąt, chyba że wcześniej zgnije i mewy go rozdziobią – zakończyła wesoło.

– Więc niech wisi do świąt i niech umarli grzebią swoich umarłych – odparł stanowczo anioł.

Podniósł klapę i zatrzasnął w obłoku gęstego kurzu. Daleko w dole zwłoki Sarapuka dyndały na wietrze jak porzucona lalka, kołysane w przód i w tył.

Tegatus odwrócił się i zawołał Agettę.

– Zrobione – krzyknął. – Chodź, musimy iść, zanim nas znajdą. Mała widziała twój lot i boi się, że cię śledzili ci, którzy cię szukają.

Agetta wyłoniła się zza kominka. Twarz miała zmienioną, wyglądała na znacznie starszą.

– Śledziła mnie... dziewczyna z mojego snu... i jej piesek. Chciałam, żeby mnie znaleźli, oni mnie nie skrzywdzą. Chcę być jej przyjaciółką i poznać więcej jej magii.

– Gdzie oni teraz są? – zapytało dziecko.

– Widziałam ich przy kościele z iglicą od strony Blackfriars.

Tegatus podbiegł do okna i wyjrzał. Na północnym niebie jaśniała łuna pożaru, obrysowując głęboką czernią sylwetki domów. Nikogo nie zobaczył.

Przy bramie mostu mały piesek mościł się w porzuconym płaszczu i okręciwszy się kilka razy, udeptał sobie posłanie. Z jednym okiem przymkniętym, zerkał sennie na drzwi księgarni, których pilnował.

W domu przy Conduit Fields Hezrina Flamberg odprawiła cień dziewczyny, która budziła się ze snu. Strzeliła palcami i Morbus Gallicus przyczołgał się do niej jak pies.

– Zostawię Rumskina tam, gdzie jest. Na pewno nam powie, jeśli spróbują odejść. Idź, znajdź Thaddeusa Bracegirdle'e i zabierz go na Most Londyński, i przypilnuj, żeby nie uciekli.

Hamartia

(Wada charakteru, błąd, wina, grzech)

Myśl, człowieku, myśl – mówił Abram, popychając Blake'a wąską alejką, rozwaloną wybuchem lodu z nieba. – Nie czujesz w kościach, gdzie jest księga?

– Nie mogę myśleć, tyle jest do myślenia – poskarżył się Blake. Z dachu sąsiedniego domu spadła kaskada dachówek. – Tylko popatrz na nas. Co myślisz ty, anioł z innego świata, co myślisz o tym cudownym dziele stworzenia?

Ostre słowa Blake'a rozbrzmiały echem w ciemności.

– Nie chciałbyś wiedzieć, co myślę – odparł Abram, popychając Blake'a dalej. – Zbyt często brodziłem w rynsztokach tego świata, podnosiłem pijane trupy z grzęzawiska i stawiałem z powrotem na nogi. Może jest w was więcej piekła niż nieba. – Przestąpił przez ścierwo osła leżące w poprzek drogi. – Często się zastanawiam, czy nie bylibyście szczęśliwsi, gdybyśmy zostawili was samym sobie z waszymi żądzami i nie usiłowali wpoić wam tego, co nazywacie dobrem. Raz powiedziałem to stwórcy... no, ale on znał moje myśli, zanim je wymówiłem, i nie odpowiedział. Wszystko było w jego oczach, tych wszechwiedzących, wszystkowidzących oczach, które cię obnażają... powiedziały wszystko, mówiły o jakiejś głębokiej, silnej więzi, którą tylko on zna.

– Więc po co to wszystko? – zapytał natarczywie Blake. – Miasto pogrąża się w szaleństwie, bombardowane z nieba przez kometę przepowiedzianą w starej księdze, a nierządnica podbija świat. Czy ten wszystkowidzący i wszechkochający się tym przejmuje? Czy jest tak bezsilny, że nie potrafi nam pomóc?

Potem stopy nagle przykleiły mu się do bruku jak obciążone ołowiem, a ciało skręciło się konwulsyjnie w męce. Upadł na kolana i lodowate palce wpiły mu się w twarz. Martwe ręce sięgały do niego przez kamienie i błoto, przedzierały się na powierzchnię z dołu, który był ich grobem od czasu pierwszej zarazy.

Kopiąc ręce umarłych, które chwytały go za nogi, Abram zawrócił do Blake'a.

– Groby zarazy ożywają! – krzyknął.

Chwycił Blake'a za ramiona i wyrwał go z kościstych palców, które szarpały jego ciało. Krew płynęła mu z twarzy, z policzka zwisał zwiotczały odłamany palec, wbity w skórę długim brązowym paznokciem.

Abram wyniósł Blake'a z alejki, oparł o rozbite drzwi warsztatu szewca i wyjął mu z twarzy trupi paznokieć.

– Skąd one się wzięły? – zapytał Blake.

– Ona wezwała zmarłych. Powstaną z grobów aż do czasu jej transformacji. Lady Flamberg spróbuje nam przeszkodzić w znalezieniu dziewczyny. Ona wie, że ma przeciwko sobie moc. Musimy wykryć, gdzie trzyma twoją służącą, a potem znajdę Tegatusa i położymy kres tej grozie.

– I posiadasz moc, żeby tego dokonać? – zapytał Blake. Odetchnął i spojrzał na drgającą masę udręczonych rąk, które wiły się i kołysały niczym milczący zagon kukurydzy. – Popatrz, sięgają po omacku jak ślepcy, ale grób wciąż ich trzyma.

– Z czasem uwolnią się i wydostaną z grobu, uwięzieni w połowicznym życiu odnowionego szaleństwa. Zło nie ogranicza się do ludzi, twierdze podłości zajmują samą ziemię. Każdy akt przemocy, każda tragedia przesyca cząsteczki gleby. Pewne moce karmią się tym i urządzają sobie mieszkanie wśród ludzi. Potem nie rozumiecie, dlaczego udręka wieków powtarza się wciąż od nowa w tym samym miejscu, dlaczego klątwa spada na każde pokolenie. Wszelkie ludzkie uczynki odciskają się w ziemi. Gdziekolwiek stąpniesz, pozostawiasz zapach spoconych stóp. Tak samo z duchami, kamienie wchłaniają ich jęki, żeby je odtwarzać wciąż od początku.

Abram obejrzał się na rozkołysany las rąk, sięgających do ciemnego nieba.

– Chodź, mój drogi naukowcu, musimy przeszukać miasto, a *Nemorenzis* zawoła cię, kiedy wzejdzie księżyc. W taką noc zapragnie uwielbienia swoich wyznawców.

Blake obrócił oczy na alejkę. Długie cienie padające z północy tańczyły na dachach, a ręce zmarłych niezmordowanie rozgrzebywały ziemię, która ich więziła. Nie hałasowały; w ciszy rozlegał się tylko zgrzyt odsuwanych kamieni bruku i ohydne chrobotanie kości. Blake patrzył jak urzeczony. Nigdy nie przypuszczał, że zobaczy takie widowisko.

– Czy to cię nie przeraża? – zapytał go anioł.

– Żałuję, że nie zobaczyłem tego już dawno. Porzuciłbym swoje dążenia i nie zmarnował tylu lat na poszukiwanie tego, czego nigdy nie osiągnę. Dla mnie to dowód, którego pragnąłem, dowód, którego moja naukowa magia nigdy mi nie dała. – Blake zaśmiał się. – Kto by pomyślał, że stanę na Fleet Street obok anioła i pochwycą mnie ręce zmarłych?

– To nie wszystko – oznajmił Abram, złapał Blake'a za ramię i odwrócił od tego widoku. – Kilka dni temu próbowano zniszczyć świat. Pierwsze trzęsienie nieba i szaleństwo zwierząt to znak. Daleko na północy walczyłem z bratem Yerzinii, Pyrateonem. Nie powiodło mu się przedsięwzięcie i tutaj on nas nie może dosięgnąć. Lecz Yerzinia jest znacznie bardziej nikczemna. To plaga dla ludzkiej duszy. Ona nie spocznie, dopóki nie podbije niebios i serc wszystkich ludzi. Pragnie, żeby świat kłaniał się na dźwięk jej imienia.

– Więc powiedz mi – poprosił Blake, maszerując obok anioła przez zrujnowane ulice, zawalone stosami zwłok tych, którzy nie nadążyli za falą uciekinierów. – Dlaczego zło wydaje się tak potężne, a dobro tak słabe? Skoro jesteś tak wszechmocny, dlaczego nie możesz jej zniszczyć w mgnieniu oka? Widziałem potęgę morza. Widziałem, jak pioruny walą w ziemię z taką siłą, że nawet budynki się rozpadają. Więc czemu nie ona?

– Wszechświat nie został stworzony dla siły, lecz dla miłości. Każde rządzi się własnymi prawami. Siła szuka siły i deprawuje ludzi zbyt słabych, żeby kroczyć drogą prawdy, wyżera umysły jak złośliwy rak. Postaw siłę ponad miłość i wkrótce uwierzysz w złudzenia zamiast prawdy, sam siebie zaczniesz okłamywać. Drogi stwórcy są niepojęte i czasami sam zastanawiam się nad przyczyną tego szaleństwa, ale wiem, że patrzymy na ostatnią walkę zła, które czepia się tego świata. – Abram przerwał i rozejrzał się po ulicy, jakby słyszał dźwięk niedostępny dla ludzkich uszu. – Tam są inni… kryją się przed kometą.

Blake wytężył słuch. Słyszał tylko odległe echo huczącego pożaru na północy i stłumiony łoskot walących się domów. Abram ruszył przodem, kierując się w stronę dźwięku. Chuda sylwetka przecięła ulicę i skryła się w cieniu budynków. Abram gestem nakazał Blake'owi milczenie. Razem schowali się we wnęce drzwi.

Krok za krokiem ktoś podkradał się coraz bliżej, potykał się w czarnych plamach cienia i mamrotał niskim, głębokim głosem. Budynki naprzeciwko, zabarwione czerwienią, odcinały się ostro na tle łuny pożaru szalejącego w Hampstead. Przypomniały Blake'owi chiński teatr, który oglądał kiedyś w Vauxhall Gardens, i tajemnicze istoty z cieni rzucanych przez lalkarzy w jedwabiach.

Nagle obok drzwi przesunęła się ciemna postać. Abram wyskoczył z kryjówki i szybko jak pająk oplótł ją ramionami. Przydusił ją do ziemi jak wcześniej dunameza i zatkał jej ręką usta, wyciskając powietrze z płuc.

W półmroku Blake zobaczył przerażone oczy zwyczajnego młodego mężczyzny, który szarpał ręce Abrama, żeby rozluźnić duszący uścisk.

– Cicho, człowieku, bo zaraz wydasz ostatnie tchnienie – szepnął mu Abram do ucha.

– Zabijesz go – ostrzegł Blake i daremnie próbował oderwać rękę Abrama od twarzy nieznajomego.

– Nie jego pierwszego i chyba nie ostatniego – złowrogo rzucił Abram i powoli uwolnił mężczyznę z uścisku. – Jak na kogoś, kto tak wnikliwie bada nadnaturalne zjawiska, masz bardzo dziwną opinię o aniołach. Małe cherubinki, które malujecie, niewiele mają wspólnego z naszą prawdziwą naturą.

Mężczyzna wciągał zimne nocne powietrze i wykaszliwał strach z płuc, skulony na ziemi.

– Nie chciałem nic złego, d-d-dobrzy panowie – wyjąkał. – Jestem z więzienia Newgate, więzień uwolniony z łańcuchów przez ogień z nieba. Dozorca myślał, że to koniec świata, że nadszedł dzień sądu, więc wypuścił nas wszystkich na wolność. Nigdy nie było lepszej nocy dla złodzieja w Londynie. Można zbić fortunę, bogactwa leżą na ulicach.

– A reszta z was? – zapytał Blake.

– Kryjemy się w starym kościele w Blackfriars. Możesz do nas dołączyć, jest się czym dzielić. Jedz, pij i raduj się, bo jutro…

– Jutro możesz umrzeć i gdzie cię zaprowadzi twoje złodziejstwo? – zapytał Abram i mocniej ścisnął mężczyznę.

– Co ty, sędzia pokoju? – obruszył się mężczyzna.

– Niektórzy mówią, że jestem sędzią, sądem i katem, ale to kwestia poglądów. Dla ciebie jestem bramą do wolności, więc jak myślisz, kim jestem?

– Bawisz się nim, Abram – zaprotestował Blake. – Puść go. On nam nic nie zrobi.

– Ale ja zrobię – odezwał się jakiś głos, poprzedzając szybkie szczęknięcie odwodzonego kurka pistoletu. – Nieszczęścia zawsze chodzą trójkami – oznajmił mężczyzna, wcisnął lufę broni w skroń Blake'a i odwrócił się do Abrama. – Zwróć mu wolność albo zaraz sprawdzimy, ile mózgu ma w głowie twój przyjaciel.

Kątem oka Blake dostrzegł sylwetki dwóch mężczyzn. Jeden przystawiał mu pistolet do czaszki, a drugi przemykał z tyłu, rzucając głową na boki.

– Wolność? – powtórzył powoli Abram i podniósł złodzieja na nogi. – Możesz być niewolnikiem, a jednak wolnym człowiekiem, nędzarzem, któremu cały świat jest domem, ale czy jesteś wolny?

– Gada jak ten aktor Garrick, chociaż trzymam na muszce jego kamrata – powiedział mężczyzna.

Jego towarzysze wybuchnęli śmiechem, a były jeniec chwycił Abrama za kołnierz i przyparł do drzwi.

– Uważaj – ostrzegł Blake i spróbował się odsunąć od pistoletu. – Nie radzę go popychać. Mój przyjaciel to anioł, a one nie lubią takiego traktowania.

– Słyszeliście? To anioł i nie lubi takiego traktowania – zaszydził mężczyzna z pistoletem, a tamci się roześmiali. – Jaki masz piękny głos, całkiem jak dandysy z Vauxhall, których tak lubimy rabować. Zatem, panowie, jak widzicie, opuściliśmy Newgate raczej w pośpiechu, więc przydadzą się nam wasze płaszcze, buty i oczywiście sakiewki. Więc rozbierajcie się, kochane aniołeczki.

– Jeśli ci oddam te rzeczy, nie spieniężysz swoich zysków na tym świecie. Tłuszcz ci się zagotuje, kości w proch się obrócą, więc puść pistolet i idź swoją drogą.

Abram wyprostował się i jednym palcem odepchnął złodzieja.

– A gdzie macie broń, żeby nas do tego zmusić? Ja mam pistolet, a ty nie masz nic – oświadczył twardo mężczyzna, patrząc Abramowi w oczy.

– Oddaj mi ubranie, to może daruję ci życie, sprzeczaj się ze mną, to chętnie zabiorę jedno i drugie.

– Nie rozumiesz – zawołał gorączkowo Blake. – On naprawdę jest aniołem i może powstrzymać to szaleństwo.

– To szaleństwo nie jest takie złe, przyniosło nam wolność i podaruje wszystko, czego potrzebujemy w nowym życiu. Skorzystamy z okazji, a skoro nie dacie nam, czego żądamy, obaj zginiecie. – Mężczyzna odsunął pistolet od skroni Blake'a i przyłożył do czoła Abrama. – No więc jak, żywi czy martwi?

– W głębi serca już postanowiłeś o moim losie, a ja o twoim. – Abram ujął pistolet prawą ręką i powoli ścisnął metal, który zaczął świecić białym żarem. – Naciśnij spust i zobacz, co się stanie. No już! – krzyknął.

Mężczyzna wypuścił broń i cofnął się pod osłonę długiej arkady, biegnącej wzdłuż rzędu sklepów.

Rozległ się nagły trzask, jakby ktoś strzelił z bata. Abram ledwo się poruszył, jednak złodziej stojący przed nim zgiął się wpół i upadł. Na jego zmarszczonej twarzy malowało się niedowierzanie.

Anioł spojrzał na swoją zaciśniętą pięść, a potem na dwóch pozostałych złodziei.

– Chcecie spróbować tego samego? – zapytał, unosząc brew.

– Zabiłeś go! – wykrzyknął jeden.

– Jeszcze nie, ale zabiję, jeśli mnie zmusicie. Radzę go zabrać i odejść. Nie opowiadajcie nikomu, co tu zaszło, to nie będę was szukał.

Abram wyszedł z bramy na ulicę.

– Nie jesteś aniołem – oświadczył jeden ze złodziei.

Wyciągnął zza pasa długi kuchenny nóż i zrobił krok w stronę anioła. Abram odwrócił się i bez słowa wyciągnął rękę. Napastnik ciachnął nożem i odciął mu czubek wskazującego palca.

– Widzisz, krwawisz jak każdy śmiertelnik – powiedział i znowu się zamierzył.

– A ty płoniesz jak sucha trawa – odparł Abram i machnął zakrwawioną ręką na złodzieja.

214

Dwie krople, gęste jak małmazja, spadły na brudną białą koszulę mężczyzny i zaczęły się tlić w kłębach gęstego sinego dymu. Mężczyzna rzucił nóż i daremnie próbował zdusić płomienie, które wyskoczyły mu spod skóry. Jego wrzaski odbijały się echem pomiędzy budynkami. Ogień pochłaniał jego ciało, wyżerał kości i buchał z ust niczym z hutniczego pieca.

Abram patrzył, jak złodziej powoli kurczy się i zmienia w bezkształtną masę skwierczącego mięsa.

– Daję ci moje przebaczenie, odejdź w pokoju – powiedział do ducha, który unosił się nad płomieniami.

Blake wpatrywał się w ogień i oczyma duszy widział *Nemorenzis*, złote litery błyszczące w miękkim blasku innego ognia na kominku. Doznał przemożnego wrażenia, że już kiedyś widział tamto miejsce. Abram miał rację – księga przyciągała go coraz bliżej.

– Musimy stąd odejść – powiedział Abram i odwrócił się od stosu.

Blake w milczeniu, ze zwieszoną głową ruszył w stronę rzeki.

– Oni postanowili nas zabić. Ale tobie nie jest przeznaczone umrzeć tej nocy.

– Widzisz nasze myśli? – zapytał Blake.

– Czasami zanim wypłyną na usta.

– I wiesz, o czym teraz myślę?

Abram zaśmiał się i objął go ramieniem.

– Wiem, że prowadzisz mnie nad rzekę, i widzę, że nasza wspólna podróż dobiega końca. Z tego, co wiem o twoim świecie, szukamy księgarni Kaganek. Kominek, który widzisz w wyobraźni, jest właśnie tam, a gdzież można ukryć taki skarb, jeśli nie w księgarni?

– Strzeżesz mojej krwi, a jednak twoja wybucha jak proch strzelniczy.

– Zapominasz, że jestem aniołem wojownikiem.

27

Summis desiderantes

(Spragnieni rzeczy nawiększych)

*N*iesamowita cisza ogarnęła Londyn, jakby całe miasto nakryto wielkim szklanym kloszem. Ostry, porywisty wiatr nagle ustał i pożar na północy zaczął przygasać, jakby zabrakło powietrza do podsycania ognia.

Blake potarł zaschnięty pot na wierzchu dłoni i poczuł pod palcami białe kryształki soli. Słony szron pobielił mu brwi, podkreślił zmarszczki na twarzy i pokrył skorupą spękane usta.

Abram spojrzał na towarzysza i miękkim wnętrzem dłoni starł mu sól z twarzy. Skóra anioła błyszczała w dogasającym blasku pożaru na północy.

– Wyschłem jak solony śledź – powiedział Blake, oblizując wargi. – Widocznie coś w kryształkach lodu zmienia atmosferę.

Zgarbiony i skulony, maszerował w cieniu pustych budynków. Przed nimi majaczył łuk mostowej bramy, obsypany drobnym białym pyłem, który jaśniał na tle czystego nocnego nieba. Blake czuł, że księga go wzywa, szepcze jego imię. Dojmujące podniecenie wezbrało w jego wnętrzu, żołądek mu się ścisnął w mdlącym wyczekiwaniu.

– To wkrótce minie – pocieszył go anioł. – Wiele przeszedłeś, ale niedługo wszystko się skończy. Albo umrzesz, albo zaczniesz nowe życie na wolności.

– A co z tobą? – zapytał Blake. – Czy ty też umrzesz?

– I ty nazywasz siebie kabalistą! Anioły nie umierają... no, nie tak, jak postrzegacie śmierć.

– A dzisiejsza noc?

– Nie wszystkie tajemnice zostały ujawnione, zresztą nie powinny. Wiem jednak, że mamy odzyskać księgę, anioła i życie jagniątka czekającego na rzeź. Wystarczy pracy dla ciebie i dla mnie. Potem zostawię cię w twoim świecie, z twoją ułomną magią i desperacką nauką, a sam wrócę do domu.

– I zostawisz mnie pogrążonego w żalu? – zapytał Blake poważnie, bo moc księgi napełniła go mrokiem i zwątpieniem. – Przedtem życie wydawało się takie proste, uprawiałem naukę i magię, marzyłem, żeby odkryć wszystko, czego potrzebuje ludzkość. Teraz zapytuję siebie, czy to dla ludzi prowadziłem te badania, czy dla własnej chwały?

– Jak wielu innych, zachowywałeś równowagę i pragnąłeś więcej. Przypowieści, których nauczyłeś się z *Nemorenzis*, teraz ci się nie przydadzą. Ta, którą uważałeś za księgę światła, jest księgą ciemności, wysłaną, żeby cię wprowadzić w błąd.

Anioł zatrzymał się i przywarł do ściany gospody. Frontowe drzwi kołysały się na zerwanym zawiasie. Abram przesunął się wzdłuż drewnianej malowanej ściany, trzymając się najgłębszych cieni. Blake postępował za nim krok w krok.

– Przy bramie jest wartownik, istota, której podobnych nie spotkałem od dawna.

Blake spojrzał w ciemność, ale nic nie zobaczył. Drobny deszczyk solnego pyłu pokrył ulice warstewką bieli, która błyszczała na wszystkich powierzchniach niczym lodowaty szron osiadający w zimową noc.

– Widzę mgiełkę soli, ale nie widzę stwora – szepnął Blake, wyglądając zza ramienia anioła.

– To diakka, upadły anioł – wyjaśnił Abram. – Jego obecność tutaj oznacza, że pilnują *Nemorenzis* i dziewczyny. – Przysunął się bliżej. – Chcę, żebyś podszedł do bramy. Jeśli pójdziesz szybko i zignorujesz bestię, powinna cię przepuścić. Raczej nie masz się czego obawiać.

Strach przykuł Blake'a do miejsca i kolana pod nim zadrżały.

– Przejść obok stwora, którego nie widzę? A jeśli mnie zaatakuje? Służyłem za przynętę dla zbyt wielu bestii. Nie ma innego sposobu? – szepnął.

– Chyba pozwoli ci przejść – powiedział cicho Abram i popchnął Blake'a do przodu. – Jeśli zaatakuje, stanę w twojej obronie. Czy kiedyś cię zawiodłem? Jestem strażnikiem twojej krwi.

Blake wyszedł z cienia i wbił spojrzenie w środek bramy. Z wysoka spoglądały na niego szare kamienne gargulce, zastygłe w pozach strażników mostu. Widział pył wirujący jak miriady maleńkich trąb powietrznych. Podchodząc do bramy, dostrzegł sylwetkę stwora przycupniętego na kamiennym słupku do wsiadania, gdzie czekał cierpliwie, czarny i przysadzisty, z długim grzbietem upudrowanym lśniącymi kryształkami.

Blake nie odrywał wzroku od bramy, kątem oka jednak wciąż widział stwora. Usłyszał niski, gardłowy pomruk, kiedy przechodził obok. Potwór oblizał grube wargi długim sinym jęzorem, przesuwając nim po twarzy i płaskim nosie, jakby szukał w powietrzu zapachu ofiary.

Dreszcz przebiegł Blake'owi po kręgosłupie. Chciał pobiec do księgarni, ale powstrzymał się i spokojnie szedł dalej, w duchu odliczając kroki.

W jednej sekundzie coś zbiło go z nóg i wyrzuciło w powietrze. Runął na ziemię, ale upadek powstrzymała ręka bestii, która chwyciła go z tyłu za surdut. Diakka ponuro spojrzał w twarz Blake'a wyłupiastymi oczami i wyszczerzył długie białe kły. Trzymał ofiarę za kark i patrzył jej prosto w oczy.

Zamruczał jak olbrzymi kot, który się nachłeptał śmietanki. Jedną ręką strząsnął słony pył z twarzy Blake'a, a potem powoli polizał go po nosie i oczach. Miarowo dyszał mu w twarz cuchnącym oddechem, a kropelki wilgoci spływały mu po grubym czarnym podbródku. Potem otworzył paszczę i głośno sapnął, aż język zwinął mu się w gardle. Nadaje się do menażerii, pomyślał Blake, który usiłował zapanować nad oszalałym umysłem i powstrzymać narastającą panikę.

W ciemności usłyszał głuchy huk, jakby odległy wystrzał z armaty. Diakka nagle wydał rozdzierający wrzask i niezdarnie przechylił głowę. Rozwarł paszczę jeszcze szerzej i wypluł jęzor jak grubego węża. Zajęczał, zamknął oczy, zatoczył głową do tyłu i rozczapierzył palce. Wypuściwszy Blake'a, upadł na kolana, potem osunął się na bok i trzymając się za brzuch, przetaczał się w przód i w tył.

Anioł stał za stworem z promiennym uśmiechem przylepionym do twarzy.

– Co za radość! – wykrzyknął, grzebiąc w kieszeni. – Wcale się tego nie spodziewał, kiedy cię złapał. Myślałem, że od razu zechce odgryźć ci głowę, ale na szczęście zaciekawiłeś go i zyskałem trochę czasu.

Abram wyjął zwój czerwonego sznurka, którym zaczął wiązać ręce i nogi bestii.

– Czy on nie żyje? – zapytał Blake, odsuwając się od spętanego stwora. – Coś ty zrobił?

– Nie umarł w waszym rozumieniu, ale przez jakiś czas nie sprawi nam kłopotu. Co zrobiłem? Mogę tylko podziękować kryształowi Abaris i śmierdzącej dziurze na tylnym końcu diakki. Na pewno nigdy nie podejrzewał, że coś takiego może go spotkać. Łza mi się kręci w oku na samą myśl.

– Wepchnąłeś wybuchowy kryształ do jego...

– Właśnie – przerwał Abram. – Takie oczywiste miejsce. Nie miałem czasu do namysłu... albo ty, albo on.

– Zatem jestem wdzięczny za twoją dogłębną znajomość anatomii demonów – mruknął Blake, patrząc na bestię, która skręcała się w pyle. – Zostawimy go tutaj?

– Zaczekaj przy drzwiach księgarni, a ja się zajmę stworem. Jego przyszłość to nie twoje zmartwienie.

Dziwny wyraz przemknął przez twarz anioła. Blake odwrócił się w obawie, że nastąpi coś okropnego, w czym nie chciał uczestniczyć. Podszedł do drzwi księgarni i zajrzał do środka przez oszronioną szybę. Za regałami jaśniało światło i wysoki cień przesuwał się po ścianie w głębi.

Od bramy mostu dobiegło do Blake'a głośne gulgotanie i dźwięk przypominający zgrzytanie zębów. Rozbrzmiało ostro i czysto w nocnym powietrzu i zakończyło się krótkim wrzaskiem. Słyszał takie odgłosy wiele razy, kiedy jagnięta beczały pod nożem rzeźnika, i jak zwykle ten krzyk przeszył mu serce.

Abram pojawił się wśród pyłu, wycierając ręce w strzęp płaszcza oderwany z grzbietu staruszka, który leżał zmiażdżony na ulicy.

– Jestem tylko zabójcą w imię sprawiedliwości, nigdy o tym nie zapominaj. W niebie trwa wojna i nasza przegrana oznacza, że diabelstwo zdobędzie władzę nad światem, a nas czeka zagłada. Zło zatriumfuje, jeśli nic nie zrobię.

Anioł przepchnął się obok Blake'a i naparł na zabarykadowane drzwi księgarni. Jego buty zgrzytnęły na kamieniach, deski wygięły się pod naciskiem i drzwi pękły na pół. Abram odsunął je na bok.

219

- Tegatus! – krzyknął, wchodząc do księgarni. – Tu Rafael, przyszedłem cię zabrać do domu i wyratować dziewczynę z opresji.

Blake i anioł przeszli pomiędzy stłoczonymi regałami, kierując się odblaskiem z kominka na tyłach księgarni. Przy każdym ostrożnym kroku Abram rozglądał się po wysokim, sklepionym pomieszczeniu, jakby szukał czegoś niewidzialnego.

- Tegatus! – krzyknął ponownie i tym razem całe wnętrze zawibrowało od jego głosu.

- Jesteśmy przy kominku – odpowiedziała słabo Agetta.

Blake i Abram skręcili za ostatnim rzędem wysokich regałów, minęli wysokie biurko Thaddeusa i wyszli na otwartą przestrzeń przy kominku. Tegatus stał tyłem do nich, spoglądając w noc przez wysokie okno z szybami w ołowianych ramach. Agetta siedziała skulona na kamiennej podstawie paleniska, grzejąc się przy ogniu.

- Tegatus, mój przyjacielu – powiedział łagodnie Abram. – Odwróć się i podejdź do mnie.

- Zbyt nisko upadłem, Rafaelu. Uzdrowienie, które przynosisz, nie ocali mnie przed tym, co musiałem poznać.

- To zło w twoim sercu cię usidliło. Wkrótce przemienisz się w diakkę, a taki los nie powinien cię spotkać. Nie upadłeś tak nisko, żebyś nie mógł skazać na śmierć buntu w twoim umyśle i nawrócić się raz jeszcze.

- Nawrócić się na co... na życie, jakie przedtem prowadziłem? – zapytał Tegatus, wciąż odwrócony plecami do Abrama. – Zaszedłem za daleko. Dzieli nas rozległa przepaść, której ani ty, ani ja nie możemy przekroczyć.

- Więc lepiej dla ciebie, żebyś zginął, niż wpadł w ręce tej nierządnicy.

- Gdyby to było takie proste, gdybym mógł wpaść w jej ramiona, wtedy moje życie by się wypełniło. – Tegatus odwrócił się do Abrama. – Nie jestem taki głupi, żeby nie rozumieć, że zrobiłem z siebie głupca. Zabierz *Nemorenzis*, Rafaelu. Ty jesteś jej strażnikiem i panujesz nad jej elokwencją. Ja sam znajdę powrotną drogę.

- Nie słuchaj go – krzyknęła Agetta do Abrama. – Zabierz go stąd, on chce wrócić, sam mi powiedział. Nie widzisz, że jest zbyt dumny, żeby cię poprosić? Jeśli zostanie, zabiją go i zmienią w potwora. Nie możesz do tego dopuścić, nie pozwolę ci. – Odwróciła się do Blake'a i spojrzała

220

mu twardo w oczy. – Ty to zrób, Blake, skoro jesteś magiem. Widziałam twoje czary. Powiedz mu, żeby zabrał Tegatusa, zanim Morbus Gallicus go dopadnie.

– Gallicus? Morbus Gallicus? – powtórzył Blake, strzepując biały pył z surduta. – Gdzieś ty go spotkała?

– W Wielkiej Kolumnie, zabrał nas tam człowiek z północy i stwór imieniem Rumskin. Zamknęli nas tam, a kiedy gwiazdy spadły, uciekliśmy. Thaddeus nas oszukał, mówił, że jest z nami... ale był z nimi. – Potem zachichotała. – Tegatus użył swojej magii i zostawiliśmy Thaddeusa w tunelu ze szczurami. Tegatus mnie ocalił, dlatego on musi wrócić. Zabiją go i zmienią w drugiego Rumskina...

– Magia, Tegatusie? – zapytał Abram. – Anioł używa magii?

– To nie tak, jak myślisz. Ona z ciebie żartuje.

– Uderzył go prosto w twarz, przewrócił go do wody, potem go podniósł i zostawił szczurom – wyjaśniła przejęta Agetta.

– Martwi mnie lokalizacja waszego więzienia. Widzieliście jeszcze kogoś? – zapytał Blake.

– Dlaczego cię martwi? – zdziwił się Abram.

– Wielka Kolumna to tajny eksperyment, znany tylko członkom Towarzystwa Królewskiego, a zwłaszcza Izaakowi Bonhamowi. To olbrzymia soczewka umieszczona tak, żeby łapać moc słońca i kierować ją do marmurowej komnaty w głębi. Bonham wierzył, że odkryje moc tak potężną, iż zakończy wszelkie wojny. Powinien wiedzieć o waszym uwięzieniu, bo chodzi tam codziennie.

– Więc należy do spisku i zdradził waszą przyjaźń – oświadczył Tegatus.

Blake spojrzał smutno na Abrama.

– Myliłem się. Oszustwo sięga głębiej, niż początkowo myślałem. Manipulowano mną na każdym kroku i teraz nawet najbliższe mi osoby zaskakują mnie zdradą. Zostałem wykorzystany, żeby znaleźć kometę i zwabić cię w pułapkę, Agetto. To moja wina. Przez moją żądzę wiedzy wszyscy popadliśmy w niewolę.

– W jaką niewolę? – prychnęła Agetta. – Codziennie podbierałam ci pieniądze z kieszeni. Nawet cię żałowałam, że mnie przyjąłeś na służbę.

– Agetto – powiedział Abram, podchodząc do niej. – Ty jesteś przyczyną tego wszystkiego. Kobieta, którą znasz jako Yerzinię, to upadły

221

anioł. Nadszedł dla niej czas, kiedy musi się przemienić albo skończyć jak Rumskin. Ona potrzebuje twojego ciała. Zamieszka w tobie i wypędzi twoją duszę, żeby się błąkała w ciemnościach. Przypomnij sobie, Tegatusie, rozkaz naszego pana w Bitwie Czaszki. Dzisiaj walczymy ze złem silniejszym niż przedtem. Czy przyłączysz się do mnie?

– Po to mnie stworzono – uśmiechnął się Tegatus, podniesiony na duchu.

W mroku ulicy przed księgarnią zatrzymał się długi czarny powóz ciągnięty przez czarne konie. Morbus Gallicus, w długim, rozwianym płaszczu nieprzemakalnym, zeskoczył z kozła z batem w ręku.

– Przyjechali po ciebie, Agetto. Musimy stąd odejść – powiedział Abram. Zdjął surdut i cisnął w ogień. – Szybko… na dach. Nie możemy tu zostać, kiedy kryształ Abaris wybuchnie.

– Księga! – krzyknął Tegatus.

Chwycił *Nemorenzis* i pospieszył za Blakiem, który biegł już za Abramem i Agettą na schody.

Do księgarni wpadł Bonham w masce kruka i rzucił się do kominka.

– Schowali się w księżej dziurze – zawołał do Morbusa Gallicusa. – Zabij anioła i oszczędź dziewczynę.

Pędził między regałami z pistoletem w dłoni.

Surdut Abrama wrzucony do ognia buchnął intensywnie niebieskim płomieniem, który świecił coraz jaśniej. Kryształ Abaris wypadł z kieszeni i poturlał się po podłodze w stronę Bonhama, który zanurkował głową naprzód w drzwi piwnicy, stoczył się ze schodów i wylądował w wilgotnym pomieszczeniu u stóp mostu.

Piwnicę oświetlał silny blask komety, wpadający przez małe okienko, w które coś miarowo stukało. Bonham podniósł wzrok i zobaczył wiszące ciało Sarapuka obrysowane księżycową poświatą, uderzające o szybę czarnymi butami.

28

Lunar lustrum

(Ofiara księżyca)

Wąskie kamienne schody wiły się coraz wyżej. Agetta wspinała się po omacku, mocno trzymając się sznura. Abram przepchnął się obok niej w ciemnościach, przeskakując po trzy stopnie naraz. Słyszała, jak Blake i Tegatus ryglują drzwi na schody, a potem szybko się zbliżają. W panice zaczepiała stopami o krawędzie kamiennych stopni i potykała się przy każdym kroku.

– Pomóżcie mi! – krzyknęła, budząc echo na górze.

Tegatus wziął ją za ramię i poprowadził dalej.

– Idź powoli, po jednym stopniu. Ciemność niedługo cię wypuści.

– Złapią nas i Gallicus cię zabije...

– Nie lękam się tego, co nadejdzie. Mogą zabić moje ciało, ale duch będzie wolny.

– Szybko! – krzyknął Blake, potykając się na stopniach. – Abaris zaraz eksploduje i nie chcę się znaleźć w pobliżu...

Nastąpiła głośna eksplozja, kiedy na dole w księgarni wybuchły kryształy Abaris. Każdy kamień zadygotał i niemal wyskoczył ze ściany, a potem opadł z powrotem na miejsce. Podmuch wyrwał z zawiasów drzwi na schody. Kula białego ognia wdarła się w ciemność i skłębione płomienie buchnęły w górę.

– Padnij! – krzyknął Blake.

Skoczył na Agettę i przycisnął ją do zimnych stopni. Ogień z rykiem przemknął mu po plecach, osmalił materiał surduta i spalił włosy na karku.

Tegatus, który nie zdążył uskoczyć, upadł na plecy, z twarzą sczerniałą i pokrytą pęcherzami.

– Zostaw mnie... – wymamrotał do Blake'a, który podnosił Agettę. – Musisz ją stąd zabrać, zatrzymam każdego, kto pójdzie za wami.

– Nie! – krzyknęła Agetta, kiedy Blake pociągnął ją wyżej. – Nie możemy go zostawić!

– Rób, co on mówi, nie możemy mu pomóc. Musisz uciekać.

– Szybko – zawołał Abram z góry, mocując się z zamkiem drzwi prowadzących na dach.

– Tegatus jest ranny – wydyszała Agetta, kiedy wreszcie dotarła na podest, gdzie Abram próbował wyważyć drzwi.

– Nikt nie oprze się Abarisowi, nawet anioł. – Abram cofnął się dwa kroki, skoczył na drzwi i wyłamał je z zawiasów, aż drzazgi poleciały na płaski dach. – Chodźcie za mną i cokolwiek się stanie, nie poddawajcie się władzy strachu.

Abram wyszedł z ciemnej klatki schodowej na dach zalany blaskiem księżyca w pełni. Pożar na północy przygasł, na niebie świeciła kometa, z każdą sekundą coraz bliżej. Dach wyglądał jak zamkowe fortyfikacje, kamienne mury wznosiły się wysoko ponad rzeką. W każdym narożniku na wysokiej iglicy siedział duży kamienny gargulec, strzegąc każdej z czterech stron świata, a pod nimi mniejsze gargulce spoglądały na rzekę i miasto ślepymi, wybałuszonymi oczami.

Na powierzchni dachu wyryto dużą pięcioramienną gwiazdę, której czubek wskazywał na północ. Pośrodku gwiazdy wymalowano krwawoczerwony znak Yerzinii, obrysowany czarną obwódką.

– Mamy mało czasu, może nawet nie zdążymy wyjechać z Londynu, zanim uderzy – powiedział Abram.

Chwycił Agettę i wyciągnął ją na światło. Podniosła rękę, żeby osłonić twarz przed blaskiem.

– Czy to nasz koniec? – zapytał Blake.

– To koniec was wszystkich – odpowiedział głos za jego plecami. – Czekaliśmy długo i tak się cieszymy, że do nas dołączyliście!

Zza wysokiego kamiennego komina wyszła Yerzinia, z twarzą ukrytą za tygrysią maską.

Blake rzucił się do drzwi, ale z ciemności wyszedł człowiek w masce kruka, z długim czarnym dziobem i lśniącymi niebiesko piórami, trzymając *Nemorenzis*, teraz przewiązaną długim czerwonym sznurem. Blake dobrze znał tego człowieka.

– Izaak Bonham, schowany za maską czarnego ptaka – krzyknął. – Nawet nie chcesz mi spojrzeć w oczy po twojej zdradzie?

– Moje przebranie cię nie zwiodło, zaimponowałeś mi. Więc to jest anioł? I Agetta... miło cię widzieć. W nadchodzących latach będę cię widywał częściej, dużo częściej.

– Nic nie zobaczysz, kiedy z tobą skończę. Wyłupię ci oczy własnymi rękami – krzyknął gniewnie Blake.

– Dla ciebie nie ma ucieczki, Blake – oświadczyła Yerzinia i machnęła długą laską. – Dostałeś szansę, żeby przyłączyć się do nas, ale od tamtej nocy, kiedy przycięłam ci paznokcie, wiedziałam, że nie masz serca dość czarnego jak na nasze potrzeby. Natomiast Bonham to mój mroczny ukochany i poślubię go, kiedy uwolnię się od więzów lady Flamberg i jej tłustego męża.

Potem nad parapetem muru pojawiły się szare kamienne ręce. Gargulce, które przez stulecia spoglądały z góry na Londyn, ożyły i przypełzły ze swoich miejsc.

– Więcej demonów, Yerzinio? – zagadnął Abram.

– Przyjaciół, żeby mi pomogli osiągnąć cel. Nie ma tu dla ciebie miejsca, Rafaelu. Odejdź, a puszczę cię wolno... albo zostań i zmienisz się w diakkę.

– Odważne słowa, ale czas ci się kończy. Księżyc jest w pełni, kometa wkrótce uderzy w ziemię i czas twojej transformacji przeminie.

Abram przyciągnął do siebie Agettę i coś jej szepnął.

– Kto to zrobił? – ryknął Morbus Gallicus, wchodząc na dach z odciętą głową Rumskina. – Czy to ty, Blake, wtrąciłeś się ze swoją nauką? Rumskin był mi towarzyszem, jedyną istotą, której wzrok nie budził we mnie wstydu. To twoja sprawka?

– Moja – odparł szybko Abram. – Rumskin wtrącił się w moje życie, więc odpłaciłem mu tym samym... I co ty na to?

– Jesteś podły i za karę zrobię świecznik z twojej czaszki – wrzasnął chrapliwie i wyzywająco Gallicus.

– Zostaw go, Morbus – odezwał się Bonham, mierząc z pistoletu. – Ja też mam rachunek do wyrównania z tym osobnikiem i pragnę jego krwi. Na schodach jest jeden martwy anioł, a tutaj będzie drugi.

– Moją krew chętnie daję za darmo.

– Zostaw go – ostrzegła Yerzinia. – On cię oszukuje, Bonham. Jego krew zabije nas wszystkich, nie wolno jej rozlać.

Spojrzała na księżyc i nadciągającą kometę.

– Zaczęło się – zadrżała. – Muszę teraz opuścić to ciało i zabrać tamto. Przygotujcie ją. Oddaj mi ją, Rafaelu, ona nie należy do ciebie.

Gallicus cisnął głową Rumskina w Abrama, trafiając go w pierś, i szybko chwycił Agettę. Powlókł ją po dachu, a gargulce otoczyły Abrama.

– Łap ją, Blake, zabierz ją stamtąd – krzyknął Abram.

Gargulce okrążały go i przypierały do muru, atakując mieczami i śmiejąc się przez kamienne zęby.

Gallicus podbiegł trzy kroki do Blake'a, przewrócił go na ziemię, przycisnął do kamieni i przytrzymał mocno jedną ręką.

– Szybko! – krzyknęła Yerzinia. – Trzymaj dziewczynę i przygotuj ją dla mnie. Już niedługo znowu będziemy razem, Izaaku. Nikt nam nie stanie na drodze.

– Oszukałeś mnie, Izaaku. Po tylu latach spędzonych razem, w największej przyjaźni, troszczysz się tylko o siebie? – zawołał Blake, unieruchomiony przez Gallicusa.

– Tylko jej pragnę, ona dała mi więcej mądrości przez minutę niż ty przez całe życie – odparł Bonham.

Potem rozwiązał Księgę *Nemorenzis*, otworzył i położył w środku gwiazdy. Wziął Agettę za ramię i ustawił na północnym wierzchołku gwiazdy, naprzeciwko Yerzinii.

– Nie pozwól, żeby ta kobieta odebrała ci życie – wrzasnął Blake, ale Gallicus wgniótł mu twarz w kamienie.

Nemorenzis urosła, wypełniła środek kręgu i pulsowała białym światłem spomiędzy stronic.

– Ty byś nie pozwolił? Wiem, co myślałeś, twoje serce topniało jak moje, ale nie wystarczyło ci odwagi.

– A kiedy się zestarzejesz i ona zapragnie kogoś innego, i rzuci cię jak Flamberga?

– Wtedy umrę jako szczęśliwy człowiek – odparł Izaak, wpatrując się w Yerzinię. – Teraz nadszedł czas, księga jest gotowa, kometa nadlatuje i ta istota czeka na ciebie.

– Zniszczy was wszystkich – krzyknął Abram, widząc, że *Nemorenzis* powiększyła się dwukrotnie, a stronice wylatują z jej grzbietu i wirują w powietrzu. – Nie wiesz, co robisz, Yerzinio.

Kopniakami odpędzał gargulce, które na niego napierały.

– Zapominasz, że to moja księga. Ja napisałam każde słowo, zamknęłam swoje serce w tych stronicach i wiem, co ona zrobi. Dzisiejszej nocy zostanę przemieniona po raz ostatni. Nie będę już musiała przeskakiwać do innych ciał z upływem stuleci. Kiedy gwiazdy i *Nemorenzis* się spotkają, w jej ciele zostanę na zawsze.

– A jej ciało zgnije na twoich kościach i nigdy nie doczekasz świtu – krzyknął Abram.

– Przekleństwa z ust anioła? Rozpacz sprowadziła cię do mnie. Czy nie widzisz, że nawet w twoim sercu tkwi gotowość do upadku? Na pewno istnieje pokusa, która odrywa twoje myśli od ślepej służby i każe szukać prawdziwego życia. Nikt nie może spełniać jego woli przez wieczność. Jeszcze jest czas, Rafaelu...

– Piołun spadnie z nieba i zatruje wody, i wielu zginie, ale ty... ty będziesz płonąć w wiecznym ogniu.

– Słowa, słowa bez znaczenia, żeby zwodzić łatwowiernych i napędzać im strachu. To, co ja napisałam, przynajmniej ma moc. Spójrz, Rafaelu, sam zobacz, jak moje dzieło nabiera kształtu i moja magia wypełnia powietrze.

Abram podniósł wzrok. *Nemorenzis* stała przed nim jak jaśniejąca kolumna białego marmuru, każda stronica złączona z innymi i sięgająca nieba. Wokół kolumny okręcał się czerwony sznur, rozwijał się i piął coraz wyżej. Przy podstawie grzbiet książki zrobił się grubszy, a złote litery obracały się w górę i na zewnątrz. Wysoko w górze kometa pędziła ku ziemi i księżyc wschodził coraz wyżej, jakby te dwa ciała niebieskie miały się spotkać lada chwila.

Na wschodzie wyjący wicher podniósł wodę w rzece i spiętrzył ją jak potężną wirującą fontannę, która wyciągnęła zmarłych z wodnych grobów i dźwignęła wraki zatopionych łodzi wysoko w powietrze. Wędrowała ku nim korytem rzeki niczym upiorne tornado, zataczając się od jednego do drugiego brzegu, na przemian wsysając i wypluwając niezliczone szczątki.

– Jeszcze jeden znak – krzyknęła Yerzinia. – Jeszcze jeden znak i czas nadejdzie. Wody oddały swoich zmarłych. Księżyc wzejdzie i Piołun nadejdzie. Trzymajcie mocno dziewczynę. Wyczuję tę chwilę. Potem chwyciła się za brzuch i skręciła, jakby coś ją rozdzierało od środka, jakby rodziła ducha. Jak szalona szarpała na sobie ubranie i ściągała tygrysią maskę z twarzy.

Blake wyrwał się z uścisku Gallicusa i przeturlał po dachu. Gallicus nie ścigał go, tylko skulił się pod murem, zasłaniając twarz rękami jak przerażone dziecko. Bonham odwrócił głowę, jakby nie mógł patrzeć na transformację, ale trzymał Agettę mocno, wbijając jej palce w skórę. Yerzinia chwiejnie ruszyła w jego stronę i wyciągnęła ręce do Agetty.

– Chodź do mnie, dziecko, chodź do mnie – zawołała, podchodząc bliżej. – Puść dziewczynę, ona musi stać sama, bez żadnego przymusu. – Spojrzała w oczy Agetty. – Kiedy spotkałyśmy się po raz pierwszy, obiecałam ci inne życie i moją przyjaźń. Zrób to dla mnie, a na zawsze zostaniemy razem. Moje życie będzie twoim życiem, pokażę ci świat i niebiosa. Wszystko otrzymasz na własność. Otwórz przede mną serce, otwórz serce i złączę się z tobą.

Agetta przypomniała sobie, jak pierwszy raz zobaczyła uśmiech Yerzinii, jej twarz ukrytą za tygrysią maską, oczy błyszczące jak klejnoty. Zapach absyntu ponownie wypełnił jej myśli, zbudził głęboką tęsknotę…

– Dobrze – powiedziała cicho – otworzę ci serce dobrowolnie, w powozie stałyśmy się jednością i zrobię dla ciebie wszystko, za życia czy po śmierci.

– Ona mami twój umysł – krzyknął Blake i rzucił się do niej.

Bonham wycelował z pistoletu i strzelił. Kula trafiła Blake'a w pierś i przewróciła na dach.

– Zatem nadszedł czas. – Yerzinia uśmiechnęła się do Agetty. – Daj mi rękę… Szybko, musimy przytrzymać księżyc – powiedziała z twarzą wykrzywioną bólem.

Agetta podała rękę Yerzinii. Nagły prąd przebiegł przez jej ramię i wstrząsnął każdą kością w ciele.

– Podnieś ręce do księżyca, przywitaj go w swoim życiu – zaintonowała Yerzinia. Oparła się o kolumnę *Nemorenzis* i obwiązała sobie nadgarstek czerwonym sznurem. – Kiedy kometa uderzy, lady Flamberg odejdzie.

Pękające kryształy lodu wypełniły niebo, przebiły atmosferę i spadły na ziemię poza miastem. Budynki na moście drżały, kiedy meteory wpadały do rzeki, wywołując eksplozje syczącej pary. Piołun świecił jaśniej na wschodnim niebie i wysuwał się ku ziemi spoza księżyca.

Abram wykrzyknął:

– Mniejsze światło, bądź zatrzymane przez Ukryte Imię!

Podniósł rękę do nieba.

– Szybko, dziecko, spójrz na mnie – zawołała Yerzinia i odwróciła twarz do Agetty.

Rozległ się głęboki jęk, kiedy Yerzinia otworzyła usta, żeby wypuścić ducha. Długie pasmo gęstej białej masy wysunęło się z jej ciała i zawisło nad nią niczym gruby wąż. Kołysało się tam i z powrotem, wciąż połączone z Yerzinią, czekając na odpowiednią chwilę, żeby wtargnąć w ofiarę.

Wtedy z mrocznej klatki schodowej wybiegł Tegatus, z ciemności w światło. Ledwie żywy, twarz miał spaloną wybuchem kryształu Abaris, lecz ostatnie uderzenia wyczerpanego serca przeniosły go przez dach. Resztkami sił chwycił Yerzinię, odciągnął od dziewczyny i *Nemorenzis*, z której zerwał czerwony sznur. *Nemorenzis* skurczyła się z powrotem, stronice zapadły się w siebie i kolumna zmniejszyła się w księgę. Jednym płynnym ruchem, niczym w zapomnianym tańcu, Tegatus pchnął Yerzinię w stronę parapetu. Bonham i Gallicus przezwyciężyli zdumienie i rzucili się na niego.

Wlokąc Yerzinię po dachu, Tegatus owinął sobie sznur wokół nadgarstka i zarzucił jej pętlę na szyję. Duch szybko został wessany z powrotem niczym zwinięty wąż, zanim pętla się zacisnęła. Yerzinia wbiła palce w spaloną twarz Tegatusa wrzeszcząc, żeby przestał. Duch został w niej uwięziony, spętany sznurem. Na całym ciele pojawiły się głębokie, gnijące rany i wciąż się rozprzestrzeniały.

– Nie powstrzymasz mnie, Tegatusie. Nawet twoje zazdrosne serce nigdy nie skaże mnie na śmierć – wykrzyknęła Yerzinia, kiedy razem zataczali się na krawędzi muru, wysoko nad Tamizą.

Abram uderzył dłonią w miecz ostatniego gargulca i opryskał go krwią. Stwór wybuchnął od środka purpurowymi płomieniami, tak gorącymi, że skruszyły kamień. Potem Abram podbiegł do Bonhama i rozciągnął go jednym ciosem. Czarny proch wysypał się z torby, kule pistoletowe potoczyły się po dachu.

Tegatus przechylił Yerzinię przez parapet. Wrzeszczała, opierała się i próbowała wydrapać mu oczy, ale zaraza przeżerała jej ciało i zmieniała ją w starą wiedźmę. Gallicus biegł w ich stronę, ale nie zdążył.

– Ostatni lot naszych serc zmierza w śmierć – krzyknął Tegatus poprzez huk odległych eksplozji i zepchnął ją z dachu w spienione wiry daleko w dole.

Yerzinia zanurkowała do grobu jak zraniony ptak, ciągnąc ze sobą Tegatusa. Uderzyli w czarną wodę, gotującą się od meteorów spoza świata. Yerzinia walczyła, żeby wyrwać się wzbierającej fali. Na krótką chwilę wyrosły jej skrzydła, kiedy odzyskała dawną anielską postać. Próbowała wzlecieć z kipieli, bijąc skrzydłami jak łabędź podczas przypływu. Lecz Tegatus wciąż trzymał sznur i ciągnął ją za sobą, zapadając w mroczną głębinę. Wir pod przęsłem mostu wessał ich oboje i po chwili znikli w gęstej czerni.

– On mi ją zabrał – jęknął Bonham, podnosząc się na nogi. – Nie miał prawa... Ona była moja.

– Nie należała do nikogo, nawet do ciebie – odparł Abram i ruszył w jego stronę.

– Więc niech dziewczyna do nich dołączy – warknął Gallicus i pociągnął Agettę do parapetu.

Abram spojrzał na krew, która kapała z rany na jego dłoni.

– Pamiętaj, co ci szepnąłem, Agetto. Teraz czas sobie przypomnieć.

– Doskonała miłość odrzuca wszelki strach – uśmiechnęła się do niego.

Szybko zrobił krok w stronę Gallicusa i strzepnął na niego kroplę krwi z palca.

– Krew za krew – powiedział.

Agetta odskoczyła od Gallicusa, który zaczął się trząść i dygotać. Oczy wyszły mu z orbit, gęsty biały dym buchnął z nosa i ust, płomienie jak błękitna mgiełka zatańczyły po skórze.

– Smoła, żer dla płomieni – powiedział Abram i zepchnął dymiące zwłoki z parapetu do rzeki.

Piołun skręcił łukiem w stronę księżyca, przyciągany przez mniejsze światło. Cała ziemia zadrżała, kiedy kometa uderzyła w ciemną stronę księżyca, wzbijając w kosmos pióropusze lunarnego pyłu. Rozpadła się na jego powierzchni i wybuchła milionem maleńkich lodowych odłamków, które tańczyły i wirowały na niebie.

– I co teraz, Yerzinio? Piołun został schwytany jak motyl w siatkę – mruknął Abram na wiatr, podchodząc do Blake'a. – Nie martw się, robiłem to już przedtem. – Zaśmiał się i zanurzył dłoń w piersi Blake'a. – Popatrz, co trzymam w ręku... poczujesz tylko ukłucie, drogi przyjacielu.

Korzystając z szansy, Bonham chwycił *Nemorenzis* i umknął na schody jak spłoszony pies.

Blake podniósł wzrok na niebo, gorejące od lodowych kryształów, które uderzały w planetę. Agetta wpatrywała się w niego, niepewna, co właściwie widzi. Wysoko w górze rozległ się dźwięk przypominający łopotanie anielskich skrzydeł.

– Będziesz jej strażnikiem – powiedział Abram, podając Blake'owi rękę Agetty. – Ona jest przyjaciółką, nie sługą, chociaż w tym będzie ci dobrze służyła.

– A inni? – zapytał Blake.

– Uciekną i ukryją się, tak, sprawią ci jeszcze sporo kłopotów. Ale nie lękaj się... jestem strażnikiem twojej krwi.

Abram odwrócił się i podszedł do schodów. Słuchali, jak odgłos jego kroków rozpływa się w cichnącej nocy. Jasność na niebie zbladła i przeszła w czerń, kiedy ostatnie meteory wyparowały w atmosferze.

– Tegatus odszedł – powiedziała Agetta, spoglądając na Tamizę. – Umarł, żeby mnie uratować.

– Noc jeszcze się nie skończyła, bitwa jeszcze niewygrana. Chodź... poszukajmy pani Malakin, na pewno schowała się w piwnicy. – Blake z uśmiechem spojrzał na Agettę. – Znałem kiedyś człowieka, który mówił, że nie wierzy w anioły. Chyba tylko w to można bezpiecznie wierzyć...